KSIĄŻĘ DLA DIANY

LEKKI ROMANS REGENCYJNY O NIEŚMIAŁEJ DEBIUTANTCE I ZASKAKUJĄCO CZARUJĄCYM KSIĘCIU

CATHERINE BILSON

SHENANIGANS PRESS

SPIS TREŚCI

ROZDZIAŁ PIERWSZY

W CIĄGU SWOICH OSIEMNASTU lat Diana Creighton nigdy nie wyobrażała sobie niczego nawet w połowie tak olśniewającego jak bal księżnej Balford. Stała obok matki w lekkim, pełnym grozy podziwie, starając się nie wpatrywać z wytrzeszczonymi oczami w otaczające ją damy, z których każda następna ubrana była bardziej luksusowo od poprzedniej, w jedwabie i atłasy we wszystkich kolorach tęczy oraz klejnoty o niezliczonej wartości.

Rok temu Diana wiodła ciche i szanowane życie córki dżentelmena-prawnika w mieście Durham, a jej oczekiwania ograniczały się do znalezienia konkurenta wśród znajomych ojca. Potem jej stryjeczny dziadek zmarł, nim zdołał spłodzić dziedzica, jej ojciec odziedziczył bogate i wpływowe hrabstwo, a Diana nagle stała się utytułowaną damą z posagiem dziesięciu tysięcy funtów i zupełnie nowym zestawem oczekiwań — i ograniczeń — na swoich barkach.

— Spróbuj się nie gapić, Diano — powiedziała jej matka pod nosem, a Diana mocno zacisnęła usta, nim zdała sobie sprawę, że nawet ich nie otworzyła.

Nie było jednak sensu dowodzić swojej niewinności; Lavinia, lady Creighton, już przeszła do następnej sprawy.

— Stój prościej i uśmiechnij się, na litość boską. Masz taką grobową minę; co się stało?

— Nic — zaczęła Diana, chcąc wyjaśnić, że jest jedynie nieco przytłoczona olśniewającym tłumem.

Jeszcze nawet nie weszły na właściwą salę balową; czekały w szpalerze witających gości. Ciotka Diany przez małżeństwo — no, w pewnym sensie — Marianne, stała tuż przed nimi, dość ciepło witając się z gospodynią.

Ponowne spotkanie z Marianne było jak dotąd zdecydowanie najlepszą rzeczą w tej wizycie w Londynie, pomyślała Diana, trzymając proste plecy i wysoko uniesioną głowę, przyklejając uśmiech do ust. Hrabina wdowa Creighton była nie tylko najpiękniejszą kobietą, jaką Diana kiedykolwiek widziała, ale też jedną z najżyczliwszych. Diana była całkowicie zawstydzona sposobem, w jaki jej rodzice potraktowali Marianne, do tego stopnia, że Marianne uciekła do swojej przyjaciółki, lady Havers, z niczym więcej niż ubraniem na grzbiecie i niewielką sumą pieniędzy, którą Diana i jej siostra Clarissa zdołały dla niej zebrać.

— Lady Creighton — przedstawiła je Marianne księżnej — i jej córka, lady Diana.

Wysoka kobieta o władczej postawie zmierzyła je wzrokiem bystrych, ciemnych oczu. Wydawało się, że przez dłuższą chwilę przygląda się Dianie, po czym skinęła jej lekko głową. — Musi mi pani pozwolić przedstawić panią mojemu pasierbowi, lady Diano.

— Och, wasza książęca mość — zachłysnęła się Lavinia. — To byłby wielki zaszczyt!

— Znajdę was nieco później. William zatańczy z lady Dianą. — Księżna obdarzyła je lekceważącym skinieniem głowy, a Lavinia pociągnęła Dianę za ramię, wciągając ją do sali balowej.

— Prawdziwy książę! — Lavinia natychmiast zaczęła trajkotać. — To byłby dla ciebie wielki sukces, jeśli rzeczywiście cię przedstawi! Balford jest jednak z łatwością najbardziej pożądanym dżentelmenem na matrymonialnym rynku w tym roku, więc nie rób sobie nadziei...

Diana nie miała absolutnie żadnych nadziei. Owszem, jej ojciec mógł być teraz hrabią, ale książęta żenili się z księżniczkami i córkami innych książąt. Córka hrabiego musiałaby być olśniewająco dobrze uposażona lub być absolutnym diamentem, a prawdopodobnie jednym i drugim, by w ogóle brano ją pod uwagę, a ona nie była ani tym, ani tym. Dziesięć tysięcy było kroplą w morzu w porównaniu z ogromnym bogactwem Balfordów, a Diana była na tyle szczera wobec siebie, by uznać własne wdzięki za zaledwie rodzaj nijakiej urody. W porównaniu na przykład z Marianne, wysoką, kasztanowowłosą pięknością, która przyciągała spojrzenia, gdziekolwiek się pojawiła, Diana była średniego wzrostu, miała zwykłe brązowe włosy, pospolite brązowe oczy, nieco zadarty nos i niczym niewyróżniające się umiejętności w muzyce, sztuce, językach i każdej innej dziedzinie, w której od młodych dam oczekiwano wykazania się talentem.

Lavinia była jednak święcie zdeterminowana, by wepchnąć Dianę na drogę każdego pożądanego, utytułowanego dżentelmena, jakiego tylko zdoła, poczynając od markiza Glenkellie. Co wcale nie byłoby nie do przyjęcia, biorąc pod uwagę, że Alexander Rutherford był wysoki, przystojny mimo blizny na twarzy, bogaty i nawet niezbyt wiele lat starszy od Diany. Byłby zaiste wspaniałym konkurentem, gdyby nie był całkowicie i beznadziejnie zakochany w Marianne.

Glenkellie był jednak zarówno życzliwy, jak i dobrze wychowany, i wyprowadził Dianę na parkiet do tańca, gdy odmowa byłaby kłopotliwa. Powiedział jej nawet, że ma nadzieję, iż zwróci się do niego, jeśli kiedykolwiek będzie potrzebowała pomocy, za co podziękowała mu ze szczerym docenieniem, ponieważ uważała, że naprawdę miał to na myśli. Miała tylko nadzieję, że Marianne zdoła się przemóc, by go przyjąć; jej pierwsze małżeństwo, ze stryjecznym dziadkiem Diany, było materiałem na koszmary.

Alex odprowadził Dianę do matki pod koniec seta, a Diana skrzywiła się, widząc Lavinię czekającą z wysokim, jasnowłosym mężczyzną w średnim wieku, mężczyzną o cienkim nosie i przenikliwych niebieskich oczach, który zmierzył ją wzrokiem od stóp do głów, a jego warga wykrzywiła się w grymasie.

— To pani córka, lady Creighton? — powiedział z wyraźnym niemieckim akcentem.

— W istocie, wasza wysokość. Diano, oto książę Stefan Mondenbosch.

Diana dygnęła, a ogarnęło ją poczucie nierzeczywistości. Książę? Przedstawiano ją prawdziwemu, żywemu księciu?

Książę westchnął, po czym skłonił się sztywno i krótko. — Zaszczyci mnie pani tańcem, lady Diano.

Nie sądziła, by to było pytanie, co było z jego strony dość niegrzeczne, ale odmowa z jej strony i tak nie wchodziła w grę, więc przyjęła jego wyciągniętą rękę. Przez pierwsze kilka minut seta nic nie mówił, ledwo na nią patrząc, a Diana poczuła, jak jej podziw ustępuje, by zostać całkowicie zduszonym przez falę oburzenia na jego niegrzeczność. Książę czy nie, ignorowanie jej, gdy z nią tańczył, było szczytem złych manier.

— Długo jest pan w Anglii? — zapytała, zastanawiając się, czy przynajmniej uda jej się skłonić go do mówienia o sobie. Zauważyła, że młodzi mężczyźni, z którymi miała do czynienia na spotkaniach towarzyskich w Durham, zawsze najchętniej mówili o własnych zainteresowaniach.

— Kilka miesięcy.

— I podoba się panu? — spróbowała ponownie, gdy po krótkiej odpowiedzi natychmiast zamilkł.

— Nieszczególnie. — Spojrzał jej prosto w twarz. — Damy nie są tak atrakcyjne ani tak dobrymi tancerkami jak te w Niemczech.

Diana oblała się rumieńcem szoku po tej zniewadze. Riposta cisnęła jej się na usta, ale przełknęła ją, wiedząc, że robienie sceny na jednym z najważniejszych balów w towarzystwie byłoby wyrokiem śmierci dla jej szans na udane małżeństwo. Zamiast tego przygryzła czubek języka i skupiła się na stawianiu każdego kroku skomplikowanej figury tanecznej z absolutną precyzją.

Na koniec tańca książę nawet nie odprowadził jej do matki, po prostu eskortował ją na skraj parkietu i odszedł, zostawiając ją kipiącą ze złości, z głową niemal wirującą od wściekłości.

— Widzę, że poznałaś Nadąsanego Księcia — powiedział rozbawiony głos, a Diana odwróciła się i zobaczyła lady Jersey, jedną z wpływowych patronek Almack's, obserwującą ją. Spotkały się tylko raz, kiedy Marianne zabrała Lavinię i Dianę na spotkanie z lady Jersey w celu uzyskania biletów, i Diana miała nadzieję, że potężna hrabina raczej ją polubiła.

Złożyła niski, pełen szacunku dyg. — Dobry wieczór, lady Jersey.

— Dobry wieczór, lady Diano. Nie zapytam, czy dobrze się pani bawi, bo sądząc po pani minie, wolałaby pani być niemal wszędzie indziej.

— Mimo mojego ostatniego partnera, obiecuję, że bawię się całkiem nieźle. — Zerkając na oddalające się plecy księcia, Diana zapytała cicho — Dlaczego *jest* taki nadąsany?

— Nie chce tu być — odparła bez wahania lady Jersey. — Jest czwartym synem i niezbyt przydatnym ojcu. Pewnego rodzaju kłopot, jeśli plotki, które słyszałam, są prawdziwe, a nie widzę powodu, dla którego miałyby nie być. Wysłano go tutaj, by stał się użyteczny dla ambasadora i być może znalazł sobie bogatą, dobrze skoligaconą angielską rodzinę, do której mógłby się wżenić.

— Najwyraźniej Creightonowie nie są wystarczająco bogaci ani dobrze skoligaceni, by brać ich pod uwagę — powiedziała Diana sucho, ale lady Jersey potrząsnęła głową.

— Niech pani nie bierze tego do siebie, moja droga. Książę Stefan wykonuje rozkazy, ale mu się one nie podobają. Jak wielu młodych mężczyzn w jego wieku, wolałby oddawać się hazardowi i kur..., ach, dobrej zabawie, niż ustatkować się i ożenić.

— Rozumiem.

— Proszę się nie smucić. Jest tu kilku porządnych. Słyszałam, jak Julianne mówiła, że chciałaby, aby poznała pani Williama, a właśnie go tam widzę. Chodź, przedstawię cię.

— Kim są Julianne i William? — zapytała Diana, bezradnie ciągnięta w ślad za władczą hrabiną.

— Och... księżna i jej pasierb. Balford. — Ostatnie słowo nie było skierowane do Diany, lecz w plecy wysokiego mężczyzny, który odwrócił się i uśmiechnął cierpko na widok lady Jersey.

— Moja pani. — Ukłonił się grzecznie, po czym jego wzrok przesunął się za nią na Dianę. Ramiona uniosły mu się w widocznym westchnieniu, a Diana zastanawiała się, czy nie uciec, zanim jeszcze zostanie przedstawiona. Ręka lady Jersey zacisnęła się na jej nadgarstku jak kajdany.

— Balford, powinieneś poznać lady Dianę Creighton, córkę nowego hrabiego.

Książę nie mógł być wiele lat starszy od niej i był naprawdę bardzo przystojny, pomyślała Diana. A przynajmniej byłby, gdyby nie zirytowany wyraz twarzy, którego najwyraźniej nie starał się zbytnio ukryć.

— Lady Diano. — Ukłonił się, ani o cal niżej niż wypadało księciu przed córką hrabiego. W odpowiedzi dygnęła minimalnie, zirytowana jego niegrzecznością. Skoro nie chciał tu być, to po co w ogóle przyszedł? Ale z drugiej strony, przyjęcie odbywało się w jego własnym domu, pomyślała; wyglądałoby to trochę dziwnie, gdyby nie pojawił się na balu własnej macochy.

— Wasza książęca mość — mruknęła.

— Lady Diana ma moje pozwolenie na tańczenie walca — powiedziała Lady Jersey z naciskiem.

— Oczywiście, że ma. A zatem, lady Diano, czy jest pani zajęta na następny taniec?

Naprawdę rozważała odmowę. Taniec z Nadąsanym Księciem zniechęcił ją do tańców na resztę wieczoru, ale myśl o konieczności przesiedzenia reszty nocy, ponieważ w przypływie irytacji odrzuciła aroganckiego księcia, była jeszcze bardziej nie do przyjęcia. Uśmiechnęła się więc, z wdziękiem przechyliła głowę, położyła dłoń na jego podanym ramieniu i udała, że nie zauważa zadowolonego uśmiechu lady Jersey.

Wszyscy goście już przybyli na bal; niewątpliwie zostanie on okrzyknięty wspaniałym „ściskiem", ale dla Diany wydawało się po prostu zbyt tłoczno i zbyt gorąco. Książę szedł długimi krokami, nie zważając na jej krótsze nogi ani wąską spódnicę sukni, która zmuszała ją do stawiania małych, drobiących kroczków. Musiała prawie biec, żeby za nim nadążyć, i pociła się w sposób wielce niedżentelmeński, gdy dotarli na skraj rzędów na parkiecie, a on obrócił ją twarzą do siebie z ponurą miną.

Pokój zawirował wokół niej, wszystko stało się mętne i ciemne. Zdezorientowana tym, co się dzieje, Diana zmarszczyła brwi.

Książę zmarszczył brwi w odpowiedzi.

A potem wszystko zniknęło, a ona osunęła się w bezwładnej kupce u jego stóp.

ROZDZIAŁ DRUGI

— A ON TAK po prostu *odszedł*? — Młodsza siostra Diany, lady Clarissa Creighton, siedziała po turecku na skraju jej łóżka i wpatrywała się w nią, osłupiała.

— Cóż, nie widziałam tego. — Diana westchnęła, opierając się o poduszki. — Ale tak, najwyraźniej odszedł, przewróciwszy wpierw oczami i rzuciwszy „Tylko nie kolejna!” na tyle głośno, że usłyszała go połowa sali.

— Co za skończony osioł! — rzuciła Clarissa.

Diana zdołała cicho zachichotać, choć upokorzenie tego wieczoru wciąż paliło ją w piersi. — To książę, Clarry. Nie możesz nazywać go osłem.

— Będę go nazywać, jak mi się podoba, skoro zostawił moją nieprzytomną siostrę na środku parkietu! Jeśli kiedykolwiek go spotkam, wygarnę mu, co o nim myślę! — Clarissa zamachnęła się rękami, niemal jakby udawała, że policzkuje owego obrażającego arystokratę.

— Mam nadzieję, że nigdy do tego nie dojdzie. Bez wątpienia byłby równie niegrzeczny i lekceważący wobec ciebie. — Przyciągnąwszy kolana do piersi, Diana objęła je ramionami, tuląc się mocno. Nie miała pojęcia, co dzisiejsze wydarzenia będą oznaczać dla jej sezonu, ale miała niejasne podejrzenie, że nic dobrego. Ocknęła się z omdlenia w pokoju dla dam, otoczona przez matkę i księżną Balford. Obecne były też inne panie, spoglądające w ich stronę i szepczące za osłoną rękawiczek; Diana wychwyciła powtarzane szeptem imię Marianne. Coś stało się z jej ciotką, coś na tyle szokującego, by odwrócić ich uwagę od Diany mdlejącej u stóp księcia. Lavinia pobladła na ustach, gdy Diana próbowała pytać, i gwałtownie ją uciszyła.

Księżna była bardzo miła, ale Diana odniosła wrażenie, że w głębi duszy kobieta się z niej śmieje. Próbowała wyjaśnić, że po prostu zasłabła od gorąca, ale było oczywiste, że nikt jej nie słucha, nawet własna matka. Z gorzkimi łzami frustracji piekącymi ją pod powiekami, powiedziała cicho, że chce wracać do domu.

— Myślę, że to chyba najlepsze wyjście, moja droga — rzekła uprzejmie księżna. — Zaraz każę podstawić wasz powóz. Czy pani myśli, że da radę iść, czy mam wezwać lokaja, by panią zaniósł?

— Pójdzie o własnych siłach, dziękuję pani — wtrąciła pospiesznie Lavinia. — To było tylko chwilowe zasłabnięcie. Diana generalnie cieszy się krzepkim zdrowiem.

— Nigdy w życiu nie zemdlałam. — Diana wciąż nie mogła uwierzyć w to, co się stało. — Nie wiedziałam, co się dzieje.

— Być może coś panią bierze — odparła księżna. — Albo to po prostu nadmiar emocji. — Posłała im uprzejmy uśmiech i odeszła, wyraźnie przestając się nimi interesować.

W drodze powrotnej do ich kamienicy Lavinia nie odezwała się ani słowem, tylko w milczeniu wpatrywała się za okno. Gdy weszły do domu, kazała Dianie iść prosto do łóżka, po czym sama udała się do salonu, gdzie, jak Diana była niemal pewna, jej matka skierowała się prosto do karafki z sherry.

— Jeśli chodzi o debiuty, to chyba nie mógł być gorszy — powiedziała Diana do siostry.

— Ale to nie była twoja wina!

— Jestem prawie pewna, że to nie będzie miało znaczenia. — Diana okręciła długi lok wokół palca, pociągając za niego, gdy rozmyślała o swoich marzeniach o błyskotliwym, udanym sezonie, w którym jej zwyczajna osoba w jakiś sposób przemieniłaby się w piękność każdego balu.

— To niesprawiedliwe. — Szczęka Clarissy wysunęła się w uparty sposób, który Diana znała aż za dobrze. Puściła lok i wyciągnęła ręce, by objąć siostrę.

— Nic się nie stało, Clarry. To bez znaczenia.

Clarissa posłała jej pełne wątpliwości spojrzenie, ale Diana zmusiła się do uśmiechu w odpowiedzi, chociaż ciężar w piersi zadawał kłam jej słowom. Podejrzewała, że w rzeczywistości będzie to miało całkiem spore znaczenie.

Kiedy następnego dnia ich ojciec złamał rękę w niewyjaśnionym do końca incydencie z udziałem łabędzia w parku, Diana uznała to za doskonały pretekst, by przez kilka dni unikać towarzystwa, żywiąc nadzieję, że do czasu jej powrotu wszyscy zapomną o jej małym omdleniu. Kilka dni to zdecydowanie nie było wystarczająco dużo czasu, jak wkrótce odkryła, gdy Marianne (teraz szczęśliwie zaręczona z Alexandrem) przedstawiła ją uśmiechniętemu młodemu człowiekowi na przyjęciu obiadowym około tygodnia po balu u Balfordów. Młodzieniec przez całą kolację zerkał w stronę Diany z drugiego końca stołu z uśmiechem i wyrazem widocznego zainteresowania na twarzy, a po posiłku, gdy panie i panowie ponownie się połączyli, podszedł do Marianne z oczywistym zamiarem uzyskania przedstawienia Dianie. Dość pochlebiony jego zainteresowaniem, Diana dygnęła, gdy Marianne przedstawiła lorda Amberle, baroneta z wyspy Guernsey.

— Moja bratanica, lady Diana Creighton — zakończyła Marianne prezentację, a pełen uznania uśmiech zniknął z twarzy Amberle'a. Cofnął się o krok.

— Mdlejący Kwiatuszek? — zapytał.

— Słucham pana? — Piękna twarz Marianne stwardniała.

— Proszę wybaczyć, lady Creighton, ale właśnie przypomniałem sobie o wcześniejszym zobowiązaniu. Muszę uciekać. — Skłonił się pospiesznie i wycofał z całą prędkością, zatrzymując się tylko na chwilę, by porozmawiać z gospodynią, zanim wyszedł.

— Szczerze mówiąc, wyglądał, jakby to on był bardziej skłonny do omdlenia niż ja — rzekła Diana, gdy Marianne zupełnie zaniemówiła.

— Żartujesz, ale wiem, jak łatwo przydomki potrafią przylgnąć. — Marianne odzyskała rezon i wzięła Dianę pod ramię. — Młodzi ludzie bywają okrutni i bezmyślni. Kazałabym Alexowi z nim porozmawiać, ale...

— Lord Glenkellie skończyłby, rugając pół Londynu, jak sądzę. — Diana wzruszyła ramionami, próbując sprawić wrażenie, że to bez znaczenia, chociaż wewnętrznie chciała płakać i krzyczeć, że to niesprawiedliwe, że to nie jej wina. — Bardzo wątpię, by lord Amberle był twórcą tego przezwiska. — *To prawie na pewno Balford*, pomyślała, a wściekłość na niegrzecznego, bezmyślnego księcia rozgorzała na nowo. Jego zachowanie było niegodne dżentelmena. To, że nie złapał jej, gdy mdlała, to jedno — przypuszczała, że możliwe, iż po prostu został zaskoczony — ale odejść i zostawić ją dosłownie leżącą w omdleniu na podłodze to zupełnie inna sprawa, a teraz, gdy odkryła, że ma przezwisko, którego prawie na pewno nigdy się nie pozbędzie, sprawiło, że jego postępek przechodził wszelkie pojęcie.

Nienawidzę go. Jeśli kiedykolwiek ponownie spotka aroganckiego młodego księcia, Diana postanowiła w tej samej chwili, że wygarnie mu, co o nim myśli. Biorąc pod uwagę przezwisko, była niemal pewna, że jej szanse na znalezienie męża w Londynie skurczyły się do zera, więc naprawdę nie miała nic do stracenia w takiej konfrontacji. Właściwie to nie mogła się jej doczekać. Zapisała już w swoim dzienniku kilka wyszukanych zwrotów, którymi chciałaby się z nim podzielić, z kilkoma zjadliwymi sformułowaniami zasugerowanymi przez Clarissę. Sam akt zapisania ich przyniósł jej ulgę, ale wciąż była zdeterminowana, by powiedzieć mu je prosto w twarz, jeśli tylko nadarzy się ku temu okazja.

Dopiero znacznie później tego wieczoru, leżąc już we własnym łóżku z Clarissą siedzącą obok, jak to miały w zwyczaju, gdy Diana opowiadała siostrze o wydarzeniach dnia, dotarła do niej rzeczywistość jej sytuacji i gorące łzy zaczęły spływać po jej policzkach. Jej sezon był całkowitą porażką, przylgnęło do niej przezwisko, którego nigdy się nie pozbędzie, jedyni zalotnicy, których teraz przyciągnie, to ci zdesperowani na jej posag, a wszystko to z winy jednego samolubnego, bezmyślnego, obojętnego księcia.

— Nienawidzę go — szlochała w ramię Clarissy. — *Nienawidzę* go.

— To potwór — powiedziała zaciekle Clarissa, wściekła w imieniu siostry. — Demon. Demoniczny Książę.

Diana pociągnęła nosem, wydając z siebie cichy chichot. — Gdyby tylko *to* przezwisko mogło do niego przylgnąć.

Obie wiedziały, że tak się nie stanie. Nikt poza księciem regentem nie odważyłby się obrazić kogoś tak potężnego jak książę królestwa takim przezwiskiem. Córka świeżo upieczonego hrabiego była łatwym celem; książę nie, nawet jeśli był młody i posiadał tytuł dopiero od roku.

— Może mogłabym powiedzieć to lady Jersey. Może by się roześmiała. — Ale nawet gdyby tak zrobiła, jej następną uwagą byłoby polecenie, by Diana nigdy nie powtarzała tego przezwiska nikomu innemu, by nie dotarło ono do uszu księcia, albo co gorsza, księżnej. Reputacja Diany mogła być w strzępach, ale za rok Clarissa będzie miała swój debiut, a za trzy lata ich siostra Penelope. Diana nie zaryzykuje dobrego imienia rodziny bardziej, niż już to zrobiła. Zdrażnienie potężnych Balfordów pogrzebałoby wszystkie ich nadzieje.

Lavinia również słyszała to przezwisko, Diana była tego pewna, chociaż jej matka o tym nie wspomniała. Była zdecydowanie blada na ustach i miała dziki wzrok, gdy następnego ranka weszła do sypialni Diany i kazała jej wstać, ponieważ tego dnia składały wizyty.

— Jaki to ma sens? — spytała Clarissa, siadając i marszcząc brwi. — Nikt nie będzie się o nią starał, przynajmniej nikt, kogo by chciała. Równie dobrze możemy wracać do domu, do Durham.

— Durham nie jest już domem, kiedy wbijesz to sobie do tej swojej głupiej główki! — Lavinia załamała ręce, po czym gestem wskazała na bogato zdobiony pokój. — *To* jest teraz nasz świat. Musimy się do niego dopasować.

— Coś nam to nie idzie — mruknęła Diana w poduszkę, po czym westchnęła i przewróciła się na drugi bok, delikatnie dotykając ramienia Clarissy, gdy jej siostra ponownie otworzyła usta, najwyraźniej zamierzając dalej drażnić matkę. — Tak, mamo. Gdzie dziś idziemy i co mam na siebie włożyć?

— Idziemy z wizytą do lady Treeve, a potem do pani Timms-Lacey, i powiedziałam Anne, żeby przygotowała dla ciebie różową satynę w kropki.

Diana stłumiła jęk. Clarissa wydała go za nią. — Ta suknia jest okropna, mamo; o wiele za dużo falbanek i kokardek. Diana wygląda w niej upiornie, bez względu na to, jak modny jest ten styl według *Magazynu dla Pań*!

— To najdroższa z twoich nowych sukien i *będziesz* ją nosić. Syn lady Treeve odziedziczy po dziadku markizat, a pani Timms-Lacey jest starszą siostrą hrabiego Porthcarrick. Obaj panowie są bardzo pożądanymi partiami i dali do zrozumienia, że zamierzają w tym sezonie szukać żony.

— Żaden z nich nie będzie chciał Mdlejącego Kwiatuszka — mruknęła Diana pod nosem, ale wiedziała, że matki nie da się przekonać, nie w tym nastroju. Lavinia wydawała się zdeterminowana, by zamieść całą katastrofę pod dywan, jakby nalegając, że nic się nie stało, wszyscy o tym zapomnieli.

Siedząc w salonie lady Treeve w znienawidzonej różowej satynowej sukni, czując, jak śliski i spocony materiał dotyka jej skóry, słuchając, jak dama uprzejmie tłumaczy, dlaczego jej syn nie będzie mógł dzisiaj zawrzeć z nimi znajomości, Diana desperacko próbowała wymyślić jakiś powód, dla którego nie mogłaby uczestniczyć w reszcie sezonu. Może mogłaby udawać chorobę? Twierdzić, że jej omdlenie było tylko pierwszym objawem czegoś poważniejszego? Clarissa by ją kryła, ale lekarz prawdopodobnie natychmiast przejrzałby ten podstęp, pomyślała ponuro. Nigdy nie miała talentu do udawania.

— Cóż, musimy już iść — powiedziała Lavinia, wstając i pociągając Dianę za sobą, gdyż mocno trzymała ją za nadgarstek. — Siostra lorda Porthcarrick zaprosiła nas z wizytą, wiesz. Diana jest bardzo rozchwytywana.

— Jestem pewna. — Lady Treeve ukryła uśmiech za dłonią, a Diana umarła tysiąc razy pod protekcjonalnie rozbawionym spojrzeniem starszej kobiety.

— Dziękuję za przyjęcie nas, moja pani — powiedziała, jakimś cudem utrzymując głos w ryzach dzięki czystej sile woli, a odrobina współczucia złagodziła wyraz twarzy lady Treeve.

— Może wizyta w Bath byłaby na miejscu — rzekła dama, gdy odwróciły się w stronę drzwi. — Dla zdrowia, rozumie pani. Klimat mógłby pani lepiej służyć niż londyński.

Mogliby tam być ludzie, którzy nie słyszeli o Mdlejącym Kwiatuszku, zinterpretowała uwagę Diana, ale pomyślała, że była ona podszyta życzliwością. Dygnęła.

Lavinia jednak wyraźnie kipiała z wściekłości, gdy opuszczały kamienicę Treeve'ów i wsiadały z powrotem do czekającego powozu. — Bath, doprawdy! Jedynego męża, jakiego byś tam znalazła, to jakiegoś starszego, schorowanego typa, który chce pielęgniarki, a nie żony!

— Myślę, że próbowała pomóc — mruknęła Diana.

— Mogłaby pomóc, przedstawiając cię swojemu synowi, tak jak obiecała! — Nozdrza Lavinii zwęziły się.

— To nie tak, jakby podpisała umowę prawną, mamo — próbowała Diana uspokoić wzburzoną matkę. — Jesteś zbyt przyzwyczajona do kontaktów z klientami taty z jego praktyki prawniczej.

— Nie znoszę ludzi, którzy nie dotrzymują słowa. — Z zaciętą miną Lavinia skinęła na woźnicę. — Zaczynam rozumieć, dlaczego twój ojciec miał tak niewielki pożytek z arystokracji, gdy musiał się z nimi zajmować w sprawach prawnych. Kłamią w żywe oczy bez mrugnięcia okiem.

— Więc wracamy teraz do domu? — zapytała z nadzieją Diana.

— Z pewnością nie. Posłałam liścik do pani Timms-Lacey, informując ją, że dziś złożymy wizytę. *My* dotrzymujemy obietnic. A dziś wieczorem jesteśmy zaproszone na obiad do lady Danforth; ma *dwóch* synów w wieku do ożenku, wicehrabiego i jego młodszego brata, obaj bardzo sympatyczni, jak mi powiedziano...

Diana oparła się o poduszki i pozwoliła myślom odpłynąć, pozwoliła, by gadanina matki stała się mglistym, bezsensownym dźwiękiem w tle sceny, którą wyczarowała w swojej wyobraźni. Zawsze była szczęśliwsza we własnym towarzystwie niż w jakimkolwiek innym, może z wyjątkiem Clarissy, ponieważ zawsze mogła schronić się w szczęśliwszym miejscu w swoim umyśle.

Scena, którą sobie teraz wyobrażała, to spokojny spacer po lesie, z olbrzymimi dębami i bukami wznoszącymi się wokół niej w starożytnym lesie. Światło słoneczne przesączało się przez liściasty baldachim, tworząc jasne, przypadkowe wzory na leśnym poszyciu. Śpiew ptaków wypełniał powietrze, podnosząc ją na duchu. Lekki, ciepły wiatr całował jej policzki, a ona powoli wciągnęła powietrze.

I zakaszlała, otwierając gwałtownie oczy. Londyńskie powietrze było dalekie od słodkiego, czystego powietrza wsi, nawet pod koniec stycznia, kiedy chłód powstrzymywał najgorsze zapachy przed unoszeniem się w powietrzu. Ogromna liczba palących się kominków węglowych nadawała powietrzu ostry, dymny zapach, który palił jej płuca.

— Jesteśmy na miejscu — rzekła Lavinia, gdy powóz ponownie się zatrzymał. — Koniec marzeń na jawie, Diano.

— Tak, mamo — powiedziała posłusznie, chociaż wszystko w niej krzyczało, by kazać woźnicy jechać dalej, zabrać ją prosto z Londynu, gdzieś, gdzie powietrze było czyste, a trawa zielona.

Zamiast tego pozwoliła lokajowi pomóc jej wysiąść, wyprostowała poły znienawidzonej różowej satyny i uniosła podbródek, przygotowując się po raz kolejny do stawienia czoła tym, którzy będą się z niej śmiać za jej plecami.

ROZDZIAŁ TRZECI

Klub Almack's miał być punktem kulminacyjnym sezonu każdej debiutantki, a biorąc pod uwagę wysiłek, jaki Marianne włożyła w zapewnienie Dianie i jej matce biletów wstępu, Lavinia nie zamierzała pozwolić, by taka okazja przeszła jej koło nosa. Zamówiła dla Diany nową i niezwykle drogą suknię, przekonała Arthura, że musi wziąć udział w balu, by wspierać córkę, i z zapałem rzuciła się w wir przygotowań.

Sytuacja nieco się uspokoiła w ciągu dwóch tygodni, które minęły od balu u Balfordów; ludzie nie chichotali już za jej plecami, gdy tylko ją widzieli, a ona sama zaczynała nawet wierzyć, że Lavinia może mieć rację i że uda im się to wszystko przetrwać z podniesioną głową. Wszyscy mówili o triumfie Marianne, która usidliła lorda Glenkellie, a część tej chwały spłynęła również na Dianę, nieco ułatwiając jej życie.

Wszystko jednakże zawaliło się w ciągu pierwszych dziesięciu minut w uświęconych salach Almack's, gdy niespodziewanie stanęła twarzą w twarz z księciem Balfordem. Zaskoczona, znieruchomiała. Do głowy przyszło jej kilka ripost, które pieczołowicie zapisała w swoim dzienniku, i właśnie w myślach je przeglądała, wybierając tę najdotkliwszą, gdy on najwyraźniej ją rozpoznał i *roześmiał się*.

Ogarnęła ją wściekłość, policzki poczerwieniały, a ona otworzyła usta, by powiedzieć nie wiedzieć co, choć prawdopodobnie byłoby to wyjątkowo niegrzeczne i być może zrujnowałoby jej reputację. Nie dostała jednak szansy, ponieważ odwrócił się na pięcie i niemal uciekł, a jego długie kroki niosły go w tempie, któremu musiałaby dorównać sprintem.

Ze łzami frustracji w oczach Diana sama odwróciła się do ucieczki, by znaleźć jakieś ustronne miejsce, jeśli zdoła, zanim tama pęknie i wszyscy zobaczą, jak płacze. Wpadła prosto na ojca, który jęknął z bólu, gdy uderzyła w temblak podtrzymujący jego ramię w szynie. Drugą ręką podtrzymał ją.

— Diana! Co ty wyprawiasz, dziecko... Czekaj, ty płaczesz. Wszystko w porządku?

Spojrzała na niego oczami szklistymi od łez i wyznała jedyną prawdę, jaką w tamtej chwili w sobie znalazła.

— Chcę iść do domu.

Trzeba mu przyznać, że Arthur nie zawahał się ani na chwilę. Objął Dianę zdrowym ramieniem i poprowadził ją prosto do drzwi, zatrzymując się tylko na moment, by poprosić lokaja o odnalezienie lady Creighton i wysłanie jej do foyer.

— Nasza córka jest niedysponowana. Jeśli nasz powóz podjedzie, zanim lady Creighton do nas dołączy, zabiorę Dianę do domu i odeślę go po żonę.

Diana nie była pewna, jak udało jej się powstrzymać łzy, dopóki nie znaleźli się bezpiecznie w powozie, z dala od ciekawskich spojrzeń. Lavinia przybyła w chwili, gdy Arthur wsiadał do środka, i piskliwym głosem zażądała, by natychmiast się zatrzymali. Diana przecież jeszcze z nikim nie zatańczyła!

— Wsiadaj do tego przeklętego powozu, Lavinio — polecił Arthur. — Diana jest wykończona.

— Wykończona? Przecież dopiero co przyjechaliśmy!

— Była wykończona już tydzień temu. Czy ty nie widzisz, jaka ta dziewczyna jest nieszczęśliwa? Spójrz na nią! Jest chuda i blada, marnieje w oczach!

Niespodziewana obrona ze strony ojca była dla Diany ostatnią kroplą. Wybuchnęła głośnym płaczem, a Arthur natychmiast objął ją zdrowym ramieniem, przytulając jej twarz do swojego barku. — Wsiadaj, Lavinio — rozkazał krótko, a Lavinia, zszokowana do milczenia łzami Diany, posłusznie go usłuchała.

— Co się stało? — zapytała. — Sir David Reed właśnie prosił o przedstawienie, a to bardzo szanowany dżentelmen z uroczą posiadłością w Buckinghamshire, jak mi powiedziano. Będziesz musiała go poznać na balu u Hallamów w piątek...

— Żadnych więcej balów! — zawołała Diana w desperacji.

— Diana, chyba nie mówisz poważnie!

— Zostaw ją w spokoju — powiedział szorstko Arthur. — Nie widzisz, że ona nienawidzi tego wszystkiego? Wychowała się w przekonaniu, że poślubi jakiegoś spokojnego, szanowanego dżentelmena w Durham i przeżyje całe życie, nie widząc nawet Londynu i tego, co wyczynia śmietanka towarzyska. Daj dziewczynie spokój. Nie chce iść na kolejny przeklęty bal.

— Czy chodzi o ten głupi przydomek? Bo już nikt o tym nie mówi. Jeszcze tydzień lub dwa i wszystko pójdzie w zapomnienie.

— Nie pójdzie w zapomnienie, dopóki książę Balford będzie się śmiał za każdym razem, gdy mnie zobaczy — pociągnęła nosem Diana. — Nie dam rady, mamo. Przykro mi, ale po prostu nie dam rady. Chcę do *domu*.

— Londyn pasuje ci tak samo jak mnie — mruknął Arthur, przytulając ją mocniej. — W porządku, moja dziewczyno. Pojedziemy na ślub Marianne, żeby okazać rodzinne wsparcie, a potem wyjeżdżamy z Londynu. Ja też nie mogę się doczekać powrotu do domu.

Lavinia protestowała gwałtownie, ale jej mąż podjął decyzję. Miał dość Londynu i śmietanki towarzyskiej; jedyne, na co się zgodził, to ewentualny powrót we wrześniu lub październiku na kilka tygodni małego sezonu.

Diana nie mogła poczuć większej ulgi. Jej ojciec nie miał do końca racji, że nienawidziła całego Londynu; przez chwilę dała się porwać jego lśniącej fantazji, pięknu sukien i czystemu romantyzmowi bycia wirującą po sali balowej w ramionach przystojnego, utytułowanego dżentelmena, ale rzeczywistość jednego małego incydentu, który doprowadził do jej całkowitego ośmieszenia, zniszczyła całą radość. Nie potrafiła już patrzeć na zebrane tłumy inaczej niż jak na stado wron, chciwie czyhających na padlinę kolejnej nieszczęśnicy, która padnie ofiarą plotek.

Wracając do Creighton Hall, nawet w obliczu srogiej zimy, Diana czuła, jakby spadł z niej wielki ciężar. Posiadłość była jej domem zaledwie od roku, a jednak odczuła ogromną ulgę, gdy przekroczyła próg, a kamerdyner odebrał jej płaszcz, cicho mrucząc:

— Witamy w domu, lady Diano.

Odetchnęła, czując, jak napięty ból, który od tygodni ściskał jej żołądek, wreszcie ustępuje, i uśmiechnęła się w odpowiedzi.

— Dobrze być w domu.

— Amen — mruknął jej ojciec, przechodząc obok niej i kierując się do swojego gabinetu. — Jeśli już nigdy nie będę musiał jechać do Londynu, to i tak będzie za wcześnie. — Skinął głową do Diany, mrugnął do niej, a ona odwzajemniła uśmiech.

— Jesteście parą malkontentów i nie wyobrażam sobie, jak mam znaleźć męża dla Clarissy w przyszłym sezonie, skoro Diana wciąż jest niezamężna! — głos Lavinii uniósł się piskliwie.

— Może pozwolisz jej samej znaleźć męża. Jeśli w ogóle go chce. — Arthur skinął głową córkom, zanim stanowczo zamknął drzwi gabinetu przed nosem swojej kipiącej ze złości żony.

— Tata jest nieoczekiwanym, choć bardzo mile widzianym sojusznikiem — szepnęła Clarissa do Diany, gdy siostry wchodziły po schodach, starając się uciec, zanim Lavinia zauważy ich pośpieszne oddalenie. — Widząc, co cię spotkało, myślę, że Londyn to ostatnie miejsce, gdzie powinnam się pokazywać. Nie mam twojego taktu i uroku; w ciągu pierwszych pięciu minut powiedziałabym coś niestosownego dokładnie nie tej osobie co trzeba i reputacja rodziny byłaby przypieczętowana.

Diana nie zaprzeczyła. Clarissa była nieustraszona, czego Diana często jej zazdrościła, ale rzadko myślała, zanim coś powiedziała, i była szczera aż do bólu. Powstrzymanie jej skłonności do cierpkich komentarzy prawdopodobnie przerosłoby jej siły, zwłaszcza biorąc pod uwagę jej ogólny gniew z powodu tego, jak śmietanka towarzyska potraktowała jej ukochaną siostrę.

— Będziemy musiały zadowolić się małżeństwami ze spokojnymi wiejskimi dziedzicami, jeśli jacyś nas zechcą — powiedziała Diana, biorąc Clarissę pod ramię.

Clarissa skrzywiła się. — Nienawidziłabyś tego prawie tak samo jak ja — powiedziała. — Znudziłabyś się w ciągu miesiąca. Szkoda, że Balford okazał się takim łajdakiem, bo byłabyś idealną księżną.

Diana musiała się roześmiać. — Patrzysz na mnie przez różowe okulary kochającej siostry, najdroższa.

— Zobaczysz — powiedziała Clarissa z determinacją i optymizmem. — Musi tu być mnóstwo młodych mężczyzn, którzy z chęcią by cię adorowali. Wiem, że mama odkładała przyjmowanie gości do czasu twojego oficjalnego debiutu w Londynie, ale to z pewnością się teraz zmieni.

Teraz, gdy jej nadzieje związane ze mną legły w gruzach i musi mnie jakoś wydać za mąż przed następnym sezonem, pomyślała ponuro Diana. Nie miała wielkiej nadziei, że w Creighton Hall cudownie pojawi się odpowiedni kandydat na męża i padnie jej do stóp. Nie były w Durham, z rozsądną populacją ludzi wszystkich stanów. Creighton leżało pośród dzikich, odległych terenów, a w promieniu pięciu mil od posiadłości nie było nic prócz małych wiosek. Nawet gdyby jakiemuś kupcowi lub farmerowi przyszło do głowy, by starać się o rękę Diany, Lavinia nigdy nie wpuściłaby go za próg. A w Durham, najbliższym mieście, znała już wszystkich... i wiedziała, że nie ma tam nikogo, za kogo chciałaby wyjść.

Może Diana powinna była spróbować przekonać Lavinię, by posłuchała życzliwej rady lady Treeve. Bath było daleko, ale na północy Anglii znajdowały się uzdrowiska. Buxton, Harrogate, Scarborough; wszystkie przyciągały niewielkie zgromadzenia wyższych sfer.

Może na wiosnę, pomyślała Diana. Lavinia do tego czasu oszaleje z frustracji. Być może byłaby otwarta na sugestię odwiedzenia jednego z uzdrowisk na tydzień lub dwa, a Diana miałaby szansę poznać nowych dżentelmenów, którzy nie słyszeli o Mdlejącym Kwiecie.

Jak się okazało, Diana nie musiała wprowadzać swojego planu w życie. Kilka tygodni po powrocie do domu ojciec wezwał ją pewnego ranka do swojego gabinetu.

— Wzywałeś mnie, tato? — Diana zatrzymała się tuż za progiem.

Arthur podniósł wzrok znad stosu papierów na biurku, marszcząc czoło. Jego wyraz twarzy jednak złagodniał, gdy ją zobaczył. Wstał i gestem zaprosił ją bliżej, wskazując na krzesło ustawione obok biurka.

— Otrzymałem list od lady Glenkellie — powiedział Arthur, gdy Diana usiadła. — Pisałem do niej. Ja... miałem wobec niej pewien dług.

Choć jego ramię wyzdrowiało, a szyna i temblak dawno zostały zdjęte, przez chwilę objął dłonią nadgarstek, a jego usta wykrzywił grymas bólu. — Ona i Glenkellie byli na tyle łaskawi, by wybaczyć moje błędy, a twoja ciotka była bardzo zmartwiona okolicznościami, które zmusiły nas do opuszczenia Londynu znacznie wcześniej, niż zamierzaliśmy.

Z powodu katastrofalnego debiutu Diany, domyśliła się i skrzywiła. Dobroduszna Marianne nie musiała się martwić o siostrzenicę w pierwszych dniach swojego nowego małżeństwa. — Czy zapewniłeś ją, że wcale się nie załamałam? — zapytała z nadzieją.

— Powiedziałem jej prawdę, czyli że robisz dobrą minę do złej gry, a ona ma propozycję, a właściwie bardzo hojną ofertę, zarówno dla ciebie, jak i dla Clarissy. Muszę zaznaczyć, że nie pozwoliłbym Clarissie jechać bez ciebie, dlatego rozmawiam tylko z tobą. Jeśli odmówisz, odmowa będzie dotyczyła was obu.

— Nie rozumiem, tato. O jaką ofertę chodzi?

— Glenkellie i Marianne planują podróż poślubną do Włoch, gdzie matka Glenkelliego odwiedza swoją siostrę, która jest żoną jakiegoś szlachcica z... — Arthur przerwał, by sprawdzić list na biurku — Florencji. Marianne prosi, byście ty i Clarissa towarzyszyły im w podróży. W maju wyruszą z posiadłości Glenkelliego w Szkocji, aby odwiedzić lorda i lady Havers w Herefordshire, po czym w Bristolu wejdą na pokład prywatnie wyczarterowanego statku, płynącego prosto do Florencji.

Diana wpatrywała się w niego z całkowitym osłupieniem, nie rozumiejąc, dopóki Arthur nie podał jej listu.

— Proszę. Przeczytaj sama.

Pismo było wyraźnie pismem Marianne, z zaokrąglonymi, kobiecymi literami. Diana przeczytała słowa kilka razy, zanim naprawdę do niej dotarły.

— Zamierzają być poza Anglią co najmniej osiem miesięcy — powiedziała.

— Owszem. Clarissa nie miałaby swojego debiutu w Londynie przyszłej jesieni, co bez wątpienia zmartwi twoją matkę, ale biorąc wszystko pod uwagę, może to i lepiej. Jeśli zdecydujesz się jechać z ciotką, pozwolę Clarissie wybrać, czy pojedzie z tobą, czy pozwoli matce zabrać ją do Londynu.

Diana nie miała najmniejszych wątpliwości, jakiego wyboru dokona Clarissa. Podróż do Włoch była przygodą przekraczającą ich najśmielsze marzenia; Clarissa nigdy nie oparłaby się tak wyjątkowej okazji. I chociaż do tej pory Diana nawet nie wyobrażała sobie, że mogłaby otrzymać szansę na tak daleką podróż, nagle nie pragnęła niczego bardziej.

— Chcę jechać — powiedziała.

— Spodziewałem się tego. — Uśmiech Arthura był cierpki. — Chciałabyś zawołać siostrę, żebyście mogły omówić tę sprawę razem? Ja zajmę się poinformowaniem twojej matki.

Diana nie zazdrościła ojcu tej rozmowy. Impulsywnie zerwała się na nogi, pochyliła i objęła go za szyję, całując w policzek. — Dziękuję ci — powiedziała.

— Nie dziękuj mnie — odparł szorstko Arthur. — To wszystko był pomysł twojej ciotki.

— I twoja decyzja, żeby nas puścić.

— No cóż, no cóż. — Arthur wyglądał na nieco zmieszanego. — Bardzo skrzywdziłem Marianne. Wygląda na to, że jej osąd jest znacznie lepszy niż mój, więc ufam jej i Glenkelliemu w kwestii waszego dobra. Biorąc wszystko pod uwagę, myślę, że tak będzie najlepiej. Szansa dla was, dziewczęta, by zobaczyć trochę świata. — W jego oku pojawił się błysk. — A jeśli przypadkiem znajdziecie mężów podczas podróży, wasza matka wszystko wybaczy.

— Tego obiecać nie mogę, tato — powiedziała wesoło Diana — ale mogę obiecać, że nie odrzucę żadnego odpowiedniego dżentelmena od ręki.

— Twoja matka będzie musiała się tym zadowolić. A teraz biegnij; widzę, że już cię świerzbi, żeby wszystko opowiedzieć Clarry. Tak, możesz zabrać list. Jeśli chciałabyś napisać odpowiedź, którą dołączę do mojego listu zwrotnego do ciotki, proszę, przynieś mi ją, zanim udasz się na spoczynek. Chciałbym wysłać odpowiedź rano.

Gdy Diana podeszła do drzwi, te otworzyły się, ukazując jej matkę. Lavinia zmarszczyła na nią brwi. — Dlaczego tu jesteś? O tej porze miałaś ćwiczyć na pianoforte...

— Ja ją wezwałem, Lavinio. Wejdź, proszę — powiedział Arthur, zanim Diana zdążyła się odezwać. — Biegnij już, Diano. Może powinnaś poćwiczyć swój włoski. — Mrugnął do niej jednym okiem, zanim wypchnął ją na zewnątrz, ratując przed złością Lavinii. Śmiejąc się i obejmując ramionami, Diana pospieszyła odnaleźć siostrę, zdesperowana, by podzielić się niesamowitym szczęściem, które miało je spotkać dzięki ich kochającej ciotce.

ROZDZIAŁ CZWARTY

Słona mgiełka szczypała Dianę w policzki, poderwana z fal przez orzeźwiającą bryzę, ale nie ruszyła się ze swojego miejsca na dziobie statku, dopóki nie usłyszała swojego imienia. Odwróciła się na dźwięk głosu i zobaczyła siostrę machającą do niej z kasztelu; za nią otwarte były drzwi prowadzące do kajut, które ich towarzystwo zajmowało podczas podróży.

Diana westchnęła i po raz ostatni spojrzała na linię brzegową mijaną po lewej stronie statku. Płynęli w zasięgu wzroku włoskiego wybrzeża przez ostatnie dwa dni, odkąd zawinęli do Florencji, by odkryć, że matka i ciotka Alexa postanowiły udać się do Wenecji, aby odwiedzić kuzynkę Alexa, która poślubiła weneckiego szlachcica. Alex w mgnieniu oka podjął decyzję, by za nimi podążyć, zanim pozwolił slupowi, który wyczarterował, by przewiózł ich do Włoch, ruszyć w dalszą drogę. Szybko dotarli z Anglii, a kapitan i tak nie narzekał na to, że ma płatnych pasażerów aż do Wenecji.

Wracając do Clarissy, Diana nie miała problemu z utrzymaniem równowagi, gdy statek kołysał się powoli na falach. Przeszli przez nieprzyjemną przeprawę przez kanał La Manche i okropną podróż przez Zatokę Biskajską, podczas której nawet Alexander, który jako żołnierz wielokrotnie przekraczał kanał, uległ chorobie morskiej. Jednak gdy płynęli wzdłuż wybrzeża Portugalii, pogoda się poprawiła i Diana zaczęła przyzwyczajać się do kołysania statku. Gdy tylko wpłynęli na Morze Śródziemne i minęli czujny fort w Gibraltarze, morze wygładziło się, stając się przejrzyste i lśniące jak lustro, a ona odkryła, że podróż sprawia jej sporą przyjemność.

— Znowu widziałam delfiny — powiedziała Diana, docierając do Clarissy. — Lubią płynąć na fali dziobowej statku.

— Och, przegapiłam je. — Clarissa zrobiła naburmuszoną minę. — Obawiam się, że ciotka Marianne wysłała mnie po ciebie. Kapitan mówi, że wkrótce wpłyniemy do laguny i w ciągu godziny będziemy przy nabrzeżu, więc musisz dokończyć pakowanie swoich rzeczy.

Niewiele jej zostało do zrobienia; kajuta, którą dzieliła z Clarissą, była na tyle mała, że musiały utrzymywać porządek, wyjmując z kufrów tylko te rzeczy, których potrzebowały na dany dzień. Mimo to Diana poszła za siostrą do środka.

Statek rzeczywiście zacumował w ciągu godziny, ale minęły kolejne trzy, zanim ich grupa mogła zejść na ląd. Na pokład weszli miejscowi urzędnicy celni, aby zbadać dokumenty przedstawione przez Alexa; na szczęście miał list od jakiegoś wysoko postawionego urzędnika brytyjskiego rządu, który zdawał się ich zadowolić, i chociaż udzielili mu surowych instrukcji co do tego, z kim ma się spotkać w najbliższych dniach, aby ich pobyt został zatwierdzony, dali im również pozwolenie na opuszczenie statku.

Alex od razu poszedł dowiedzieć się, jak mają dotrzeć pod adres zostawiony przez jego ciotkę. Marianne, Diana i Clarissa pozostały na statku, opierając się o reling i z fascynacją obserwowały to, co działo się w lagunie. Gondole nie przypominały niczego, co Diana kiedykolwiek widziała: długie i smukłe, z wysokimi dziobami i rufami, a mężczyźni w koszulkach w paski używali długich tyczek do poruszania łodziami.

Kiedy Alex wrócił, przyniósł wieści, że popłyną gondolą do celu, a druga popłynie za nimi z ich bagażem. Podniecone możliwością przejażdżki jednym z tych egzotycznych środków transportu, Diana i Clarissa pospiesznie zeszły na nabrzeże i przepychały się w zniecierpliwieniu, a Clarissa o mało nie wpadła do laguny, gdy podskoczyła do przodu, próbując wejść na pokład jako pierwsza.

— Uspokójcie się, dziewczęta. — Marianne najwyraźniej z trudem powstrzymywała śmiech. — Ja też nie mogę się doczekać końca naszej podróży, ale zapewniam was, że nie mam ochoty na morską kąpiel po drodze.

Nieco zmitygowana tym, że niewiele brakowało, Clarissa usiadła statecznie na wąskiej ławce, uśmiechając się nieśmiało do Diany i podając jej rękę, by pomóc jej utrzymać równowagę. — Przepraszam — powiedziała.

— Nic się nie stało. — Diana doskonale ją rozumiała; podniecenie związane z dotarciem wreszcie do kresu podróży było zbyt wielkie, by je powstrzymać. Chłonęła wszystko wzrokiem, podczas gdy Marianne i Alex usiedli na drugiej ławce, a gondolier odepchnął się od nabrzeża.

— Jak daleko jest tam, dokąd płyniemy? — zapytała Diana Alexa.

— Powiedział mi, że niedaleko. — Alex skinął głową w stronę gondoliera. — Co po włosku może oznaczać dziesięć minut albo dwie godziny. — Uśmiechnął się szeroko, a długa, sina blizna po jednej stronie twarzy wykrzywiła jego uśmiech. — Radzę po prostu cieszyć się podróżą.

Było gorąco, letnie słońce prażyło niemiłosiernie. Diana była wdzięczna za szerokie rondo swojego kapelusza i marzyła o lżejszej sukni; mimo że ta, którą miała na sobie, była z cienkiej bawełny, już przyklejała się do niej w wilgotnym powietrzu. Rozglądała się wokół, gdy gondola sunęła gładko po wodach laguny, zmierzając ku szerokiemu ujściu kanału.

Gondolier powiedział coś szybkim włoskim, a Diana słuchała uważnie, żałując, że nie miała wcześniej więcej okazji, by usłyszeć ten język w wykonaniu rodowitych Włochów. Mówili szybciej, niż się spodziewała; wydawało jej się, że zna słowa, ale mężczyzna zdawał się je wszystkie ze sobą zlewać.

— Wydaje mi się, że powiedział, że to Canal Grande — odezwała się, a Clarissa skinęła głową na znak zgody.

— A potem coś o świętym Marku?

— Piazza San Marco — powiedział Alex.

— Och, czytałam o tym w przewodniku! — Diana przeczytała małą książeczkę, którą znalazła w bibliotece Creighton Hall co najmniej tuzin razy i chociaż była przestarzała o pięćdziesiąt lat, przypuszczała, że główne zabytki nie zmieniły się znacząco. — Tam jest Pałac Dożów.

— Odwiedzimy go? — zapytała gorliwie Clarissa. — Czy doża wciąż tam mieszka?

— Ostatni doża został obalony przez Napoleona — poinformował ją Alex. — Teraz mieszka tam austriacki zarządca miasta, ale na pewno postaramy się o pozwolenie na zwiedzanie i obejrzenie tych komnat, które mogą być otwarte dla publiczności.

Gondolier powiedział coś jeszcze szybszym włoskim, a potem się roześmiał. Alex zmarszczył brwi i zadał mu pytanie.

— Nie ma potrzeby odwiedzać Pałacu Dożów — powiedział gondolier wolniejszym włoskim, na tyle wolnym, że Diana mogła zrozumieć jego słowa. — Palazzo Franchetti jest tylko trochę mniejszy, a w środku jeszcze wspanialszy.

Diana i Clarissa wymieniły nieme, pełne domysłów spojrzenia, po czym przeniosły wzrok na Alexa. Wzruszył ramionami, rozkładając ręce. — Nie mam bladego pojęcia. Moja kuzynka Marietta jest ode mnie o piętnaście lat starsza; poślubiła Duca di Franchetti i przeniosła się do Wenecji, gdy byłem jeszcze dzieckiem. Ma syna, jak sądzę, który ma teraz około dwudziestu lat i odziedziczył tytuł po śmierci ojca. W notce od ciotki było napisane, że młody książę się żeni, dlatego moja ciotka i matka postanowiły wybrać się do Wenecji.

Przepływali właśnie pod mostem. Gondolier przestał wiosłować, by wskazać coś przed nimi. — Palazzo Franchetti — powiedział, a Diana odwróciła się na ławce, by spojrzeć.

— O, rety — wyszeptała, słysząc, jak Clarissa powtarza to samo obok niej. Pałac prawdopodobnie nie był o wiele większy niż Creighton Hall, ale był nieskończenie bardziej ozdobny. Miał pięć pięter i wyrastał prosto z kanału, zdawał się zajmować cały kwartał, na ile można było to określić w Wenecji, gdzie ulice zastąpione były kanałami.

Z przodu, przed imponującymi drzwiami, znajdowało się coś w rodzaju podestu i gondolier dobił do niego. Zachichotał, gdy Alex wręczył mu kilka monet, kiwając radośnie głową. Z pałacu pospiesznie wybiegli służący, a dłonie wyciągnęły się, by pomóc im wysiąść z łodzi. Diana przyjęła pewną dłoń lokaja i weszła na podest, rozglądając się z fascynacją. Służący, sami mężczyźni, nosili jaskrawą liberię w kolorze pomarańczowym i turkusowym, z długimi spodniami zamiast bryczesów do kolan i płaskimi czarnymi pantoflami z odkrytą piętą.

— Markiz Glenkellie? — zapytał jeden z lokajów Alexa, który skinął głową.

— To jest markiza — wskazał na Marianne — é Lady Diana Creighton, Lady Clarissa Creighton.

Po tym anonsie nastąpiła fala ukłonów, jeszcze głębszych, niż Diana zwykła widywać u angielskiej służby, i zostali wprowadzeni do środka, przez szeroki korytarz z kolumnami po obu stronach, do elegancko urządzonego salonu przyjęć. Diana rozglądała się, próbując wszystko ogarnąć; chociaż niektóre rzeczy były znajome, inne były subtelnie inne, subtelnie *obce* dla angielskiego oka. Usiadła na sofie o wymyślnych, pozłacanych, zakręconych nogach, obitej bogatym, ciemnozielonym aksamitem ze zdobieniami ze złotej nici. Clarissa usiadła obok niej z oczami równie szeroko otwartymi, jak Diana była pewna, że są jej własne.

Do środka weszła kobieta, drobna i szczupła, ale wyjątkowo dobrze ubrana w suknię z połyskującego szmaragdowego jedwabiu. Jej włosy były srebrzystobiałe, oczy jasnoniebieskie, a twarz nie wyglądała na tyle staro, by pasować do tych włosów. Diana zastanawiała się, czy to ciotka Alexa; jego matkę poznała już przelotnie podczas swoich niefortunnych kilku tygodni w Londynie.

Alex wstał z uprzejmym uśmiechem i skłonił się, ale na jego twarzy nie było rozpoznania. Wygłosił uprzejme powitanie po włosku, a kobieta się roześmiała.

— Nie ma potrzeby się wysilać — powiedziała po angielsku, który był nie tylko płynny, ale wręcz rodzimy. Z całą pewnością była Angielką. — Miło mi pana poznać, lordzie Glenkellie. Pańska ciotka Elizabeth stała się moją bliską przyjaciółką i z radością poznałam również pańską matkę.

Alex skinął głową.

— Ależ gdzie moje maniery! Jestem Elspeth Franchetti, księżna wdowa... cóż, starsza księżna wdowa. Pańska kuzynka Marietta była żoną mojego syna.

— Wasza Wysokość. — Alex skłonił się ponownie. — Proszę pozwolić, że przedstawię moją żonę, lady Glenkellie, oraz jej siostrzenice, lady Dianę i lady Clarissę Creighton.

— Jestem zachwycona, że mogę was wszystkich gościć w Palazzo Franchetti i mam nadzieję, że przyjmiecie moje powitanie w imieniu mojego wnuka, księcia. — Obdarzyła wszystkich ciepłymi uśmiechami. — Wszyscy są obecnie poza domem, odwiedzając przyjaciół, ale wrócą na kolację i mam nadzieję, że dołączycie do nas, by zjeść *w rodzinnym gronie.*

— Będziemy zaszczyceni, Wasza Wysokość — powiedziała Marianne.

Wdowa machnęła smukłą dłonią, a ogromny diament na jej palcu błysnął w świetle. — Mamy teraz w tym domu trzy księżne Franchetti i uznałyśmy, że wszystkie mamy dość zamieszania, które to powoduje. Proszę, mówcie mi lady Elspeth, a ja, jeśli wolno, będę was nazywać lady Marianne. Skoro *również* mamy dwie lady Glenkellie.

Marianne roześmiała się i zgodziła, a lady Elspeth przywołała kilku lokajów. — Czekały na was przygotowane komnaty, odkąd twoja matka była pewna, że do nas dołączysz, Glenkellie. Wasze kufry zostały już wniesione. Czy dobrze rozumiem, że przywiozłeś ze sobą tylko dwoje służących?

— Zgadza się, moją pokojówkę Jean i lokaja Simonsa — zgodziła się Marianne. — Planowaliśmy zatrudnić miejscową służbę...

Lady Elspeth odrzuciła jej sugestię machnięciem ręki. — Mamy tu pełen dom, a kilkoro z nich doskonale mówi po angielsku. Oddam do dyspozycji waszej rodziny lokaja, dziewczynę do pomocy waszej pokojówce i po jednej pokojówce dla waszych siostrzenic.

Marianne próbowała zaprzeczyć konieczności, ale lady Elspeth nie dała się przekonać. Wydała rozkazy szybkim włoskim, a lokaje podeszli, kłaniając się głęboko.

Zostali zaprowadzeni do wspaniałego apartamentu na drugim piętrze, tuzina połączonych ze sobą komnat rozmieszczonych wokół centralnego salonu, tak dużego jak wszystko, co Diana widziała w londyńskich rezydencjach elity, i jeszcze bogaciej udekorowanego. Ona i Clarissa dostały po sypialni, z łączącymi je drzwiami, co doceniła, ponieważ była pewna, że będą zakradać się do swoich pokoi na nocne pogawędki.

W komnacie Diany były już dwie pokojówki, rozpakowujące jej suknie i strzepujące je. Obie dygnęły głęboko, gdy Diana weszła, a jedna podeszła bliżej.

— Dzień dobry, milady — powiedziała bardzo dobrym, choć z silnym akcentem, angielskim. — Mam na imię Gianna i będę pani służyć podczas pobytu w Palazzo Franchetti. To jest Piera, która zajmie się pani praniem. Ona nie mówi tak dobrze po angielsku jak ja.

— Twoja angielszyzna jest rzeczywiście doskonała — zgodziła się Diana, a potem przeszła na włoski, by dodać: — I może Piera nie będzie miała nic przeciwko, jeśli poćwiczę na niej mój bardzo kiepski włoski?

Piera zachichotała, zakrywając usta dłonią, a Gianna się uśmiechnęła. — Jeśli chce pani mówić lepiej po włosku, będziemy zaszczycone, mogąc pomóc w ćwiczeniach, milady — powiedziała, dyplomatycznie nie komentując obecnego poziomu umiejętności Diany. — Czy mogę wziąć pani kapelusz?

Diana z przyjemnością zdjęła kapelusz i rękawiczki; wilgoć i upał sprawiały, że czuła się nieprzyjemnie lepka. Gianna wysłała Pierę, by poleciła lokajom przynieść wodę, i pokazała Dianie dużą miedzianą wannę ukrytą za parawanem po jednej stronie pokoju.

Kąpiel brzmiała bosko, choć miała nadzieję, że woda nie będzie zbyt gorąca. Podczas gdy mężczyźni wnosili dzbany z wodą, by napełnić wannę, wybrała najczystszą ze swoich dziennych sukien i odłożyła ją na bok, by założyć ją rano, mówiąc Pierze swoim łamanym włoskim, że wszystkie pozostałe należy uprać.

— A co z pani sukniami wieczorowymi, milady? — zapytała Gianna, patrząc na to, co zostało, gdy Piera zabrała stertę prania.

Przywiozła tylko trzy i żadnej z nich nie nosiła na statku. Bladozielony aksamit był najmniej pognieciony, ale byłby też najcieplejszy, co było nieapetyczną myślą. Nadmiernie ozdobiona, znienawidzona różowa satyna, którą Lavinia zmusiła ją do spakowania, była równie nieatrakcyjna, co pozostawiało najprostszą z sukien, z delikatnego turkusowego jedwabiu ze srebrną koronkową narzutką. — Jeśli uda wam się wyprasować zagniecenia, założę tę suknię dziś wieczorem.

Gianna zapewniła, że sukienka będzie wyglądać jak nowa, zanim Diana skończy kąpiel, i po tych słowach ostatni lokaje zostali wyprowadzeni, a drzwi za nimi zamknięte. Pięć minut później Diana rozkoszowała się kąpielą w wodzie o zapachu kwiatu pomarańczy, na tyle ciepłej, by być relaksującą, z filiżanką tłoczonego soku jabłkowego i talerzem małych, pysznych słodkich ciasteczek na stoliku pod ręką.

Gianna dokonała czegoś, co Diana uznała za niemal magię, na turkusowo-srebrnej sukni, usuwając jakoś każde zagniecenie, które powstało podczas tygodni spędzonych w kufrze. Delikatnie rozczesała gęste, brązowe włosy Diany i upięła je w splot warkoczy, który w lustrze wydał się oczom Diany subtelnie obcy, ale niezwykle twarzowy. Włożywszy suknię i wsuwając stopy w ulubione wieczorowe pantofelki, poczuła się odświeżona i chętna do poznania reszty klanu Franchettich.

— Wyglądasz ślicznie — Clarissa wsadziła głowę przez łączące ich pokoje drzwi.

— Ty też!

Clarissa uśmiechnęła się i zaszurała spódnicami. Bladomorelowy jedwab bardzo jej pasował i był w bardziej dorosłym stylu niż cokolwiek, co nosiła w Anglii. W pewnym sensie dzisiejszy wieczór był pierwszym wejściem Clarissy w dorosłe towarzystwo. Zastanawiając się, czy jest zdenerwowana, Diana przeszła przez pokój, by wsunąć dłoń pod ramię siostry.

— Chodź, zejdziemy razem. Lady Elspeth powiedziała, że dziś wieczorem jest tylko rodzina, a biorąc pod uwagę, że jest matriarchinią, podejrzewam, że wszyscy będą doskonale mówić po angielsku. Nie musimy jeszcze męczyć naszych umysłów włoskim!

— Co za ulga, bo i tak z trudem udaje mi się unikać mówienia czegoś niestosownego po angielsku. Dodanie do tego całego innego języka to z pewnością przepis na katastrofę! — Clarissa jednak się roześmiała. — Mam nadzieję, że po prostu uznają mnie za ekscentryczną Angielkę.

— Wszyscy będą oczarowani twoją urodą — powiedziała lojalnie Diana. — I kto wie, może poznasz jakiegoś przystojnego włoskiego szlachcica, który porwie cię bez reszty.

Clarissa prychnęła. — Jeszcze nie jestem na to gotowa. Najpierw chcę przeżyć jakąś przygodę. Jeśli spotkam jakichś przystojnych mężczyzn szukających damy do porwania, będę ich pchać w twoją stronę.

Dwie siostry zeszły po schodach pod ramię, skierowane przez lokaja, który poprowadził je do podwójnych drzwi otwierających się na bardzo okazały salon, cały w białym marmurze, złocie i białych meblach.

Twarze odwróciły się w ich stronę, gdy weszły. Uśmiech lady Elspeth był miłym widokiem w pokoju bardziej wypełnionym nieznajomymi, niż Diana się spodziewała. W salonie było co najmniej trzydzieści osób. Zauważyła kolejną znajomą twarz, lady Glenkellie, a potem, rozglądając się po pokoju w nadziei na znalezienie kogoś jeszcze, kogo zna, jej wzrok zatrzymał się na wysokim mężczyźnie, który właśnie wstawał z miejsca.

— Ty! — krzyknęła z przerażeniem, gdy po raz kolejny stanęła twarzą w twarz ze swoim arcywrogiem.

— *Ty* — powtórzył książę Balford, a jego ton i wyraz twarzy jasno pokazywały, że nie jest bardziej zadowolony z jej widoku, niż ona z jego.

ROZDZIAŁ PIĄTY

Co on tu w ogóle *robił*? Oszołomiona, Diana uczepiła się ramienia Clarissy. Alex i Marianne weszli do salonu tuż za nimi i jakimś cudem została odsunięta od księcia, posadzona siłą i dostała do ręki kieliszek sherry.

— To on? — szepnęła jej do ucha Clarissa. — Sam Demoniczny Książę?

Diana wypiła sherry o wiele szybciej, niż było to rozsądne, i skinęła głową. Usta Clarissy zacisnęły się i Diana, nagle przerażona, że siostra powie lub zrobi coś skrajnie niestosownego, wyciągnęła rękę, by chwycić ją za nadgarstek. — Ani mi się waż próbować z nim konfrontacji, Clarry.

— Ale...

— Nie! — Książę obserwował ją z drugiego końca pokoju, właściwie wpatrywał się w nią, rozmawiając ściszonym głosem z Alexem. — Zostaw to. Sama stoczę własne bitwy. — Niemal rzucając pusty kieliszek na mały stoliczek, Diana wstała. — Zostań tutaj — syknęła do Clarissy, po czym przeszła przez pokój i nisko dygnęła.

Książę w odpowiedzi skłonił się, a jego wyraz twarzy stanowił złożoną mieszankę emocji, których nie potrafiła do końca rozszyfrować.

— Co za nieoczekiwana niespodzianka widzieć tu waszą wysokość — powiedziała Diana, starając się ze wszystkich sił zachować lekki i beztroski ton. — Wszystko w porządku, wuju — zwróciła się do Alexa. — Ja i książę Balford już się znamy.

— Tak mi się zdaje — odparł sucho Alex, spoglądając to na jedno, to na drugie. — Jeśli pozwolicie, muszę przywitać się z ciotką i kuzynami. Wrócę za chwilę, by zabrać cię na prezentację, Diano.

Było to wyraźne ostrzeżenie, że wkrótce zostanie uratowana, więc czuła się całkowicie bezpiecznie, zwracając się do Balforda i sycząc, gdy tylko Alex znalazł się poza zasięgiem słuchu: — Co pan tu *robi*?

— Doprawdy — odparł Balford — zupełnie pani zbladła. Chyba nie zamierza pani znowu zemdleć?

I w jednej chwili gniew zalał ją na nowo, a jej policzki niemal natychmiast zmieniły kolor z białego na szkarłatny. — Nie, nie zemdleję. Co jest dobrą wiadomością, skoro pańskie umiejętności najwyraźniej nie obejmują łapania młodych dam, które to robią.

Miał na tyle przyzwoitości, by wyglądać na nieco zawstydzonego. — To nie była... moja najlepsza chwila. Jestem pani winien przeprosiny.

Zaskoczona jego słowami, Diana zamilkła na moment, z rozchylonymi ustami zastanawiając się, co powiedzieć. Spojrzał na nią z góry głęboko niebieskimi oczyma i znów ją zaskoczył, mówiąc: — Myślę, że źle zaczęliśmy, lady Diano. Może moglibyśmy zacząć od nowa? William Penhaligon, do usług. — Jego ukłon był nieco głębszy i bardziej zamaszysty, niż technicznie rzecz biorąc wymagał tego jej status, a ona dostrzegła w nim poczucie humoru, którego nigdy by się po nim nie spodziewała.

— Wasza wysokość — przyznała i kątem oka zauważyła zbliżającą się Clarissę. Z grymasem odwróciła się do siostry, posyłając jej mordercze spojrzenie, lecz Clarissa była niewzruszona na takie zagrywki ze strony siostry.

— Więc to jest ten twój demoniczny książę? — zapytała wesoło Clarissa, a Diana poważnie rozważała wepchnięcie siostry do kanału. Balford jednak wybuchnął śmiechem, a jego niebieskie oczy błyszczały czymś, co wydawało się autentyczną wesołością.

— Pańska siostra? — zapytał Dianę przez chichot.

— Lady Clarissa Creighton — przedstawiła niechętnie Diana — książę Balford.

Clarissa dygnęła, ale zrobiła to ze zmrużonymi oczami i zaciśniętymi ustami, a jej mina pokazywała, że jego status nie robi na niej najmniejszego wrażenia. Książę ze swej strony wydawał się bardzo rozbawiony jej reakcją; Diana przypuszczała, że mogło to być całkiem odświeżające dla kogoś, kto prawdopodobnie przywykł do bycia adorowanym przez każdą napotkaną młodą damę.

— Oczarowany, lady Clarissu — powiedział Balford.

— Widzę, że już poznałyście mojego siostrzeńca — odezwała się za nimi lady Elspeth, a Diana odwróciła się, by z szacunkiem dygnąć przed księżną wdową.

— Spotkałam jego wysokość w Londynie kilka miesięcy temu, milady, ale nie miałam pojęcia, że jest pani z nim spokrewniona. Pani siostrzeniec?

— Technicznie rzecz biorąc, przybrany cioteczny wnuk — wtrącił Balford z ustami wykrzywionymi w ten lekko sardoniczny sposób. — Lady Elspeth jest ciotką mojej macochy.

— Julianne to jedyna matka, jaką pamiętasz, niewdzięczny diabełku, a zawsze była moją ulubioną siostrzenicą. — Lady Elspeth delikatnie trąciła go łokciem, z czułym uśmiechem na ustach. — Jesteś częścią tej rodziny, nawet bez więzów krwi, które by nas łączyły.

— Tak samo jak ciocia Marianne i ja — powiedziała impulsywnie Diana. — Ona tak naprawdę nie jest moją ciocią, była tylko przez jakiś czas żoną mojego stryjecznego dziadka, ale... chociaż teraz wyszła ponownie za mąż, zatrzymujemy ją.

— Jestem głęboko przekonana, że nigdy nie można mieć zbyt wielu członków rodziny. — Lady Elspeth rozejrzała się po pokoju z uśmiechem. — Jak widać, lubię też zbierać ich wszystkich razem. Musicie poznać wszystkich. Williamie? — Spojrzała na księcia. — Poprowadzisz lady Dianę do kolacji.

Wyglądał na zaskoczonego, ale skinął głową na znak zgody z poleceniem stanowczej małej księżnej wdowy. — Jak sobie życzysz, ciociu Elspeth.

Diana w pełni spodziewała się, że znajdzie jakąś wymówkę, by pozwolić jednej z uroczych włoskich kuzynek zmonopolizować jego uwagę, ale gdy majordomus wszedł, by ogłosić kolację, Balford natychmiast podszedł do niej i podał jej ramię.

— Naprawdę nie szkodzi — próbowała się wymówić. — Nie będę miała za złe, jeśli nie zechce pan ze mną siedzieć.

— Lady Diano. — Jego głos był niski i ciepły, a ona instynktownie podniosła wzrok, by spotkać jego oczy. — Myślałem, że zgodziła się pani, byśmy zaczęli od nowa, jakbyśmy byli nieznajomymi spotykającymi się po raz pierwszy?

— Nie wiem, czy potrafię — przyznała szczerze.

Byli już w jadalni; Balford odsunął dla niej krzesło, by mogła usiąść, po czym zajął miejsce obok niej. Przez cały czas skupiał na niej uwagę, a jego wyraz twarzy tężał, gdy mówiła.

— Rozumiem. Nie ma pani powodu, by mi ufać czy nawet mnie szanować.

Zaskoczona jego zrozumieniem, wpatrywała się w niego, gdy skinął głową lokajowi czekającemu, by napełnić mu kieliszek wina. Wydawał się o wiele mniej arogancki, bardziej ludzki i przystępny. Może nie potrafiła zapomnieć, nie wtedy, gdy to z jego powodu była teraz tutaj, a nie tańczyła na jakimś balu *elity* w Londynie, ale mogła przynajmniej spróbować poznać osobę, którą naprawdę był.

— A zatem, wiem, dlaczego ja tu jestem — uczyniła nieśmiały krok — ale co sprowadza pana do Wenecji?

Balford rzucił na nią spojrzenie z boku i uśmiechnął się nieco krzywo. — Pośrednio... pani.

— Ja! — Jej oczy otworzyły się szeroko.

— Nie pani osobiście, spieszę dodać. Przykro mi to mówić, ale była pani pionkiem w grze mojej macochy; jest zdeterminowana, by ożenić mnie jak najszybciej, i przez ostatnie kilka miesięcy podsuwała mi pod nos odpowiednie młode damy.

Diana pomyślała, że nie brzmi to tak strasznie. Jako mężczyzna miał znacznie więcej swobody, by odejść, niż owe młode damy. Jej cyniczny wyraz twarzy musiał go ostrzec, że nie ma zbyt wiele współczucia dla jego sytuacji, ponieważ pospiesznie zaczął się dalej tłumaczyć.

— Proszę mnie źle nie zrozumieć; kocham moją macochę. Lady Elspeth miała rację, że Julianne to jedyna matka, jaką pamiętam. Poślubiła mojego ojca, gdy miałem sześć lat, i nigdy nie traktowała mnie inaczej niż z matczyną, kochającą troską. Akceptuję, że chce mojego szczęścia i próbuje pomóc, ale... — Spojrzał w dół, bawiąc się widelcem. — Mój ojciec zmarł nieco ponad rok temu.

— Przykro mi z powodu pańskiej straty — powiedziała cicho Diana, nieco zszokowana, że w ten sposób obnaża przed nią duszę, ale być może czuł, że ma wobec niej dług i ofiarowuje własne sekrety, by pokazać, że jest godzien jej zaufania.

— Jedna z moich przyrodnich sióstr zadebiutuje w przyszłym roku. Julianne twierdzi, że do tego czasu powinienem być żonaty, i przyznam, że myśl o poślubieniu dziewczyny w wieku Reginy napawa mnie zgrozą. Więc powiedziałem Julianne, że spróbuję kogoś wybrać w tym roku, a ona, cóż, rzuciła się w ten projekt z całym zapałem. Przez ostatnie sześć miesięcy był to nieustanny korowód ślicznych, dobrze urodzonych młodych dam.

— Więc dlaczego pan żadnej nie wybrał? — zapytała Diana, nie mogąc się powstrzymać. Jako książę mógł przebierać w kandydatkach, a poznała niektóre z debiutantek, które były okrzyknięte Brylantami tamtego sezonu. Piękne, utytułowane, bogate, mądre, utalentowane; każda z nich byłaby wspaniałą księżną.

Balford pociągnął łyk wina, po czym potrząsnął głową. — Widzi pani, wszystkie były urocze, włącznie z panią. Ale jak można kogoś poznać na środku sali balowej, gdy każde oko jest na was zwrócone, spekulując, czy *ta* dziewczyna będzie tą jedyną? Kiedy ona zachowuje się nienagannie i desperacko chce zaimponować, bojąc się postawić zły krok, by nagle nie stać się pariasem?

Diana skrzywiła się, gdy komentarz trafił w czuły punkt.

— Jak mogę szanować młodą damę, która udaje omdlenie, tylko po to, bym ją złapał?

— Ja nie *udawałam* omdlenia! — Oburzona Diana wyprostowała się jak struna.

— *Pani* nie, owszem — zgodził się, a ona zdała sobie sprawę, że wcale nie mówił o niej.

— Ile dokładnie młodych dam zemdlało na pana widok? — zapytała, nagle zaciekawiona. Czy dama naprawdę posunęłaby się do czegoś takiego?

Oczy Balforda wyglądały na o wiele starsze niż jego młodzieńcza twarz, gdy jej odpowiedział. — Była pani dziesiąta.

Diana otworzyła usta ze zdumienia.

— Na pani obronę, myślę, że była pani jedyną, która naprawdę zemdlała. Była pani jednak drugą tej *nocy*.

— Nic *dziwnego*, że mnie pan nie złapał.

Miał na tyle przyzwoitości, by wyglądać na zmieszanego. — Powinienem był to zrobić. Julianne była na mnie potem wściekła; podobno była pani nieprzytomna przez prawie pół godziny. Z drugiej strony... rozeszła się wieść, że to taktyka, która na mnie nie działa. Od tamtej pory nikt na mnie nie zemdlał.

— Cieszę się, że mogłam panu wyświadczyć tak cenną usługę — powiedziała Diana cierpko.

— Więc jestem pani winien przeprosiny i podziękowania. Wygląda na to, że mam u pani wielki dług.

Zaczynała go lubić, aczkolwiek niechętnie. — Warunki spłaty omówimy w późniejszym terminie — powiedziała, gdy lokaje zbierali talerze po zupie i stawiali następne danie. — Co to jest? — Przechylając głowę na bok, przyjrzała się grubemu zielonemu klinowi na swoim talerzu, zwieńczonemu małym zrolowanym kawałkiem szynki i kandyzowaną wiśnią.

— Melon kantalupa. Bardzo lekki i orzeźwiający. — Użył ostrego noża, by oddzielić miąższ owocu od skórki, a następnie pokroić go na mniejsze kawałki, po czym sięgnął i zamienił jej talerz na swój. — Proszę. Niech pani spróbuje.

Nadziała mały kawałek na widelec i spróbowała, stwierdzając, że owoc jest mniej cierpki, niż się spodziewała, chłodny i dość wodnisty. Przypominał jej nieco gruszkę. Spróbowała kolejnego kawałka.

— Dobre? — zapytał Balford, krojąc drugi kawałek melona.

— Całkiem przyjemne — przyznała Diana. — Nadal pan nie wyjaśnił, dlaczego jest pan w Wenecji.

— Jest pani bezpośrednia, prawda? — Uśmiechnął się do niej z boku. — Cóż, wytrzymałem w Londynie do maja, chociaż byłem już kompletnie zmęczony towarzyskim wirem. Ucieczka do Balford Priory na letnie miesiące była wybawieniem na horyzoncie, ale kiedy nadszedł ten czas, odkryłem, jak bardzo się myliłem. Julianne postanowiła zorganizować wielomiesięczne przyjęcie domowe z niekończącym się korowodem odpowiednich młodych dam. Skoro uznałem, że trudno mi je poznać w Londynie, sprowadziła je do mnie do domu, by dać mi więcej czasu.

— Nie pomogło?

— Pogorszyło wszystko. Priory to moje sanktuarium. Każda z nich wydawała się najeźdźcą. — Wzdrygnął się. — Może sobie to wyobrażałem, ale w każdej z nich widziałem tylko chciwość. Nie mogłem już tego znieść. Kiedy przyszedł list z wiadomością, że Andrea się ożenił — skinął głową w stronę drugiego końca stołu, gdzie młody książę brylował, z jeszcze młodszą księżną u boku — chwyciłem się pretekstu, by przyjechać z wizytą i osobiście złożyć gratulacje. Franchetti to rodzina Julianne, ale zawsze witali mnie jak swojego. Wstyd się przyznać, ale wymknąłem się z Priory w środku nocy i wysłałem list do macochy dopiero, gdy miałem wsiadać na statek.

— Odważna ucieczka — zauważyła Diana.

— Tchórzliwa ucieczka pod osłoną nocy, tak bym to nazwał. Ucieczka przed przerażającą perspektywą bycia zmuszonym do spędzania godzin w towarzystwie pięknych, czarujących młodych dam, desperacko pragnących mi się przypodobać. — Jego uśmiech był autoironiczny.

— Nie sądzę, by był pan tchórzem — powiedziała Diana z namysłem, ponownie analizując swoją ocenę jego charakteru. — To nie tchórzostwo czuć, że nie jest się gotowym, by wejść w buty ojca, zwłaszcza że odszedł tak niedawno. Wziąć żonę i zająć się spłodzeniem dziedzica – cóż, to oznaczałoby, że naprawdę odszedł, prawda?

Balford wyglądał na kompletnie zszokowanego, a Diana zdała sobie sprawę, że posunęła się za daleko. Pospiesznie wybąkała przeprosiny, czerwieniąc się ze wstydu, ale on podniósł rękę, by ją powstrzymać.

— Nie, proszę. Właśnie ubrała pani w słowa to, co od miesięcy próbowałem wytłumaczyć mojej macosze, lady Diano. Ma pani całkowitą rację. Nie jestem gotów pożegnać się z ojcem, nie jestem gotów zająć jego miejsca. — Spojrzał w górę stołu na Andreę i Valentinę. — I chociaż mój kuzyn wydaje się szczęśliwy ze swojego aranżowanego małżeństwa, to nie jest dla mnie. Ożenię się, kiedy będę gotów, kiedy znajdę odpowiednią kobietę, by została następną księżną Balford.

Nie powiedział nic o miłości, zauważyła Diana, ale pomyślała, że raczej celuje w wzajemny szacunek niż prawdziwe uczucie w swoim małżeństwie. W końcu szacunek wydawał się najlepszym, na co można było liczyć w małżeństwach wśród *elity*.

— Kiedy będzie pan gotów — powiedziała — mam nadzieję, że znajdzie pan damę, która będzie wszystkim, czego pan szuka.

Przerwała im dama po drugiej stronie Balforda, głośno domagając się jego uwagi, ale on znalazł chwilę, by mruknąć podziękowanie za jej życzenia.

Diana została sama ze swoimi myślami, ponieważ miejsce po jej drugiej stronie zajmowała matka Alexa, która plotkowała ze swoją siostrą po drugiej stronie stołu. *Źle oceniłam Balforda*, pomyślała, próbując dania, które postawiono przed nią, jakiegoś małego ptaka łownego podanego z chrupiącymi łodygami szparagów. *Nie jest arogancnim dyletantem, za jakiego go uważałam. Wciąż opłakuje ojca i podejrzewam, że czuł się jeszcze bardziej nieswojo w salach balowych elity niż ja.* Podczas ich rozmowy wykazał się nieoczekiwanymi przebłyskami humoru, głównie czarnego i skierowanego na siebie, ale także wyraził żal, że została wplątana w tę sytuację. Zaczynała czuć do niego niemal życzliwość.

Kilka dań pysznego, choć dość nieznanego, jedzenia później, lady Elspeth wstała od stołu, przywołując panie, by za nią podążyły. Wróciły do salonu, a służąca przyniosła kawę i herbatę.

Diana z powątpiewaniem przyglądała się kawie, którą piło kilka pań; Włoszki piły ją w maleńkich filiżankach, mieszczących niewiele więcej niż naparstek, a wydawała się gęsta i czarna, o silnym, gorzkim zapachu. Z radością przyjęła filiżankę herbaty od lady Elspeth, która zauważyła, że nigdy nie pije kawy wieczorami, ponieważ uniemożliwia jej to sen.

Diana znalazła się na kanapie z nową księżną, lady Valentiną, która, jak się okazało, miała zaledwie siedemnaście lat. Jej angielski był na podobnym poziomie co włoski Diany, sztywny i z silnym akcentem, ale wydawała się zdeterminowana, by próbować.

— Andrea jest w połowie Anglikiem, ma dwie angielskie babcie. Mówi, że zabierze mnie do Londynu, więc muszę ćwiczyć mój angielski i stać się bardzo dobra.

— Już jesteś bardzo dobra — powiedziała Diana, przypominając sobie, że Balford mówił, iż małżeństwo Andrei i Valentiny było aranżowane. Młoda para wydawała się jednak sobą oczarowana i dość nieśmiało zapytała, czy dobrze się znali przed ślubem.

Valentina zdawała się zastanawiać nad pytaniem, zanim odpowiedziała. — Małżeństwo zostało zaaranżowane, kiedy byłam mała — powiedziała. — Zawsze wiedziałam, że poślubię Andreę. Nasi ojcowie byli dobrymi przyjaciółmi. Kiedy mój ojciec zmarł, a mój brat został *conte*, Andrea przyjechał go zobaczyć, by zgodzić się, że małżeństwo odbędzie się, gdy będę wystarczająco dorosła. Spotkaliśmy się wtedy i pomyślałam, że jest bardzo miły.

— Ile miałaś wtedy lat? — zapytała zaciekawiona Diana.

— Czternaście. — Valentina zarumieniła się i spuściła skromnie wzrok. — Pomyślałam, że jest bardzo przystojny. Cieszyłam się, że mój ojciec zaaranżował tak dobrą partię. Nie chciałabym chyba wybierać spośród wielu zalotników, tak jak wy musicie podczas waszych londyńskich sezonów.

— To nie do końca tak działa — powiedziała Diana sucho, ale może tak było, jeśli było się kimś takim jak Valentina. Była wyjątkowo piękna i najwyraźniej wychowała się w niezwykle zamożnym domu; jej suknia była z najdelikatniejszego jedwabiu, jaki Diana kiedykolwiek widziała, wyszywana maleńkimi kryształkami i perełkami, a na nadgarstkach zdobiły ją dwie diamentowe bransolety. W Londynie prawdopodobnie miałaby hordy zakochanych młodzieńców komponujących poezję na cześć jej oczu i lśniących, jedwabistych czarnych włosów.

Twarz Valentiny rozjaśniła się i jeszcze zanim pomruk męskich głosów dotarł do uszu Diany, wiedziała, że panowie muszą dołączać do towarzystwa. Z pewną dozą zazdrości patrzyła, jak Valentina wstaje i spieszy do boku Andrei, a młody książę wita swoją narzeczoną pocałunkiem w policzek i obejmuje ją ramieniem w talii.

— Są tak zakochani — szepnęła Clarissa, zajmując miejsce właśnie zwolnione przez Valentinę.

— Wiedziałaś, że to aranżowane małżeństwo? — Diana ściszyła głos.

Brwi Clarissy uniosły się. — Cóż, to wciąż zdarza się również wśród najznamienitszych rodów w Anglii — powiedziała. — Przypuszczam więc, że muszą uważać się za wielkich szczęściarzy. Że zakochali się w sobie, mimo że nie mogli się wybrać.

Balford wszedł do salonu z Alexem, pogrążony z nim w głębokiej rozmowie. Rozejrzał się po pokoju, a jego oczy na chwilę spotkały się ze wzrokiem Diany. Uśmiechnął się do niej, a ona instynktownie odwzajemniła uśmiech.

Już nie potrafię go nienawidzić. Nie teraz, kiedy wiem, przez co przechodzi.

ROZDZIAŁ SZÓSTY

WILL NIE BYŁ DO końca pewien, dlaczego jego spojrzenie nieuchronnie powracało do lady Diany Creighton. Poznał wiele ładniejszych dziewcząt — niektóre z nich znajdowały się w tym właśnie pokoju! — ale przyłapał się na tym, że rozpamiętuje jej twarz, studiuje ożywienie jej rysów, gdy rozmawiała z siostrą, i sposób, w jaki jej uśmiech zdawał się rozświetlać jej oczy.

Zachował się wobec niej w Londynie okropnie i absolutnie nie zasługiwał nawet na najmniejszy okruch jej uwagi. Choć nie wymyślił okropnego przezwiska „Mdlejący Kwiatuszek", nie zrobił nic, by je uciszyć, gdy słyszał, jak krążyło z ust do ust. Powinien był to zrobić, bezlitośnie je zdusić, ale... gdyby to uczynił, naraziłby się na naganę za swoje niedżentelmeńskie zachowanie, gdyż nie zdołał jej złapać, a co gorsza, odszedł, gdy leżała nieprzytomna na podłodze.

Lady Diana miałaby pełne prawo potraktować go jak powietrze i nigdy więcej się do niego nie odezwać, a jednak wysłuchała go, gdy niezdarnie próbował przeprosić. Co więcej, przejrzała go na wylot dzięki tej wnikliwej uwadze o tym, że nie jest gotów wejść w buty ojca.

Will był winien Dianie Creighton przysługę, a Penhaligonowie zawsze spłacali swoje długi. Jeszcze nie wiedział, jak odwdzięczy się za jej łaskawość i wysłuchanie go, zwłaszcza że wydawało się oczywiste, iż jej rodzina opuściła Londyn, by uciec od plotek i krzywych spojrzeń, które musiała znosić Diana.

— Tak, odwiedzałem Wenecję kilka razy na przestrzeni lat — odpowiedział roztargniony na pytanie, które zadał mu Glenkellie. — Moja macocha korzystała z każdej okazji, by uciec od angielskich zim.

— Zatem śmiem twierdzić, że widział już pan wszystkie atrakcje turystyczne? Co poleciłby pan jako swoje ulubione miejsce? — To lady Glenkellie zadała pytanie. Oczy pięknej rudowłosej kobiety wpatrywały się w jego oczy. Była bez wątpienia najbardziej uderzająco uroczą damą, jaką kiedykolwiek spotkał, a jednak... jego spojrzenie znów powędrowało ku zaledwie ładnej brunetce siedzącej na kanapie, z głową pochyloną w stronę siostry, gdy obie cicho ze sobą rozmawiały.

— Z przyjemnością oprowadzę państwa po niektórych z najlepszych miejsc, jeśli sobie państwo życzą — powiedział, z trudem odrywając wzrok od Diany i zastanawiając się, co go właściwie napadło. Spędzanie czasu z ludźmi, których nie znał dobrze, nie należało do przyjemności, a wręcz było zazwyczaj przykrym obowiązkiem, którego unikał najusilniej, jak tylko potrafił. — Moi krewni ze strony Franchettich mają w Wenecji ogromne wpływy, a powołanie się na imię Andrei pozwoli mi załatwić państwu wejście do wielu normalnie niedostępnych, prywatnych miejsc. Wiem na przykład o niezwykłym obrazie da Vinci w prywatnej kaplicy pałacu niedaleko stąd.

— To byłoby wspaniałe! — Uśmiech lady Glenkellie był olśniewający. — To bardzo hojnie z pańskiej strony, wasza wysokość, ale nie chcielibyśmy nadużywać pańskiego czasu.

— To żaden kłopot. — Po raz kolejny ukradkiem spojrzał na Dianę. — Zrobię to z przyjemnością. Jakie mają państwo plany na najbliższe dni? Czy wiedzą państwo, że domownicy zamierzają wkrótce opuścić Wenecję, aby uciec przed letnimi upałami? Lady Elspeth ma willę w Schio, u podnóża Dolomitów, do której lubi się udawać w pełni lata.

— Rzeczywiście, zaprosiła moją matkę i ciotkę, aby jej tam towarzyszyły, i rozszerzyła to zaproszenie również na nasze towarzystwo. — Lord Glenkellie skinął głową. — Z pewnością to rozważymy; upał tutaj jest męczący.

Will był niemal pewien, że Glenkellie wcale nie odczuwał upału. Mężczyzna był oficerem kawalerii, brał udział w kampaniach na Półwyspie Iberyjskim w upałach równie ekstremalnych, jeśli nie gorszych, ale wyraz jego twarzy, gdy patrzył na żonę, zdradzał dokładnie, co motywowało jego troskę.

— Willa w Schio jest więcej niż wystarczająco duża, aby państwa pomieścić — zgodził się Will. — Jednakże mogą państwo rozważyć alternatywę; Andrea pragnie zabrać Valentinę z wizytą do jej brata, Conte di Bardolino. Ich główna siedziba znajduje się w Bardolino, nad brzegiem jeziora Garda, którego nie odwiedziłem, ale rozumiem, że jest to miejsce o wyjątkowej naturalnej urodzie. Planujemy podróżować z towarzystwem lady Elspeth aż do Vicenzy, a następnie kontynuować na zachód do jeziora Garda, jeśli zechcieliby państwo nam towarzyszyć. Nie mam wątpliwości, że Conte byłby zachwycony, gdyby państwo do nas dołączyli.

Lord i lady Glenkellie spojrzeli na siebie, porozumiewając się bez słów, po czym lady Glenkellie obdarzyła go kolejnym z tych olśniewających uśmiechów, podziękowała za zaproszenie i powiedziała, że omówią tę sprawę.

— Kiedy wszyscy opuszczają Wenecję? — zapytał lord Glenkellie.

— Jak rozumiem, za jakieś dziesięć dni. Tak więc naprawdę nie ma czasu do stracenia, jeśli chodzi o zwiedzanie. Powiedzmy, jutro o dziewiątej rano?

Lady Glenkellie wachlowała się wachlarzem i odniósł on wyraźne wrażenie, że ukrywa za nim uśmiech. — Brzmi bardzo przyjemnie, ale mam nadzieję, że nie będzie pan od nas wymagał niczego zbyt wyczerpującego pierwszego dnia.

— Myślałem, że moglibyśmy zacząć od spaceru wzdłuż Rialto i wizyty w jednej z moich ulubionych kawiarni. — Will skłonił się jej z uśmiechem. — A potem może odwiedziny w kościele, który znam, gdzie znajduje się przepiękny obraz Madonny autorstwa Tycjana?

— To brzmi zachwycająco. — Lady Glenkellie znów ukryła uśmiech, po czym dodała: — Moja siostrzenica

Diana żywo interesuje się sztuką. Jestem pewna, że ta wycieczka szczególnie jej się spodoba.

Z nieprzyjemnym uczuciem uświadomił sobie, że oboje, państwo Glenkellie, doskonale wiedzieli, iż spędził ostatni kwadrans, usilnie starając się nie wpatrywać w lady Dianę. Lord Glenkellie uniósł brwi i posłał mu spojrzenie będące mieszanką cynizmu i ostrzeżenia; lady Glenkellie wydawała się jedynie rozbawiona.

— Wenecja ma coś dla każdego — powiedział w końcu — ale każdy, kto ceni sobie sztukę, z pewnością zakocha się w tym mieście i jego skarbach.

Znowu patrzył na lady Dianę; zdawało się, że nie mógł się powstrzymać. Ziewnęła, zasłaniając usta dłonią, i najwyraźniej lady Glenkellie również to zauważyła, ponieważ odwróciła się do męża i położyła dłoń na jego ramieniu.

— Dziewczęta są zmęczone, Alex, i ja też, to był długi dzień. Myślę, że się pożegnamy i udamy na spoczynek.

— Pójdę z tobą — powiedział natychmiast Glenkellie, uprzejmie kiwając głową Willowi. — Miło było z panem porozmawiać, Balford. Do zobaczenia rano.

— Będę w salonie śniadaniowym, a jeśli wolą państwo, by śniadanie przyniesiono państwu do pokoi, spotkamy się przy przystani o dziewiątej — zaproponował Will. — Życzę dobrej nocy, lady Glenkellie.

Ona obdarzyła go kolejnym z tych olśniewających uśmiechów, a on patrzył, jak para przemierza pokój w stronę sofy. Diana i Clarissa podniosły wzrok i zdawały się ucieszyć z zaproszenia do udania się na spoczynek. Natychmiast wstały, by pójść za Marianne tam, gdzie lady Elspeth wiodła prym wśród starszych dam.

Ma zgrabną figurę. Suknia Diany z korzyścią podkreślała jej drobną talię i wysoki biust, a poruszała się płynnym, szybkim krokiem, co nasunęło mu myśl, że lubi spacery, jest przyzwyczajona do energicznego marszu i poruszania się z celem.

— Ta mała angielska panienka wpadła ci w oko. — Andrea, młody książę, podszedł do niego i odezwał się szybkim włoskim, w jego głosie pobrzmiewało rozbawienie.

— Nie — zaprzeczył zbyt szybko Will. — Spotkałem ją wcześniej, w Londynie — próbował się tłumaczyć. — Ona... wtedy myślałem, że jest nudna. Jak każda inna panna na wydaniu polująca na tytuł. Byłem niewybaczalnie niegrzeczny.

— A jednak — zamyślił się Andrea, gdy Diana spojrzała na nich z drugiego końca pokoju, uśmiechając się i lekko dygnęła, zanim wyszła za ciotką — wydaje się, że ci wybaczyła.

— Jeszcze nie, jak sądzę — powiedział Will. — Wciąż mam trochę do zrobienia, żeby to naprawić, ale być może teraz nie uważa mnie za kompletnego końskiego tyłka bez nadziei na poprawę.

Andrea wybuchnął śmiechem i położył dłoń na ramieniu Willa. — Jestem pewien, że zdobędziesz jej przychylność, jeśli tylko zechcesz, kuzynie!

Odkrył, że faktycznie tego chciał, gdy pozwolił Andrei poprowadzić się tam, gdzie rozmawiało dwóch ich młodszych kuzynów. Lady Diana Creighton wykazała się niezwykłą głębią wglądu podczas ich krótkiej rozmowy i zapragnął poznać ją bliżej.

Fakt, że była całkiem miła dla oka, nie miał tu nic do rzeczy, był tego pewien.

— Dzień dobry, wasza wysokość.

Diana z wdziękiem dygnęła, a on zatrzymał się na pierwszym schodku w holu i wpatrzył się w nią. Była zupełnie sama, a niepokój pełzł mu po kręgosłupie, sprawiając, że rozejrzał się dookoła.

— Nie martw się, nikt nie oczekuje od ciebie, że wyjdziesz ze mną sam na sam. — Wyglądała na rozbawioną, a on skrzywił się, zdając sobie sprawę, że trafnie odgadła jego myśli. — Mojej ciotce pękła sznurówka w buciku i wróciła do naszego apartamentu, żeby ją wymienić, a moja siostra jest właściwie na zewnątrz i przygląda się przystani. Jest zafascynowana gondolami... właściwie wszystkim, co związane z żeglugą. Jestem przekonana, że gdyby urodziła się mężczyzną, wstąpiłaby do marynarki wojennej.

— Proszę o wybaczenie. — Zawstydzony, lekko jej się skłonił. — Nie powinienem był w ciebie wątpić.

— Bardzo się pilnujesz. — Przechyliła głowę i przyglądała mu się bez skrępowania. — Zazdrościłam niektórym bogatym, pięknym debiutantkom — na przykład lady Mary Gordon — ale to musi być męczące być otoczonym przez zalotników, którzy desperacko pragną zaimponować, a nawet takich, którzy uciekają się do nie do końca honorowych taktyk, by zwrócić na siebie twoją uwagę. Teraz jest mi jej raczej żal i widzę, że w przypadku mężczyzny nie wygląda to wcale tak inaczej, nawet jeśli masz znacznie więcej swobody, by być niegrzecznym bez ryzyka towarzyskiego ostracyzmu.

Po raz kolejny Will zaniemówił z wrażenia na widok tej młodej kobiety, na jej wnikliwość i trafne obserwacje. Przełykając ślinę, podszedł bliżej i podał jej ramię, wskazując na drzwi wyjściowe.

— Może zobaczymy, czy uda nam się znaleźć twoją siostrę? Poprosiłem domowego gondoliera, aby był do naszej dyspozycji dziś rano, więc niewątpliwie bombarduje go pytaniami, a wiem na pewno, że jego angielski jest zerowy.

— Zarówno Clarry, jak i ja znamy trochę włoskiego — powiedziała Diana nieco cierpko, kładąc dłoń na jego ramieniu, ale zaraz uśmiechnęła się filuternie. — Jednak nie tak dobrze, jak nam się wydawało. Włosi mówią bardzo szybko.

— To prawda. — Wyprowadzając ją na zewnątrz, faktycznie znaleźli Clarissę stojącą na pomoście i wpatrującą się w lśniącą, jaskrawo pomalowaną gondolę, która na nich czekała. Gondolier trzymał się na dystans, spoglądając na młodą Angielkę z pewną rezerwą.

— Twój włoski jest jednak doskonały. — Diana przyglądała mu się badawczo. — Mówiłeś, jak często tu bywałeś?

— To moja piąta wizyta w Wenecji, ale powinienem również zaznaczyć, że we wczesnych latach wojny cały klan Franchettich spędził dwa lata w Anglii, a przez większość tego czasu gościliśmy ich w Balford Priory. Jestem o cztery lata starszy od Andrei, ale świetnie się dogadujemy; ćwiczyliśmy nawzajem swoje języki, aż osiągnęliśmy płynność pozwalającą uchodzić za rodowitych użytkowników.

— Cóż za doskonały sposób na naukę języka — zaaprobowała Diana. — Ja uczyłam się włoskiego od bardzo surowej guwernantki, na pamięć, z książek, bez żadnej nadziei, że kiedykolwiek odwiedzę Włochy. Było to po prostu kolejne osiągnięcie, które miałam opanować.

— Miałem bardzo podobne odczucia co do greki i łaciny — przyznał Will i został nagrodzony najjaśniejszym uśmiechem, jaki dotąd mu ofiarowała. Analityczna część jego mózgu zauważyła, że jej usta były nieco zbyt szerokie, by jej twarz można było uznać za prawdziwie piękną, ale oznaczało to, że kiedy się uśmiechała, blask jej uśmiechu był jak kąpiel w czystym słońcu.

— Dzień dobry, wasza wysokość. — Clarissa oderwała na tyle długo wzrok od gondoli, by go zauważyć, zgięła kolana w zdawkowym dygu, a potem znów spojrzała na łódź. — Wiesz coś o nich? Dlaczego są tak wysokie na dziobie i rufie? I jak działają te tyczki, które je napędzają? Dlaczego nie wiosła? Rozumiem, dlaczego nie żagiel, między budynkami nie ma zbyt wiele wiatru...

— Widzisz, o czym mówiłam? — szepnęła Diana, a Will się roześmiał.

— Rzeczywiście, widzę. Najmocniej przepraszam, lady Clarso, ale muszę wyznać, że nigdy nie byłem ciekaw budowy gondoli. Z przyjemnością jednak przekażę twoje pytania gondolierowi.

— Próbowałam zapytać, ale nie jestem pewna, czy nie zrozumiał, czy po prostu nie znał odpowiedzi. — Clarissa zmarszczyła brwi, patrząc na mężczyznę, który stał na rufie gondoli tak daleko od niej, jak tylko mógł, i z determinacją patrzył w przeciwnym kierunku.

Will pomyślał, że prawdopodobnie po prostu onieśmieliła biedaka tak, że zaniemówił, ale nie powiedział tego na głos. Młodsza siostra Creighton była zdecydowanie bardziej stanowcza z tej dwójki, nawet jeśli odkrywał, że Diana nie bała się mówić tego, co myśli, gdy nadarzała się okazja.

W tej chwili państwo Glenkellie wyszli z pałacu, by do nich dołączyć, i przywitali Willa przyjaznymi uśmiechami. Lord Glenkellie pomógł żonie wsiąść do łodzi, a Will odwrócił się, by pomóc dziewczętom. Clarissa ledwo dotknęła jego dłoni, zanim zeskoczyła na dół, ale palce Diany objęły jego dłoń, a ona oparła się na nim, by utrzymać równowagę, niepewna, gdy łódź zakołysała się pod jej stopami.

— Nie wpadniesz do wody — poczuł się w obowiązku ją uspokoić. — Prawie nigdy nie widziałem, żeby ktoś wpadł do jednego z kanałów; Gianluigi zapłaciłby za to głową, gdyby na to pozwolił!

— Och, bez wątpienia. — Zajęła miejsce obok siostry. — Chyba jeszcze nie odzyskałam równowagi po zejściu na ląd po tylu dniach na morzu. Wszystko wciąż wydaje się trochę niestabilne, więc kiedy podłoże faktycznie się kołysze, jestem przekonana, że runę głową w dół do tej niezbyt apetycznie wyglądającej wody!

— Nigdy bym na to nie pozwolił — obiecał z galanterią, po czym zajął miejsce za nią i skinął głową Gianluigiemu. — A zatem wyruszajmy na waszą pierwszą wenecką przygodę, moi przyjaciele!

ROZDZIAŁ SIÓDMY

Książę Balford wydawał się zupełnie innym człowiekiem niż arogancki paniczyk, którego poznała na londyńskim parkiecie, rozmyślała Diana, relaksując się i podziwiając powoli przesuwającą się piękną architekturę Wenecji. Był miły i troskliwy; nie czerpał żadnych korzyści z poświęcania czasu, by oprowadzać po Wenecji ludzi, których ledwie znał, a jednak zaoferował pomoc bez wahania. Teraz wychylił się naprzód, wsuwając ramię między nią a Clarissę, by wskazać duży budynek ukazujący się po ich prawej stronie i powiedzieć im, żeby spojrzały tuż za niego, ponieważ na tamtejszym dziedzińcu można było zobaczyć piękny posąg z brązu.

— Och, spójrz na ten uroczy most przed nami! — wykrzyknęła Diana kilka minut później, podziwiając piękny biały most z licznymi łukami, który rozciągał się nad kanałem.

— To most Rialto — zawołał Balford coś do gondoliera i chwilę później gondola podpłynęła do boku kanału i zatrzymała się przy kamiennych schodach obok wielkiego białego pałacu. — Wysiądziemy tutaj.

Przyjmując jego dłoń, Diana z fascynacją rozglądała się wokół, gdy pomógł jej wysiąść z gondoli i wejść po schodach, szepcząc ostrzeżenie, by uważała, bo jest odpływ i schody są śliskie od wodorostów i mułu. Cieszyła się, że w oczekiwaniu na długi spacer założyła solidne półbuty.

— To piękny budynek — powiedział Alex, spoglądając w górę na pałac, przy którym teraz stali.

— Palazzo dei Camerlenghi. Nawiasem mówiąc, zbudowany przez tych samych architektów co Palazzo Franchetti, choć ten jest teraz budynkiem rządowym. Szczerze mówiąc, nie jestem pewien, jaką dokładnie pełni teraz funkcję. — Balford ze smutkiem potrząsnął głową. — Kiedyś znajdowała się tu dość spektakularna kolekcja sztuki, ale kiedy Francuzi okupowali miasto, wszystko zostało rozproszone. Część wróciła do Wenecji, ale jak rozumiem, większość znajduje się teraz w Accademia di Belle Arte. Którą oczywiście musicie odwiedzić. Nie jest stąd daleko, za kolejnym zakrętem Canal Grande, ale radziłbym zostawić to na inny dzień. Dziś chcę wam pokazać jeden z ukrytych skarbów Wenecji. — Poprowadził ich wokół pałacu i wąską uliczką ze sklepami po obu stronach, po czym zatrzymał się przy wąskich, lekko uchylonych drzwiach. — Tędy.

Weszli za nim, rozglądając się ze zdumieniem, gdy zdali sobie sprawę, że są w kościele. Sklepienie łukowe wsparte na białych marmurowych kolumnach było prawie tak wysokie, jak długi był kościół; było tam miejsce tylko na pół tuzina drewnianych ławek, ale wszyscy mogli patrzeć tylko na spektakularną sztukę namalowaną na ścianach. I na suficie, jak odkryła Diana, gdy Clarissa szturchnęła ją i wskazała kopułę, krąg aniołów wokół niebiańskiego bóstwa, namalowany na eterycznie bladoniebieskim tle.

— Co to za miejsce? — wyszeptała Diana z czystym podziwem.

— Kościół San Giovanni Elemosinario, jałmużnika — podpowiedział Balford, oferując jej ramię jako wsparcie, gdy odchyliła się do tyłu, próbując wyciągnąć szyję, by przyjrzeć się niesamowitym szczegółom malowanych aniołów na kopule. — To, na co patrzysz, to dzieło znane jako *Bóg Ojciec w chwale aniołów*, autorstwa Giovanniego Antonio de'Sacchisa, lepiej znanego jako *Il Pordenone*.

— Nie znam tego słowa, co ono znaczy? — zmarszczyła brwi Diana.

— To po prostu nazwa miasta, z którego pochodził, obawiam się. Nic poetyckiego. Chodź, spójrz do tej bocznej kaplicy; jest tam piękny ołtarz tego samego artysty ze świętymi Katarzyną, Sebastianem i Rochem.

Podziwiała obraz, uznała, że jest w rzeczywistości lepszy od ołtarza w głównym kościele, i powiedziała to na głos.

— Zgadzam się, chociaż niektórzy twierdzą, że Il Pordenone jest artystą gorszym od Tycjana, nie sądzę, aby tamten obraz był jednym z najlepszych dzieł Tycjana.

— Tycjan! — Spojrzała ponownie na obraz siwowłosego świętego. — Wiesz, nie miałam pojęcia, że malował dzieła religijne. Widziałam dwa jego obrazy w Bridgewater House w Londynie: *Dianę i Akteona* oraz *Dianę i Kallisto*.

Z jakiegoś powodu wyobrażałam sobie, że malował tylko sceny mitologiczne.

Balford roześmiał się, a ona spięła się, myśląc, że kpi z jej ignorancji. On jednak potrząsnął głową, uśmiechając się do niej życzliwie. — Wenecja nauczy cię lepiej. Przez wiele lat Tycjan był tu czołowym artystą, zatrudnianym do tworzenia setek dzieł w kościołach i pałacach w całym mieście. — Wskazał z powrotem na boczną kaplicę, którą właśnie opuścili. — On i Il Pordenone byli wielkimi rywalami.

— A jednak nie sądzę, byśmy kiedykolwiek domyślili się, że ten kościół tu jest, gdybyś nam go nie pokazał — zdumiała się Diana.

— Jak powiedziałem, to jeden z ukrytych skarbów Wenecji. W żadnym wypadku nie udaję, że znam wszystkie jej sekrety, ale przyznaję, że ten mały kościół jest jednym z moich ulubionych.

— Dziękuję, że się nim z nami podzieliłeś. — Impulsywnie ścisnęła jego ramię. — Może Wasza Wysokość uznać się za osobę, której wybaczono.

Nie udawał, że nie rozumie, ale potrząsnął głową. — Jesteś zbyt hojna, lady Diano, i tak łatwo się mnie nie pozbędziesz.

Roześmiała się, a potem zakryła usta, gdy ksiądz przy ołtarzu odwrócił się na głośny dźwięk. — Wcale nie próbuję się ciebie pozbyć! — syknęła, unikając jego spojrzenia.

— Nie, ale myślę, że on tak. Chodźcie. — Objął Clarissę drugim ramieniem, gdy ją mijali, i spotkali Alexa i Marianne przy drzwiach.

— To było całkiem niezwykłe — powiedział Alex, gdy opuścili cichy kościół i wrócili na tętniące życiem, gwarne ulice targu Rialto.

— Prawda? I muszę wam powiedzieć, że w Wenecji są dziesiątki kościołów z równie niezwykłymi skarbami artystycznymi... a jednak Wenecja to nic w porównaniu z Rzymem czy Florencją. Włochy to prawdziwy raj dla artystów. — Z szerokim uśmiechem wskazał na kawiarnię kilka kroków dalej wzdłuż ulicy. — I raj dla smakoszy. To miejsce serwuje najlepsze *sfogliatelle* w Wenecji, a przynajmniej tak zawsze twierdzi moja ciotka. Kilka razy próbowała zatrudnić właściciela do pracy w pałacu, ale on nie chce zrezygnować ze swojego sklepu.

Zajęli miejsca przy stoliku pod pasiastą markizą, a kelner wyszedł ich przywitać. Balford wydał polecenia w tym szybkim włoskim, który Diana wciąż z trudem rozumiała. Rzuciła mu zdumione spojrzenie, gdy usiadł obok niej, a on się uśmiechnął.

— Zamówiłem *cappuccino*, czyli mleczną, pienistą kawę, żebyście wszyscy spróbowali, i trochę *sfogliatelle*, czyli słodkich ciastek nadziewanych kremowym farszem. Poprosiłem też o torbę na wynos dla ciotki Elspeth. Będzie bardzo niezadowolona, jeśli odkryje, że tu byłem i nie kupiłem jej żadnych.

Jego sympatia do wdowy była oczywista, pomyślała Diana, i godna pochwały. Po raz kolejny pomyślała, jak bardzo różnił się od jej pierwszego wrażenia aroganckiego, bezmyślnego człowieka, który nie dbał o nikogo oprócz siebie. Podejrzewała, że to maska, którą przywdziewał w sytuacjach towarzyskich, w których czuł się nieswojo.

Kelner podszedł do stołu z karafką i kilkoma filiżankami, postawił je, a po chwili wrócił z półmiskiem pełnym małych ciastek.

— To tłoczony sok winogronowy — powiedział Balford, sięgając po karafkę. — Poprosiłem o niego na wypadek, gdyby kawa wam nie smakowała. Niestety, nie mają herbaty; chociaż pije się ją tutaj, nie każda kawiarnia ją serwuje.

— Jak dotąd nie smakowała mi kawa, którą nam tu podawano — przyznała Marianne, a Diana przytaknęła. — Jest bardzo mocna. Nie rozumiem, dlaczego podają ją w tak małych filiżankach. Czy nie byłoby lepiej nalać ją do większej filiżanki i zrobić słabszą?

— To zależy od punktu widzenia — odparł Balford z lekkim chichotem. — Niektórzy Włosi woleliby ją tak mocną, żeby łyżeczka w niej stała!

Wszyscy się roześmiali, co było oczywiście jego zamiarem, a on kontynuował: — Ale *cappuccino* jest zupełnie inne, obiecuję. Może się okazać, że wam nie posmakuje, ale nie można przyjechać do Włoch i przynajmniej go nie spróbować.

Diana nie była pewna; nawet w Anglii zawsze wolała herbatę. Kawę piła tylko z dużą ilością śmietanki i większą ilością cukru, niż zazwyczaj pozwalała jej matka. Jeden łyk syropowatego czarnego płynu, który Włosi nazywali *espresso*, wystarczył, by skrzywiła usta z powodu gorzkiego, mocnego smaku.

Zawartość filiżanki postawionej przed nią wyglądała jednak obiecująco. Mleko ubite na gęstą, bladą piankę unosiło się na kawie. Spojrzała na nią z zamyśleniem.

— Pij kawę przez piankę — doradził Balford, a potem pochylił się nieco bliżej. — Spróbuj tylko łyk. Jeśli naprawdę ci nie smakuje, proszę, nie zmuszaj się do picia jej ze względu na mnie. Wiem, że nie wszyscy lubią kawę; moja macocha nazywa ją wstrętnym naparem, w każdej postaci!

Uśmiechnęła się i wzięła mały łyk. Ze zdziwieniem uniosła brwi i wzięła kolejny.

— To jest właściwie bardzo przyjemne.

Zachęcona tym, że napój jej smakował, wzięła jedno z ciastek z półmiska, który zamówił Balford, i była jeszcze bardziej zachwycona. Ciastko było kruche i słodkie, a kremowe nadzienie o delikatnym cytrusowym smaku rozpływało się na języku.

Marianne westchnęła z rozkoszy, gdy i ona odkryła, jak wspaniałe są ciastka, i natychmiast sięgnęła po następne. — Całkowicie rozumiem teraz postawę lady Elspeth; ja również chciałabym zatrudnić tego cukiernika!

Wszyscy się roześmiali i wkrótce półmisek był pusty. Alex wstał, by wejść do środka, i po kilku minutach wrócił z kolejną papierową torbą pełną ciastek.

— Na popołudniową herbatę, panie — powiedział z uśmiechem. — Wątpię, by lady Elspeth chciała podzielić się swoimi.

— Może powinienem po prostu co rano wysyłać kogoś po torbę dla nas, do śniadania — zamyślił się Balford.

— Tak, proszę — powiedziała Diana z entuzjazmem, a on spojrzał na nią i uśmiechnął się, składając mały ukłon.

— Będzie zrobione, lady Diano. A teraz, może pójdziemy na spacer? Rialto słynie ze swoich sklepów; jestem pewien, że panie znajdą coś, czemu zechcą przyjrzeć się bliżej.

Diana nigdy nie widziała tak eklektycznej mieszanki sklepów, stłoczonych obok siebie w wąskich uliczkach. Nie było koni ani wozów, co wydawało się dziwne po Londynie; mężczyźni przewozili swoje towary na małych wózkach ręcznych lub nosili je w skrzyniach lub beczkach z łodzi, które cumowały przy kanałach.

Targ rybny był śmierdzący, ale fascynujący, z gatunkami ryb, których nigdy wcześniej nie widziała, wyłożonymi na straganach, a gospodynie domowe targowały się ze sprzedawcami o najlepsze okazy, zanim ich wybór został zapakowany w papierowe paczki.

— Czy to jest *ośmiornica*? — wysapała Clarissa, a Diana wyciągnęła szyję, by spojrzeć, drżąc na widok dużego, fioletowo-czerwonego stworzenia ze zbyt wieloma nogami, leżącego na wilgotnych wodorostach na drewnianym blacie.

— Chyba nie jest do jedzenia?

Siostry spojrzały na siebie z przerażeniem. Balford, widząc, na co spoglądają, zachichotał.

— Tutejszy przysmak. Ja osobiście wolę te małe. — Wskazał na dużą miskę, a dziewczęta, zafascynowane i zniesmaczone, pochyliły się, by spojrzeć.

— Są malutkie! — Niewiele większe od ostatniego stawu jej kciuka, małe ośmiorniczki były białe i wyglądały o wiele mniej alarmująco niż ich większy kuzyn. Diana wciąż nie sądziła, że chciałaby zjeść którąś z nich. — I *lubisz* je jeść? — Spojrzała na Balforda.

— Nie powiedziałem tego dokładnie. Tylko że wolę je od tych dużych. — Roześmiał się z jej miny. — *Polpo* to słowo, na które musisz uważać, jeśli trafisz do restauracji z menu. Nie martw się, że zostanie podane w pałacu; lady Elspeth akurat go nie znosi.

Żartował, ale nie było w tym złośliwości, a Diana zachichotała. Balford mrugnął, zanim wyprowadził ich z Pescherii do Ebaria, gdzie pachniało o wiele słodziej, a sprzedawano zioła, przyprawy i ogromny wybór świeżych owoców i warzyw. Diana nigdy nie widziała tak dużych i soczyście wyglądających pomarańczy czy cytryn ani takich pomidorów. Nawet jabłka były znacznie większe i wydawały się jaskrawsze niż te, które jadła w Anglii. Jej głowa obracała się w tę i z powrotem, a usta miała otwarte, gdy wpatrywała się we wszystko dookoła.

— Spójrz na te winogrona — wskazała Clarissa, a Diana poczuła, jak ślinka napływa jej do ust, gdy wpatrywała się w ogromne stosy ciemnofioletowo-czerwonych i jasnozielonych kulek, większych i pełniejszych niż jakiekolwiek, jakie kiedykolwiek widziała.

— Wyglądają niesamowicie — zgodziła się. — Włochy słyną ze swojego wina, więc to logiczne, że ich winogrona są doskonałe. Kupimy trochę? Chciałabym ich spróbować.

— Nie dotykaj ich — ostrzegł Balford, gdy zbliżyli się do sprzedawcy. — To punkt honoru, że wybiorą dla ciebie najlepsze, jakie mają.

Diana była zadowolona, że stał z boku, zamiast wtrącać się i zamawiać za nią, pozwalając jej wypróbować swoją szkolną włoską wymowę na sprzedawcy, staruszku, który słuchał uważnie i kiwał głową, obdarzając ją bezzębnym uśmiechem, zanim wybrał dla niej dwie kiście winogron, jedną zieloną i jedną czerwoną. Alex dał jej i Clarissie trochę *lirów* i *scudo* do noszenia w torebkach; wyłowiła kilka monet i zastanowiła się nad nimi. Staruszek roześmiał się, wziął najmniejszą monetę — srebrne pół lira — i wydał jej ćwierć lira i kilka miedzianych monet.

— Pięć i trzy centesimi. Dał ci dobrą cenę za winogrona — powiedział rozbawiony Balford, gdy sprzedawca znalazł nawet postrzępioną płócienną torbę, w której Diana mogła zabrać winogrona, ponieważ nie miała koszyka.

Podziękowała staruszkowi ślicznie, nagrodzona kolejnym bezzębnym uśmiechem i potokiem włoskich słów zbyt szybkich, by mogła je zrozumieć. Balford roześmiał się, potrząsając głową, i powiedział coś szybko w odpowiedzi.

— Czy właśnie powiedziałeś mu, że jestem twoją kuzynką? — sprawdziła Diana, gdy odchodzili.

— Myślał, że jesteś moją żoną.

— Och! — Zaskoczona, cofnęła się lekko, jej dłoń zsunęła się z jego ramienia. Sięgnął w dół, podniósł jej dłoń i ponownie wsunął ją w zgięcie swojego łokcia.

— Zszokowałby się, gdybym mu powiedział, że nie jesteśmy spokrewnieni. We Włoszech szybko odkryjesz, że niezamężne młode kobiety z wyższych sfer są zwykle bardzo odizolowane. Aranżowane małżeństwa, takie jak Andrei i Valentiny, są normą. — Uśmiechnął się lekko. — A ponieważ nasze rodziny są rzeczywiście połączone, choć w bardzo zawiły sposób... *kuzynka* jest równie dobrym określeniem jak każde inne, nie zgodziłabyś się?

— Chyba tak — odparła niepewnie.

— Diano! — zawołała ją Marianne z małego sklepiku kilka kroków dalej. — Chodź tutaj i spójrz na tę wspaniałą biżuterię!

— Tak, ciociu Marianne — powiedziała posłusznie, wysuwając dłoń z ramienia Balforda.

— Proszę, pozwól mi ponieść twoje winogrona. — Uśmiechnął się do niej ciepło. — Jubilerzy weneccy słusznie są sławni i zasługują na twoją pełną uwagę.

Naprawdę jest bardzo miły, pomyślała, dołączając do Marianne i Clarissy w malutkim sklepiku jubilerskim, gdzie wszystkie trzy ledwo mieściły się w ciasnej przestrzeni, a potem stanowczo kazała sobie przestać o nim myśleć.

Książę Balford był bardzo przystojny i tak, wydawał się o wiele milszy niż jej początkowe wrażenie, ale pozwalanie sobie na wzdychy do niego mogło prowadzić tylko do złamanego serca. Powiedział jej już, że nie szuka żony, a nawet gdyby szukał, ona po prostu nie była dziewczyną, z którą by się ożenił. Nie była wystarczająco bogata, wystarczająco ładna ani spokrewniona z wystarczająco dużą liczbą szlacheckich rodów.

ROZDZIAŁ ÓSMY

Tydzień później Diana znów przechadzała się przez Rialto, trzymając siostrę pod rękę i chłonąc otaczające ją widoki i dźwięki. Z drugiej strony Diany szła Valentina, młoda księżna, która w ciągu ostatniego tygodnia stała się serdeczną przyjaciółką sióstr. Poznanie Valentiny uświadomiło Dianie, że to, co Balford mówił o młodych włoskich arystokratkach, było najprawdziwszą prawdą: aż do ślubu trzymano je pod niezwykłym kloszem.

Valentina przyglądała się niemal wszystkiemu poza murami Palazzo Franchetti z szeroko otwartymi z zachwytu oczami. Zwierzyła się również siostrom, że jest dość zszokowana rozmowami, których świadkiem była teraz, po ślubie; niektóre zamężne damy z rodu Franchetti opowiadały najbardziej skandaliczne rzeczy, a nawet lady Elspeth nie mrugnęła przy tym okiem.

— To ten sprzedawca, od którego kupiłam te piękne winogrona — powiedziała Diana, prowadząc Valentinę. Starzec uśmiechnął się do niej bezzębnie, w jego oczach błysnęło rozpoznanie i przywitał ją, specjalnie mówiąc powoli, za co posłała mu wdzięczny uśmiech.

— Poproszę więcej pańskich wspaniałych winogron, zacny panie — powiedziała swoim powolnym, starannym włoskim. — Podzieliłam się nimi z moją dobrą przyjaciółką, księżną Franchetti, i uznała, że są wyborne.

Oczy starca rozszerzyły się i ukłonił się Valentinie bardzo nisko, gdy Diana ją wskazała. — Jestem zaszczycony uwagą waszej łaski, szlachetna pani — rzekł. — Proszę pozwolić, że ofiaruję pani w darze najprzedniejsze z mych towarów.

— Żadnych darów — odmówiła Valentina. — Nie przy tym, ile chcę kupić! Weźmiemy winogrona, a i pańskie czereśnie wyglądają doskonale.

Diana tym razem pomyślała o zabraniu koszyka i podała go sprzedawcy do napełnienia. Próbował ponownie odmówić zapłaty, ale wcisnęła mu do ręki dwie srebrne liry.

— Za mało mnie pan ostatnio policzył — nalegała. — Jutro wyjeżdżamy z Wenecji i już nie wrócę, więc proszę to przyjąć.

— Ja jednak wrócę za kilka miesięcy — powiedziała Valentina. — Jedziemy w odwiedziny do mojego brata i zamierzamy rozkoszować się pańskimi pysznymi owocami podczas podróży.

Starzec znów jej się ukłonił, a dłoń zacisnęła mu się na monetach. — Ten sługa nie jest godzien uwagi waszej wysokości. Ten zaszczyt jest zbyt wielki.

— Czy te wszystkie ukłony i płaszczenie się nie stają się w końcu męczące? — zapytała Diana, gdy odchodziły, z koszykiem po brzegi wypełnionym owocami.

Valentina posłała jej zdezorientowane spojrzenie. — Nie rozumiem.

Angielski Valentiny był lepszy niż włoski Diany, ale i tak spróbowała ponownie w ojczystym języku Valentiny. Młoda księżna wciąż jednak nie rozumiała i w końcu Diana zdała sobie sprawę, że to nie problem z komunikacją był kłopotem. Valentinę wychowano tak, by oczekiwała takiej uniżoności jako czegoś, co jej się należało. Małżeństwo z księciem mogło nieco zwiększyć ten stopień, ale w świecie Valentiny wciąż było to całkowicie normalne.

Mimo że teraz była *Lady* Dianą, córką hrabiego, Diana nie sądziła, by kiedykolwiek przywykła do bycia odbiorcą takich postaw. Zastanawiała się, czy Valentina była w ogóle świadoma własnych wpływów, czy zauważyła nawet, że sprzedawca mówił swoim kolejnym klientom, iż sama księżna Franchetti orzekła, że jego owoce są najlepsze w Wenecji.

Wszystko kręciło się wokół patronatu. Diana zerknęła przez ramię, gdzie dwóch książąt szło obok siebie, z głowami pochylonymi w rozmowie. Jak wielką władzę dzierżyli tacy mężczyźni, i to bardziej świadomie niż kobiety.

Balford przechwycił jej spojrzenie i przechylił głowę z pytającą miną; posłała mu lekki uśmiech i odwróciła wzrok, zanim zdążył podejść i zapytać, czy czegoś jej nie potrzeba. Był zdumiewająco troskliwy przez ostatni tydzień, wielokrotnie pełniąc rolę przewodnika dla ich towarzystwa, pokazując im nie tylko zabytki Wenecji, które polecano każdemu turyście, ale także kilka swoich osobistych ulubionych miejsc. Jak kościół San Giovanni Elemosinario pierwszego dnia, ukryty cud, który inaczej z pewnością by przeoczyły.

Przez pierwsze kilka dni, gdy Balford je oprowadzał, Clarissa niemiłosiernie droczyła się z Dianą, ale nawet ona musiała przyznać, że nie okazywał on wyraźnej preferencji dla żadnej z sióstr. Lady Elspeth również dała do zrozumienia, czyniąc dość niedwuznaczne aluzje, że ma nadzieję, iż Balford poślubi jej wnuczkę Chiarę, młodszą siostrę Andrei. I choć Chiara miała na razie zaledwie czternaście lat, cóż, sam Balford powiedział, że nie jest gotów do małżeństwa. Czekanie czterech lat, aż Chiara osiągnie pełnoletność, nie było niczym, skoro końcowym rezultatem miało być scementowanie sojuszy między potężnymi księstwami angielskim i włoskim.

Chiara była słodka, choć bardzo nieśmiała; Diana spotkała ją raz, chociaż prawdą było, co Balford mówił o tym, że młode Włoszki są trzymane w odosobnieniu. Andrea był całkiem miły, ale wydawał się też nieco zaniepokojony, że jego siostra mogłaby zostać w jakiś sposób zdeprawowana przez kontakt z „niezależnym angielskim sposobem myślenia". Diana była niemal pewna, że podjęto kroki, aby trzymać Chiarę z dala od niej i Clarissy.

Z pewnością pierwotnie planowano, że Chiara będzie towarzyszyć Andrei i Valentinie w ich wizycie nad jeziorem Garda, gdzie mieli odwiedzić brata Valentiny – w wycieczce tej miał również wziąć udział Balford – ale gdy tylko państwo Glenkellie postanowili przyjąć zaproszenie, lady Elspeth nagle uznała, że dla Chiary lepiej będzie, jeśli pojedzie z nią do jej willi w Schio.

Obie grupy podróżnych zamierzały opuścić Wenecję następnego dnia. Choć ze smutkiem opuszczała miasto – zakochała się w *La Serenissima*, Mieście Mostów, i była pewna, że jest wiele cudów, których nie miała okazji odkryć – Diana wiedziała, że we Włoszech czeka ją jeszcze wiele przygód. Przecież po drodze nad jezioro Garda zobaczą Padwę, Vicenzę i Weronę; Padwę, miasto z uniwersytetem, na który mogły uczęszczać *kobiety*! Weronę, uwiecznioną w sztuce Barda! Nigdy w najśmielszych snach Diana nie wyobrażała sobie, że *ona* będzie mogła odwiedzić takie miejsca, więc ani przez chwilę nie wyrazi żalu z powodu wyjazdu z Wenecji.

W ten ostatni dzień w Wenecji, po wizycie na Rialto, zaplanowali szczególną wyprawę. Mieli odwiedzić wyspy Murano, osadę na północ od Wenecji, gdzie produkowano słynne weneckie szkło. Andrea wyjaśnił, że wszyscy szklarze weneccy zostali zmuszeni do przeprowadzki na Murano wieki temu, ponieważ ojcowie miasta obawiali się zbyt wielkiego ryzyka pożaru. Napoleon zamknął wiele fabryk, gdy rządził miastem, a przemysł jeszcze się nie odrodził, ale ród Franchetti patronował kilku małym rodzinom szklarzy, którzy wciąż praktykowali swój fach.

Przez lagunę przeprawili się łodzią wiosłową, a nie gondolą, a podróż zajęła około godziny; panie oparły się o poduszki z parasolkami uniesionymi dla ochrony przed gorącym słońcem i skubały winogrona kupione od bezzębnego staruszka z targu. Diana na próżno usiłowała skupić wzrok na falującej wodzie wokół nich, na mijanych łodziach; na czymkolwiek, byle nie na przystojnej, uśmiechniętej twarzy księcia Balforda, gdy siedział na dziobie łodzi, pochylając się, by przesunąć palcami po wodzie i śmiejąc się podczas rozmowy z Andreą.

Valentina była głęboko zaangażowana w rozmowę z Clarissą, ale Marianne, siedząca obok Diany, wyraźnie zauważyła kierunek jej spojrzenia.

— Chcą, żeby poślubił lady Chiarę, wiesz — mruknęła cicho Marianne, a jej słowa były przeznaczone tylko dla uszu Diany.

— Jestem pewna, że to byłaby doskonała partia — odparła Diana równym tonem. — Za kilka lat, oczywiście. Balford będzie już gotów na żonę, a pochodzenie Chiary musi czynić z niej nienaganny wybór na jego księżną. Nawet jej angielski jest doskonały.

Rzeczywiście, włoską dziewczynę przez całe życie przygotowywano do roli księżnej Balford. Nic dziwnego, że Balford nie chciał brać udziału w targu małżeńskim w Anglii... chociaż Diana musiała się zastanowić, dlaczego jego macocha naciskała, by w nim uczestniczył, skoro to ona miała koneksje z rodem Franchetti. Czy z jakiegoś powodu nie chciała, by Balford wżenił się w tę rodzinę? Diana nie mogła sobie wyobrazić, dlaczego. Niektóre szlacheckie rodziny weneckie straciły wiele ze swoich fortun pod rządami Napoleona i nie radziły sobie dobrze również pod austriackim panowaniem, ale Franchetti nie należeli do nich. Lady Elspeth i jej mąż wychowali jedenaścioro dzieci oprócz ojca Andrei, dzieci, które wżeniły się w arystokratyczne rody w całych Włoszech i scementowały sojusze handlowe, które przynosiły korzyści wszystkim.

Marianne, ku jej lekkiemu zaskoczeniu, wzięła Dianę za rękę i ścisnęła ją. — Cieszę się, że patrzysz na sytuację trzeźwym okiem, najdroższa. Nie chciałabym, żeby złamano ci serce.

— Mówisz mi, żebym się w nim nie zakochała, ciociu? W mężczyźnie, którego nieuprzejme czyny sprawiły, że nazwano mnie Mdlejącym Kwiatem? — Diana roześmiała się lekko, próbując swym swobodnym tonem pokazać, jak niedorzeczna jest sama ta myśl. — Bez obaw, mojemu sercu nic nie grozi.

Spokojne spojrzenie Marianne było nieco zbyt wnikliwe i Diana odwróciła wzrok, skupiając go na wyspie, do której szybko się zbliżali. — Mam nadzieję, że znajdę coś dla mamy w moim budżecie — powiedziała nieco zbyt głośno. — Chciałabym przywieźć jej do domu kawałek weneckiego szkła.

Marianne ponownie ścisnęła jej dłoń i pozwoliła na zmianę tematu, mówiąc uprzejmie, że jeśli Diana będzie potrzebowała trochę więcej, chętnie dołoży się do kosztu zakupu prezentu dla Lavinii. — Ona przecież dała mi dar bezcenny: wasze towarzystwo w tej podróży!

Diana raczej uważała, że to ona i Clarissa otrzymują coś o nieocenionej wartości, za co będzie wiecznie wdzięczna. Nie miała jednak okazji tego powiedzieć, ponieważ łódź dopłynęła już do przystani i nadszedł czas, by wysiąść.

Andrea chciał się popisać przed Valentiną, co wkrótce stało się oczywiste, gdy młody książę oprowadzał je po manufakturach szkła, a Valentina była zachwycona, mogąc podziwiać umiejętności rzemieślników objętych patronatem rodu Franchetti. Każdy rzemieślnik miał przygotowany podarunek dla nowej księżnej, a także chętnie prezentował swoje umiejętności i towary jej przyjaciółkom. Diana zachwycała się delikatnym pięknem wyrobów i ledwo śmiała zapytać o cenę małego wazonu ze szkła sodowego, który, jak sądziła, mógłby spodobać się jej matce.

Kobieta pokazująca wyroby skonsultowała się z mężem, zanim podała cenę, która Dianie wydała się nieprawdopodobna.

— Siedemnaście lir? Jest pani pewna? — powiedziała z powątpiewaniem, robiąc w myślach obliczenia. Uznała, że w Londynie ten przedmiot sprzedano by za równowartość dziesięciokrotności tej sumy.

— W takim razie piętnaście, ale ani centesima mniej! — Kobieta potrząsnęła palcem.

— Och, nie, ja... tak. Piętnaście lir, jak najbardziej. Zabieram go do domu, do Anglii. Może go pani dla mnie zapakować? — Grzebiąc w pompadurce, znalazła portmonetkę i wyłowiła monety, podając je kobiecie. Ta uśmiechnęła się promiennie, przyjmując pieniądze, i sięgnęła pod ladę, by wyciągnąć małe drewniane pudełko. Diana patrzyła, jak wazon napełniano trocinami, a następnie pakowano w jeszcze więcej trocin, pudełko wypełniano nimi aż po wieko, a potem mocno obwiązywano sznurkiem, dopóki wieko nie było bezpieczne.

— Diano, chodź, spójrz na te koraliki — zawołała ją Marianne, a kobieta machnęła na Dianę ręką, pochłonięta starannym dokończeniem pakowania. Przechodząc przez pokój, Diana zastała Marianne przyglądającą się delikatnym, dmuchanym szklanym koralikom, zwisającym z cienkich drucików i przymocowanym do zapięć typu wkrętki.

— Och, jakie śliczne — podziwiała Diana. — Powinnaś wziąć te zielone, ciociu Marianne. Będą wspaniale wyglądać przy twoich rudych włosach. — Szmaragdowe koraliki mieniły się drobinkami złota, połyskując w wpadającym przez okno słońcu.

— To samo powiedziałam, tyle że uważam, że powinna też wziąć te szafirowo-złote — zgodziła się Clarissa.

— Te są na haczykach, a ja nie mam przekłutych uszu — zauważyła Marianne.

— Ja też nie. — Diana dotknęła płatków uszu. Zauważyła, że Valentina miała przekłute uszy; często nosiła duże perły zwisające ze złotych kółek. Wyglądały bardzo ładnie, ale i tak zadrżała na myśl o igle przebijającej wrażliwą tkankę jej płatków.

— Jestem pewien, że mogą zmienić zapięcia na wkrętki, jeśli chce pani akurat tę parę — mruknął niski głos i Diana obejrzała się, by zobaczyć Balforda, który podszedł za nią. Skinął głową Marianne, unosząc palec, by przywołać młodego mężczyznę, który słuchał, jak Balford mówi w swoim płynnym, potocznym włoskim, i skinął głową z zapałem.

— Tak, oczywiście, możemy zmienić zapięcia. To kwestia kilku minut, moja pani. — Młody człowiek ukłonił się Marianne.

— Cóż, w takim razie wezmę obie pary. A co z wami, dziewczęta, chciałybyście wybrać po jednej parze dla siebie? Mój prezent dla was.

Zarówno Diana, jak i Clarissa próbowały zaprotestować, że jest zbyt hojna, ale Marianne nalegała. Uniosła ładną, różowo-białą parę koralików, przykładając je do uszu Clarissy, a Diana uśmiechnęła się, wiedząc, że jej siostra nie będzie w stanie się oprzeć. Clarissa uwielbiała ten szczególny odcień głębokiego różu, mimo że ich matka uznała go za zbyt wyzywający kolor dla debiutantek.

— Ty powinnaś wziąć te — mruknął Balford, a ona spojrzała w dół, gdzie wskazał na parę koralików w oszałamiającym odcieniu morskiej zieleni, nakrapianych srebrem. — Pasowałyby do tamtej twojej ślicznej sukni wieczorowej.

Spojrzała na niego w absolutnym szoku. Nigdy by nie pomyślała, że zauważyłby kolor jej ulubionej sukni, a tym bardziej zapamiętał go na tyle dobrze, by tak precyzyjnie dopasować odcień z tej gamy kolczyków we wszystkich kolorach tęczy.

— Diano? — Marianne wypowiedziała jej imię, a Diana otrząsnęła się z zaskoczenia.

— Tak — powiedziała. — Te; bardzo mi się podobają i rzeczywiście będą pasować do tamtej sukni. Jak sprytnie z pańskiej strony, wasza wysokość, że pan to zauważył.

Chociaż może nie był *aż tak* spostrzegawczy. Miała na sobie tę suknię przez cztery z siedmiu wieczorów spędzonych w Wenecji, na zmianę z różową, falbaniastą, której nie znosiła. Bladozielona aksamitna była po prostu za ciepła na ten klimat, ale miała nadzieję, że pogoda będzie chłodniejsza, gdy dotrą nad jezioro Garda, i będzie mogła ją tam założyć. Mimo to czuła się niegustownie i nędznie w porównaniu z Valentiną, która każdego wieczoru nosiła inną suknię, każdą bardziej olśniewającą od poprzedniej.

ROZDZIAŁ DZIEWIĄTY

WILL PATRZYŁ, JAK WŁAŚCICIEL sklepu ostrożnie pakuje kolczyki w watę, po czym umieszcza je w małym pudełku i podaje Dianie wraz z większym, zawierającym wazon, który kupiła dla matki. Cieszył się, że ciotka kupiła jej kolczyki; sam poczuł najzupełniej niestosowną chęć, by je dla niej nabyć, musiał jednak bezwzględnie stłumić ten instynkt. Już sama sugestia byłaby szokującą impertynencją.

Mimo to cieszył się, że je ma. I nie mógł się powstrzymać, by nie wskazać szklanego delfina, wyrzeźbionego z tego samego turkusowo-srebrnego szkła co kolczyki Diany, i nie poprosić właściciela sklepu, żeby mu go zapakował.

W tej chwili nie potrafił wymyślić, jak mógłby jej go podarować bez katastrofalnych konsekwencji dla jej reputacji. Miał jednak trochę czasu — całe tygodnie w jej towarzystwie, jak miał nadzieję — by coś wykoncypować. Wiedział tylko, że chce, by go miała.

Udali się do drugiej huty szkła, tym razem większej, z rzędem czeladników pracujących nad wykonaniem szklanych prętów o różnych kolorach i grubościach, które mistrzowie następnie topili i skręcali ze sobą, tworząc fascynujące, kolorowe dzieła znane jako *millefiori*. Pozwolono im podejść całkiem blisko, stanąć i zaglądać przez ramiona terminatorom, by zobaczyć, jak szkło rozżarza się do czerwoności, gdy jest topione i formowane.

Żar był intensywny i kątem oka Will zauważył, że Diana lekko się chwieje. Instynktownie wyciągnął rękę, by podtrzymać ją pod łokciem i ustabilizować.

— Nie zemdleję, wasza łaskawość. — Rzuciła mu spojrzenie i uśmiechnęła się. — Nie martw się.

— Być może nie. — Odwzajemnił uśmiech. — Ale wiedz, że jeśli tak się stanie, złapię cię.

Roześmiała się, a jej brązowe oczy zalśniły.

— Jest tu strasznie gorąco — przyznała, cofając się od źródła ciepła. — Może wyszlibyśmy na zewnątrz?

— Oczywiście. — Podał jej ramię i poprowadził do drzwi, a potem na dwór. Stanęli na wąskim mostku przerzuconym nad kanałem tuż przy wejściu do sklepu, gdzie lekki wietrzyk poruszał gorące, wilgotne powietrze. Diana zwróciła twarz ku powiewowi i odetchnęła głęboko.

— Kanały pachną tu, w Murano, nieco lepiej niż w samej Wenecji — zauważył Will nieco bezmyślnie.

— Rzeczywiście. Może dlatego, że w mieście jest o wiele więcej ludzi. — Zmarszczyła lekko nos, zerkając na niego. — Prawdę mówiąc, zapach nie jest taki zły. Można go zignorować dla piękna Wenecji.

— Czy miałaś czas zwiedzić Florencję? — zapytał. — Wiem, że odwiedziłaś ją przed przybyciem tutaj.

— Niestety nie. Gdy tylko odkryliśmy, że krewni lorda Glenkellie wyjechali do Wenecji, natychmiast ruszyliśmy w dalszą drogę. Nawet nie zeszłam ze statku. — Zrobiła małą minkę. — Ale chyba plan jest taki, że po opuszczeniu jeziora Garda pojedziemy lądem z powrotem do Florencji, na co bardzo się cieszę.

— Rzeczywiście, to będzie swego rodzaju przygoda — zgodził się. — Przekroczycie Apeniny, i chociaż nie mogą się równać z przeprawą przez Alpy, to krajobrazy i tak są wspaniałe.

— Czy spędziłeś dużo czasu we Florencji? — zapytała.

— Nigdy tam nie byłem — przyznał. — Odwiedziłem Rzym, dwukrotnie, i Mediolan, ale jakoś Florencja nigdy nie trafiła na mój szlak podróży.

— To wydaje się sporym zaniedbaniem, biorąc pod uwagę twoją encyklopedyczną wiedzę o Włoszech!

Był prawie pewien, że się z niego śmieje, ale przyjął to z dobrym humorem.

— Może zapytam lorda Glenkellie, czy mógłbym dołączyć do waszego towarzystwa, kiedy będziecie opuszczać jezioro Garda. — Powiedział to pod wpływem impulsu, uderzyła go myśl, że byłby to sposób na przedłużenie czasu spędzonego w jej towarzystwie.

Policzki Diany oblał rumieniec, odwróciła wzrok, przerywając kontakt wzrokowy.

— Jestem pewna, że Glenkellie ucieszy się z twojego towarzystwa — mruknęła obojętnie.

Will chciał zapytać, czy i ona ucieszy się z jego towarzystwa. Surowo stłumił tę chęć. Była córką hrabiego i nie należało z nią igrać. Glenkellie również wydawał się ją bardzo lubić, a Will nie miał ochoty narażać się na gniew markiza. Glenkellie był byłym żołnierzem i podobno bardzo dobrym. Will szkolił się u mistrzów, ale ani przez chwilę nie sądził, że jego umiejętności we władaniu szpadą czy pistoletem mogłyby się równać z umiejętnościami człowieka, który zabijał zawodowo.

— Oto jesteście — odezwał się sucho głęboki głos. Will obejrzał się i zobaczył Glenkellie stojącego w drzwiach sklepu, z ramionami skrzyżowanymi na piersi, opierającego się o framugę. Zastanawiając się, jak długo markiz ich obserwował, Will ucieszył się, że zachował na moście przyzwoity dystans od Diany.

— Jest tam strasznie gorąco, wuju Aleksie. Jego książęca mość był tak miły, że odprowadził mnie na zewnątrz, by zaczerpnąć świeżego powietrza. — Diana zwróciła niewzruszoną twarz w stronę Glenkellie, który skinął głową.

— Całkiem zrozumiałe. Sądzę, że jesteśmy już gotowi do wyjścia. — Wyciągnął rękę w wyraźnym geście, by wróciła do jego boku, a ona odsunęła się od Willa, schodząc po wygiętej krawędzi mostu. Poślizgnęła się na wilgotnym drewnie, a Will rzucił się instynktownie, łapiąc ją mocno za ramię i utrzymując na nogach.

— Ostrożnie, milady!

— O, mój Boże! — Diana chwyciła się go, odzyskując równowagę.

— Ostrożnie — powiedział, puszczając ją, gdy Glenkellie podszedł, by wziąć ją za rękę i poprowadzić przez ostatnie kilka stopni z mostu. — Te mosty bywają śliskie.

— Dobrze wiedzieć, że potrafisz szybko złapać damę, kiedy naprawdę tego potrzebuje. — Diana rzuciła mu błyskotliwe spojrzenie, a on roześmiał się, bezbronny wobec jej dowcipu.

— Jestem na twe usługi, milady.

Andrea zerknął, gdy Will wrócił do sklepu, spojrzał to na niego, to na Dianę z uniesionymi brwiami.

— Myślałem, że angielska panna cię nie interesuje?

Zawahał się, być może o ułamek sekundy za długo, by zaprzeczenie było przekonujące, a Andrea powoli skinął głową.

— Rozumiem.

Andrea nigdy nie naciskał na niego w sprawie potencjalnego mariażu z jego siostrą Chiarą, za co Will był wdzięczny; to lady Elspeth i matka Andrei, lady Marietta, nalegały na to małżeństwo. Willa nie mogło to mniej obchodzić; znał Chiarę, odkąd była dzieckiem, ba, kołysał ją w ramionach. Była słodkim dzieckiem i wątpił, czy kiedykolwiek mógłby myśleć o niej tak, jak mężczyzna chciałby myśleć o swojej żonie, nawet gdyby dojrzała o kilka lat.

— Chiara to dziecko — rzucił, a Andrea skinął głową ze zrozumieniem.

— Tak, raczej myślałem, że tak właśnie o niej myślisz. Właściwie jestem wdzięczny mojemu ojcu, że przez tyle lat nie pozwalał mi spotkać Valentiny, pomimo długotrwałej umowy o naszym ślubie. Nie poznałem jej jako dziecka, ale jako piękną kobietę, którą jest teraz. — Andrea uśmiechnął się czule, spoglądając w stronę, gdzie jego żona stała z Clarissą Creighton, podziwiając delikatną szklaną rzeźbę pokazywaną przez rzemieślnika. — Valentina lubi twoją angielską pannę. Ona jest... inna niż kobiety, które znam, ale jeśli ci odpowiada, rodzina ją przyjmie.

— Wybiegasz za daleko w przyszłość — upierał się Will. — Lubię ją, ale... nadal nie sądzę, że jestem gotów na małżeństwo. A lady Diana nie ma o mnie najlepszego zdania, obawiam się, po naszym kiepskim początku. Toleruje moją obecność, ale niewiele więcej.

— Dla tiary księżnej dama zrobiłaby znacznie więcej niż tylko cię *tolerowała* — stwierdził sucho Andrea, ale Will pokręcił głową, całą swoją istotą buntując się przeciwko tej myśli. Nie miał pojęcia, jak to osiągnąć, ale chciał, by kobieta, którą ostatecznie poślubi, wybrała go dla niego samego, a nie dla jego bogactwa i pozycji.

Wenecja o świcie była miejscem mistycznym, niemal magicznym. Wschodnie niebo nad Adriatykiem przybrało na horyzoncie blady brzoskwiniowy odcień, ciemniejąc do ciepłego pomarańczu, gdy słońce zaczęło wschodzić, a wody laguny były gładkie jak lustro, gdy ich łodzie przecinały toń. Marmurowe pałace miasta lśniły, odbijając promienie wschodzącego słońca, ale Will nawet ich nie zauważył. Jego wzrok spoczywał na bladej twarzy młodej kobiety siedzącej na rufie łodzi, z wyrazem czystego zachwytu, gdy wpatrywała się w lśniące miasto na wodzie.

Zbyt szybko dotarli do wioski Campalto na stałym lądzie i zeszli na brzeg, gdzie czekał na nich transport w postaci dwóch pięknych powozów i koni dla dżentelmenów, gdyby tak sobie życzyli. Wozy z bagażami wyruszyły dzień wcześniej z większością ich rzeczy i służbą, która miała z nimi podróżować, i czekały już na nich w Padwie. Franchetti wiedzieli, jak podróżować w wielkim stylu.

Spędzili dwa pełne dni w Padwie, zwiedzając, zanim udali się do Vicenzy, gdzie pożegnali lady Elspeth i jej towarzystwo. Z Vicenzy, jak z ekscytacją poinformowała ich wszystkich Valentina, było tylko około trzydziestu mil do Werony, ale górzysty teren oznaczał, że pokonanie tego dystansu zajmie im dwa pełne dni, a z Werony jeszcze jeden dzień do zamku jej brata w Bardolino, nad brzegiem jeziora Garda.

Will nigdy wcześniej nie odwiedzał tej części Włoch i uznał ją za niezwykle piękną, z Alpami majaczącymi nieustannie na północy i wspaniałymi krajobrazami dookoła. Wszędzie rozciągały się winnice i gaje oliwne, a każdy postój na trasie odbywał się w wiosce, która miała hotel serwujący najwspanialsze jedzenie i wino.

Ostatniego dnia podróży wyszedł z gospody, w której zatrzymali się na obiad i zmianę koni w powozie, i znalazł

Dianę siedzącą na pniu drzewa na zewnątrz. Trzymała w ręku szkicownik, a ołówek szybko przesuwał się po kartce, gdy próbowała uchwycić widok przed sobą.

A przynajmniej tak przypuszczał, dopóki nie podszedł na tyle blisko, by zobaczyć, że w rzeczywistości tworzyła uroczy mały szkic dwojga dzieci karczmarza bawiących się w ziemi ze szczeniakiem.

— To jest zachwycające — powiedział bez zastanowienia i najwyraźniej ją przestraszył, bo upuściła ołówek z okrzykiem zaskoczenia. — Najmocniej przepraszam, nie chciałem cię przestraszyć. Proszę. — Podniósł ołówek i podał jej go z powrotem.

— Dziękuję — mruknęła z zaczerwienionymi policzkami. Nie spojrzała mu w oczy, lecz wróciła do szkicowania.

— Jesteś bardzo dobra — zauważył.

Diana roześmiała się, wciąż na niego nie patrząc.

— Jesteśmy we Włoszech, ojczyźnie wielkich mistrzów. Nawet w tym małym miasteczku kościół zdobią freski bardziej spektakularne niż cokolwiek, o czym mogłabym marzyć.

— A jednak twój szkic jest absolutnie zachwycający. W zaledwie kilku pociągnięciach uchwyciłaś jego esencję: dwoje dzieci, szczęśliwych w swoim błocie i ze swoim zwierzakiem.

— To tylko bazgroł. — Wyrwała kartkę ze szkicownika i przez chwilę z przerażeniem pomyślał, że ją zgniecie i wyrzuci, ale wstała i z uśmiechem wręczyła ją żonie karczmarza, która wyszła po dzieci i karciła je za brudzenie ubrań. Kobieta przyjęła szkic z okrzykami zachwytu, biegnąc pokazać go mężowi, który wyszedł, by go pochwalić i wylewnie podziękować Dianie.

— Bazgroł, który uszczęśliwił dwoje kochających rodziców — zauważył Will, gdy rysunek krążył, by wszyscy mogli go podziwiać.

— Oto wyżyny, do których aspiruję ze swoją sztuką — powiedziała Diana ze wzruszeniem ramion. — To tylko rozrywka.

— Jesteś dla siebie bardzo surowa. — Zastanawiał się dlaczego. Spoglądając na szkicownik, który zostawiła na pniu, wskazał na szkic leżący na wierzchu, teraz gdy obraz dzieci i szczeniaka zniknął. — Spójrz na to. Mijaliśmy ten dom wczoraj; pamiętam, że go widziałem, podziwiając estetykę ruin na wzgórzu. Miałaś go w zasięgu wzroku nie dłużej niż pięć minut, a jednak rozpoznałem go natychmiast, jednym spojrzeniem.

Spojrzała na niego niezrozumiale, a on wskazał na szczęśliwą rodzinę, która teraz śpiesznie wracała do środka, szukając honorowego miejsca na powieszenie jej szkicu.

— Te dzieci i ich szczeniak nie usiedziały w miejscu ani dwóch sekund, a jednak narysowałaś ich podobizny bezbłędnie, nie do pomylenia. Proszę, uwierz mi, że to niezwykłe; dwukrotnie malowano mój portret, przez dwóch najlepszych malarzy epoki, a histeria, w jaką obaj wpadali, gdy tylko drgnął mi choćby jeden mięsień, była nie do opisania.

Diana roześmiała się na te słowa, jej sztywna postawa nieco złagodniała.

— Słyszałam o tym. Ojciec chciał zamówić portret, gdy odziedziczył hrabstwo, i był przerażony, gdy usłyszał, jak długo malarz będzie od niego oczekiwał, by siedział nieruchomo. Nie chodziło o koszt, rzecz jasna. — Jej spojrzenie było ironiczne. — Poprosił mnie, żebym go namalowała. Ukończyłam go przed wyjazdem do Włoch.

— I czy zapłacił ci tyle, ile zapłaciłby portreciście?

Roześmiała się ponownie, podniosła szkicownik i zamknęła go, nie odpowiadając. Jej śmiech był wystarczającą odpowiedzią, pomyślał, patrząc, jak odchodzi z powrotem w stronę gospody.

Odjeżdżając z gospody niedługo potem, Will nie był szczególnie zaskoczony, gdy lord Glenkellie zrównał się z nim koniem. Zaskoczyły go jednak nieco bezceremonialne słowa byłego żołnierza.

— Lady Diana jest pod moją opieką. Nie pozwolę, by z nią igrano.

— Nigdy bym nie ośmielił się w najmniejszym stopniu obrazić lady Diany! — Oburzony Will wyprostował się, po czym skrzywił się. — Bardziej niż już to zrobiłem — dodał zmieszany. — To znaczy, uważam, że jest czarująca...

Za późno zauważył chytry uśmieszek drugiego mężczyzny, potknął się na słowach i zamknął usta z trzaskiem.

— Wierzę panu, że nie ma pan zamiaru jej obrażać, ale muszę mimo wszystko zapytać o pańskie intencje.

— W tej chwili nie szukam żony. — Słowa padły automatycznie, ale nawet gdy je wypowiadał, zastanawiał się, czy nadal są niezmienną prawdą, jaką były, gdy opuszczał Anglię zaledwie kilka tygodni temu.

— Rozumiem. — Ton Glenkellie wskazywał bardziej na niedowierzanie niż akceptację. — Cóż, oczywiście wie pan najlepiej, Balfordzie. Ale muszę prosić, aby miał pan na uwadze reputację Diany. Moja żona bardzo lubi Dianę i Clarissę, a ja zacząłem pana nawet lubić. Byłoby mi przykro musieć pana wyzwać.

— Byłoby mi przykro musieć stanąć z panem na polu honoru — powiedział szczerze Will. — Zaprawdę, trząsłbym się ze strachu, gdybym musiał, więc daję panu słowo, że zrobię wszystko, co w mojej mocy, aby uniknąć nawet najmniejszego pozoru niestosowności.

Glenkellie skłonił głowę.

— Przyjmuję pańskie słowo honoru, Balfordzie. — Ten chytry uśmieszek znów pojawił się na jego twarzy, ściągając bliznę biegnącą w dół przez jego policzek i szpecącą jego przystojną twarz. — Ale gdyby zmienił pan zdanie w kwestii małżeństwa, mam nadzieję, że zechce mnie pan o tym poinformować.

Dla Willa było oczywiste, że kontynuowanie tego tematu może prowadzić tylko do pułapek, których wolałby uniknąć, więc tylko mruknął w odpowiedzi i pośpiesznie zmienił temat.

ROZDZIAŁ DZIESIĄTY

Po kilku dniach podróży Diana z niecierpliwością wyczekiwała dotarcia do celu. Za oknem po lewej stronie powozu lśniły błękitne wody jeziora, a po prawej wznosiły się stromo góry. Sceneria zdawała się stawać coraz bardziej spektakularna z każdym zakrętem drogi, a ona pochylała się blisko okna, wpatrując się w nią z zachwytem i zdumieniem. Jak Clarissa i Valentina mogły spać, gdy dookoła rozciągały się takie widoki, nie potrafiła sobie wyobrazić, ale spały, oparte o siebie na przeciwległym siedzeniu, z głowami kiwającymi się w rytm kołysania powozu.

— Diana — odezwał się cicho głos Marianne. Diana oderwała wzrok od widoku, by napotkać spojrzenie ciotki. Marianne zdawała się wahać, ale potem wyciągnęła rękę, by dotknąć nadgarstka Diany i rzekła łagodnie: — Czy jest coś, co chciałabyś mi powiedzieć?

Diana zmarszczyła brwi. Na widok jej wyraźnego zmieszania na ustach Marianne pojawił się lekki uśmiech.

— Mówię o księciu Balfordzie — wyjaśniła Marianne.

— Ach. — Diana poczuła, że jej policzki płoną, i wzięła kilka głębokich wdechów, by się uspokoić. — Nie ma o czym mówić, ciociu Marianne. Wyjaśniliśmy sobie nieporozumienia. Jest znacznie lepszym człowiekiem, niż sądziłam po moim początkowym, złym wrażeniu. W istocie, uważam go za bardzo dobrego człowieka.

— Właściwie to spodziewałam się, że jesteś takiego zdania — powiedziała delikatnie Marianne. — I podejrzewam, że on również bardzo wysoko cię ceni.

Rumieniec spłynął Dianie na szyję. Rozważała opuszczenie okna, ale przejeżdżały właśnie przez dość suchy i skalisty odcinek drogi, wzbijając tumany kurzu. Wpatrywała się w okno, nic nie mówiąc.

— Nie będę cię naciskać — rzekła Marianne — ale chciałam, żebyś wiedziała, że zawsze jestem przy tobie, jeśli chciałabyś porozmawiać.

— Nie ma o czym rozmawiać — mruknęła Diana, wciąż nie mogąc spojrzeć na ciotkę.

— Dobrze, ale gdyby to się zmieniło, obiecuję, że nie będę cię ani osądzać, ani naciskać. Twoje szczęście jest dla mnie najważniejsze. — Marianne delikatnie uścisnęła jej palce. — Jakiekolwiek są lub będą twoje nadzieje i pragnienia, zawsze zrobię wszystko, co w mojej mocy, aby pomóc ci je spełnić.

Gorące łzy zakłuły Dianę w oczy. Zamrugała, powstrzymując je, po czym wreszcie odwróciła się do Marianne i objęła ją mocno. Pełna miłości troska i spokojne zaufanie ciotki stanowiły tak intensywny kontrast z duszącą nadopiekuńczością jej rodziców, chociaż wiedziała, że oni również kierowali się miłością.

— Tylko nie złam sobie serca, kochanie — szepnęła jej do ucha Marianne, odwzajemniając uścisk.

— Mojemu sercu nic nie grozi — odparła stanowczo Diana, zastanawiając się, nawet wymawiając te słowa, czy mówi prawdę. Serce zdradziecko zakłuło ją na samą myśl o możliwości, że Balford mógłby darzyć ją jakimkolwiek względem.

— Skoro tak mówisz. — Marianne odsunęła się, patrząc na nią z pewnym niedowierzaniem, ale była na tyle miła, by nie drążyć tematu, za co Diana poczuła wyjątkową wdzięczność.

Powóz szarpnął, a Clarissa i Valentina obudziły się, rozglądając dookoła. Valentina pochyliła się, by wyjrzeć przez okno, i klasnęła w dłonie z zachwytu, jej twarz rozjaśniła radość.

— Jesteśmy już prawie w Bardolino! Spójrzcie, tam, na wzgórzu nad jeziorem, *castello* mojego brata!

Pozostałe spojrzały tam, gdzie wskazywała, i wydały okrzyki zachwytu na widok zamku z białego marmuru, lśniącego w promieniach późnego popołudniowego słońca.

— Myślałam, że będzie jak nasze angielskie zamki, same blanki i ponury szary kamień — szepnęła Diana do Clarissy, gdy kwadrans później wysiadały z powozu.

— Ja też — przyznała Clarissa z chichotem — ale pałace Wenecji tak bardzo różnią się od pałaców Świętego Jakuba czy Kensington, więc powinnyśmy były się spodziewać, że i ich zamki będą zupełnie inne!

Valentina wysiadła przed nimi, jak przystało na jej wyższą rangę, i rzuciła się w ramiona mężczyzny, który czekał na nie na dziedzińcu, śmiejąc się, gdy ją obejmował.

— Śmiem twierdzić, że to musi być jej brat — mruknęła Clarissa i, trącając Dianę w żebra, dodała: — Rany, ależ on jest przystojny.

Mario Maccarone, *conte* di Bardolino, rzeczywiście był bardzo przystojny. Klasycznie piękny w typowo włoskim stylu, nie był szczególnie wysoki, ale obdarzony czupryną kręconych czarnych włosów, błyszczącymi czarnymi oczami i kośćmi policzkowymi, które mógłby wyrzeźbić sam Michał Anioł. Cechowała go nazbyt dramatyczna natura i skłonność do przesady, a przynajmniej tak założyła Diana, gdy spojrzał na nią, wzniósł ręce do góry i oświadczył, że został trafiony strzałą Amora.

Była też prawie pewna, że nie był od niej starszy. Jego cienki, rzadki wąsik wyglądał na dość desperacką próbę dodania sobie chłopięcej twarzy dojrzałości. Zatem uprzejmie nie roześmiała się z jego teatralności, jedynie uśmiechnęła się z dystansem i pozwoliła mu chwycić swoją dłoń, by złożyć ekstrawagancki pocałunek na jej koniuszkach palców. Cofając się i popychając Clarissę do przodu, Diana ze zdziwieniem dostrzegła na twarzy Balforda wyraz, który mogła zinterpretować jedynie jako furię. Przechyliła głowę i z ciekawością uniosła brew; on zauważył, że mu się przygląda, i szybko odwrócił wzrok, a jego mina złagodniała, stając się obojętna.

O co chodziło? — zastanawiała się, ale nie było wiele cza-su na rozmyślania, gdyż Valentina chwyciła ją za ramię i prowadziła w stronę głównego wejścia do *castello*, podekscytowana papląc o komnatach gościnnych, które poleciła bratu przygotować dla ich angielskich gości.

Diana sądziła, że pokoje, które zajmowały w weneckim pałacu Franchettich, były niezwykłe, i rzeczywiście pod względem bogactwa nie miały sobie równych, ale widok z ich komnat w Castello Bardolino był absolutnie spektaku-larny. Urzeczona, wpatrywała się, jak Valentina otworzyła na oścież drzwi francuskie prowadzące na balkon — jej własny, prywatny balkon! — z widokiem na lśniące, błęk-itne wody jeziora Garda i wznoszące się na północy Alpy.

— Mój Boże — wyszeptała, stając obok Valentiny na balkonie. — Ależ... to za wiele! Czy to najlepszy aparta-ment dla gości? Nie powinnaś była!

Valentina roześmiała się i zamaszyście wskazała rękami na lewo i prawo. — Spójrz, moja droga. Każdy pokój na tym piętrze i na piętrze wyżej ma dokładnie taki sam widok i prywatny balkon. Lord i lady Glenkellie są obok ciebie, w narożnym apartamencie, który jest znacznie większy i wspanialszy, obiecuję.

— Będziesz miała mi za złe, jeśli spędzę cały mój pobyt właśnie tutaj? — zapytała Diana z całą powagą. Na balkonie stało nawet krzesło, wygodnie wyglądający fotel z plecionej trzciny z grubą poduszką na siedzeniu. Była pew-na, że mogłaby tam siedzieć godzinami i nigdy nie znudzić się widokiem.

Valentina roześmiała się i uścisnęła jej dłoń. — Jeśli tego sobie życzysz, nasza służba będzie cię zaopatrywać w jedzenie i napoje, ale mam nadzieję, że wkrótce zatęsknisz za naszym towarzystwem. Wiem, że mój brat już z entuzjazmem czeka na więcej twojego! — Odeszła z chichotem i mrugnięciem okiem, które Diana starała się zignorować.

— *Conte* rzeczywiście wydawał się tobą bardzo przejęty — odezwała się Clarissa z sąsiedniego balkonu, aż Diana podskoczyła. — Och, przepraszam! Nie słyszałaś, jak wyszłam?

Z dłonią przyciśniętą do walącego serca, Diana potrząsnęła głową. — Nie. I nie chcę rozmawiać o *conte*, Clarry. Myślę, że jest młodszy ode mnie, na litość boską.

— Jest młodszy ode *mnie*. — Clarissa skrzyżowała ramiona i oparła się o kamienną balustradę balkonu, uśmiechając się złośliwie do siostry. — Jest bliźniakiem Valentiny. Nie wiedziałaś?

Siedemnaście lat. Z cichym śmiechem Diana opadła na swój trzcinowy fotel i odchyliła się do tyłu. — Ależ oczywiście. Jedyny mężczyzna, który kiedykolwiek okazał mi zainteresowanie, jest ode mnie młodszy.

— *Jedyny* mężczyzna? Raczej nie. — Clarissa rzuciła się na swój fotel i w bardzo niedżentelmeńskim geście zarzuciła stopy na krawędź balustrady. Widząc karcące spojrzenie Diany, westchnęła i opuściła je z powrotem. — Poważnie, Di, może i oszukasz ciocię Marianne, ale ja wiem swoje. Balford...

— Po pierwsze, nie chcę o tym rozmawiać, a po drugie, nawet gdybym chciała — ucięła szybko siostrę Diana — to zdecydowanie nie jest odpowiednie miejsce. Każdy na którymkolwiek z balkonów mógłby nas usłyszeć. — Wskazała w górę, na piętro powyżej i tamtejsze balkony. — I możemy ich nie widzieć.

Odgłos za jej plecami sprawił, że obejrzała się i zobaczyła kilku krzepkich lokajów wnoszących do jej apartamentu kufry i pustą miedzianą wannę, w towarzystwie dwóch pokojówek, które dygnęły, gdy ją zauważyły. Niewątpliwie miała być równie rozpieszczana i obsługiwana na każdym kroku, jak w Wenecji. Rzucając Clarissie ostrzegawcze spojrzenie, wstała i weszła z powrotem do apartamentu, by przywitać pokojówki, wdzięczna za każdą okazję do poprawienia swojego włoskiego, gdyż okazało się, że nie znały one ani jednego słowa po angielsku.

Lokaje wnieśli wiadra z gorącą wodą, aby napełnić wannę, a gdy pokojówki wyprosiły mężczyzn, Diana została zachęcona do zdjęcia zakurzonej sukni podróżnej i zanurzenia się w gorącej wodzie, pachnącej olejkiem pomarańczowym i cudownie relaksującej.

Jedna z pokojówek wymknęła się, gdy Diana weszła do wanny, i wróciła kilka minut później z naręczem jaskrawo kolorowych zwojów materiału. Druga pokojówka podbiegła, by pomóc, i wkrótce potrząsały sukniami i rozkładały je na łóżku.

— Skąd one się wzięły? — zapytała Diana, przerywając i wysilając umysł, zanim powtórzyła pytanie po włosku, gdy wpatrywały się w nią z niezrozumieniem. Suknie z pewnością nie należały do niej.

— Lady Valentina je przysłała — wyjaśniła jedna z pokojówek, mówiąc powoli, aby Diana mogła zrozumieć jej włoski. — Kiedy wyszła za mąż, sprawiła sobie zupełnie nowe suknie, odpowiednie dla mężatki. To jej suknie sprzed ślubu, zostawione tutaj. Powiedziała, że jeśli mogą się pani przydać, są dla pani i dla pani siostry.

— Jakie to niezwykle miłe i troskliwe! — wykrzyknęła Diana z zachwytu. Pokojówki wymieniły uśmiechy, prawdopodobnie nie rozumiejąc jej słów, ale z pewnością doceniając jej radosny ton. Były bardzo lojalne wobec rodziny, zgadywała Diana, a biorąc pod uwagę słodką naturę Valentiny, prawdopodobnie były jej oddane.

Suknie, które trzymały do jej wglądu, były piękne; skromnie skrojone, jak przystało na niezamężną pannę, ale z tkanin najwyższej jakości i wyjątkowo dobrze uszyte. Diana patrzyła na nie pożądliwie, szczególnie zachwycona mocnymi kolorami i odcieniami klejnotów, o wiele bardziej uderzającymi niż cokolwiek, co wolno było nosić angielskiej debiutantce.

Dwie pokojówki wkrótce wyciągnęły ją z wanny i ubrały w halkę, mierząc jedną z sukien do jej figury i szybko rozmawiając ze sobą o poprawkach, które trzeba będzie zrobić.

— Proszę wybrać, którą suknię chciałaby pani założyć dziś wieczorem, milady — poinstruowano ją.

Diana zawahała się tylko przez chwilę, zanim wskazała na suknię, która jako pierwsza przykuła jej wzrok, bogatą kreację z jedwabiu w głębokim odcieniu ametystowego fioletu. Jej wybór spotkał się z pełną aprobatą, po czym wciśnięto ją w suknię i zabrano się do pracy z igłą i nitką, wprowadzając poprawki do gorsetu tam, gdzie Valentina była najwyraźniej obdarzona pełniejszym biustem niż ona. Na szczęście miały prawie ten sam wzrost, Diana była odrobinę wyższa, więc rąbek mógł pozostać nietknięty.

Pukanie do drzwi zwiastowało przybycie Clarissy, gdy pokojówki kończyły ostatnie poprawki. Ubrana w piękną, szmaragdowozieloną suknię, Clarissa obróciła się, uśmiechając szeroko.

— Cóż za miła niespodzianka!

— Wyglądasz pięknie — powiedziała szczerze Diana. — Bardzo dorośle. — Z błyskiem w oku zażartowała: — Może *conte* przeniesie swój podziw ze mnie na ciebie.

— Wątpię, biorąc pod uwagę spojrzenie, jakim go obdarzyłam, gdy całował moją dłoń — zauważyła sucho Clarissa. — Wolę *mężczyzn*, a nie chłopców.

Diana musiała się roześmiać. — Powinnaś dać mu szansę. Czy nie chciałabyś zostać panią tego pięknego *castello*?

— Gdyby jedyne, czego szukałam w mężu, to imponujący dom, poprosiłabym tatę, żeby zaaranżował dla mnie małżeństwo. — Clarissa zaszeleściła spódnicami sukni. — Tak jak ty, pragnę czegoś więcej.

Trzymając się pod ręce, siostry zeszły na dół, prowadzone przez uśmiechniętych służących, którzy wskazali im drogę do dużego, przestronnego salonu z ogromnymi francuskimi oknami wychodzącymi na olśniewający taras z widokiem na jezioro, gdzie stał długi stół zastawiony lśniącymi kryształowymi kieliszkami i wypolerowanymi sztućcami na połyskującym białym lnianym obrusie.

Młody conte wstał z krzesła przy oknie, uśmiechając się szeroko, gdy ruszył w ich stronę. — Lady Diana, lady Clarissa. Witajcie ponownie w moim domu. Wkrótce zjemy kolację, ale czy mogę zaoferować wam trochę sherry?

Jego angielski był doskonały, choć z silnym akcentem; Diana grzecznie go za to pochwaliła, a on uśmiechnął się do niej promiennie.

— Przez trzy lata w młodości miałem angielskiego guwernera.

Musiała przygryźć wargi, żeby się nie roześmiać lub nie powiedzieć czegoś sarkastycznego w stylu: — Ach, a więc tak dawno temu?

Clarissa, mniej taktowna, prychnęła cicho, po czym odsunęła ramię od Diany i podeszła do francuskich drzwi, a jej ramiona lekko drżały, gdy wpatrywała się w widok zachodzącego nad jeziorem słońca.

— Pana dom jest wspaniały, milordzie — powiedziała Diana, gdy conte podał jej kieliszek sherry.

Uśmiechnął się do niej promiennie i dołączył do niej, gdy i ona podeszła do drzwi, przyciągnięta tym zdumiewającym widokiem. — Dziękuję! I proszę — musi pani uważać go także za swój dom, póki pani tu jest. Moja siostra mówi mi, jak bardzo już panią polubiła, że jest zachwycona, mogąc nazywać panią rodziną, nawet jeśli pokrewieństwo jest tak dalekie, że nie potrafiła mi go dokładnie wyjaśnić.

Był naprawdę bardzo czarujący mimo swojej młodości, a Diana odwzajemniła jego uśmiech. — Valentina jest cudowna. Była dla nas o wiele milsza i bardziej gościnna, niż mogłybyśmy sobie wymarzyć.

— Och, to anioł. A skoro nazywa ją pani po imieniu, musi mnie pani również nazywać po imieniu. Jestem Mario.

— Nie wiem... — odsunęła się lekko, tworząc między nimi nieco więcej przestrzeni. — Właśnie się poznaliśmy. Nie chcę być zbyt poufała.

— Jak sobie pani życzy. — Niezrażony, wzruszył ramionami. — Może kiedy pozna mnie pani trochę lepiej.

Drzwi salonu otworzyły się ponownie, wpuszczając Alexa i Marianne, a za nimi Balforda. Conte znów ruszył naprzód, deklarując swoją wielką przyjemność i zaszczyt, jakim dla jego domu była obecność tak znamienitych gości.

ROZDZIAŁ JEDENASTY

Will nawet nie zauważył wylewnych powitań młodego hrabiego; był zbyt zajęty, wpatrując się z podziwem w zjawiskowo piękną postać w fioletowej sukni, której sylwetka odcinała się na tle zachodzącego słońca po drugiej stronie jeziora.

Diana Creighton była ładną dziewczyną. Zauważył to już podczas ich pierwszego spotkania, zanim zemdlała u jego stóp, a każda chwila spędzona z nią we Włoszech sprawiała, że coraz bardziej doceniał jej wspaniałe zalety. W fioletowej jedwabnej sukni o nienagannym kroju, z włosami misternie ułożonymi w loki i warkocze, była tak urocza, że mogłaby rywalizować z każdym brylantem londyńskiej socjety... co z pewnością zauważył hrabia di Bardolino. Młodzian nie potrzebował wiele czasu, by pośpieszyć do jej boku, zapatrzony w jej pogodne oblicze, podczas gdy ona podziwiała wspaniałe barwy, jakimi zachód słońca malował niebo.

Will nigdy nie sądził, by miał skłonności do przemocy, lecz pięści zacisnęły mu się u boków i instynktownie zrobił krok do przodu. W głowie zaświtała mu myśl, że powinien wrzucić tego głupiego młodzika do jeziora za to, w jaki sposób patrzył na Dianę.

Glenkellie gładko wszedł mu w drogę. Ruch ten był tak swobodny, że żaden postronny obserwator by go nie zauważył, lecz Will został zatrzymany w pół kroku, gdy solidne ramię musnęło jego własne, odpychając go o centymetry.

— Bardzo przepraszam, Balford. — Glenkellie spojrzał na niego z niewypowiedzianym ostrzeżeniem w oczach. Will wziął głęboki oddech, odzyskując panowanie nad sobą.

— Ależ skąd, to wyłącznie moja wina. Nie uważałem — mruknął.

— Wręcz przeciwnie, wydaje mi się, że właśnie uważałeś — odparł Glenkellie, a Will poczerwieniał.

Uratowany przez przybycie Andrei i Valentiny, Will z wdzięcznością zwrócił się do kuzyna. — Nie powiedziałeś nam, jakie to wspaniałe miejsce, Andrea! I co za miejsce na dorastanie, Valentino!

Młoda księżna roześmiała się cicho. — Nie zawsze doceniamy tego, co mamy tuż pod nosem, dopóki tego nie stracimy, prawda? Wenecja jest oczywiście piękna. — Ścisnęła ramię męża. — Ale cząstka mojego serca zawsze pozostanie nad brzegiem jeziora Garda.

— Dlatego właśnie będziemy tu przyjeżdżać co roku. — Andrea poklepał czule jej dłoń. — Niech więc to będzie kryterium przy poszukiwaniu żony, Will... wybierz taką, której dom rodzinny jest miejscem, gdzie spędzanie czasu nie stanowi żadnej udręki!

— Pod warunkiem, że zechce tam wracać — wtrąciła sucho lady Glenkellie.

Niepewny, co miała na myśli, Will wpatrywał się w nią. Jej mina stężała, a piękna twarz stała się nieruchoma i zimna jak marmur, zanim mruknęła:

— Mój ojciec postrzegał mnie jako aktywo, które można wymienić dla własnej korzyści. Moje dzieciństwo nie było szczęśliwe.

— Przykro mi — powiedział Will, wiedząc, że te słowa są nieadekwatne. Znał co nieco z historii damy; jej pierwszy mąż był od niej znacznie starszy i notorycznie zaborczy, nie pozwalał jej nawet rozmawiać z innymi mężczyznami. Jej przyciągająca wzrok uroda sprawiła, że zaraz po zakończeniu żałoby miała wielu adoratorów, ale niemal natychmiast przyjęła oświadczyny Glenkellie'ego. Zaręczyli się tej samej nocy, kiedy Will po raz pierwszy spotkał Dianę.

W ciągu ostatniego tygodnia Will odkrył, że uczucie między Glenkelliem a jego nową żoną miało w istocie długą historię, lecz Marianne została zmuszona do poślubienia hrabiego Creighton, gdy Glenkellie wyjechał na wojnę. Will uznał, że para była w sobie bardzo zakochana. Nawet bardziej niż Andrea i Valentina, którzy byli w sobie ewidentnie zadurzeni w pierwszych porywach młodzieńczej adoracji, Glenkellie'owie byli dojrzalsi, świadomi własnych uczuć i pewni wiary w wzajemną miłość.

Hrabia w końcu oderwał wzrok od Diany na tyle długo, by zauważyć przybycie siostry, i podszedł teraz, by czule ucałować ją w oba policzki. Mario wydawał się całkiem sympatycznym młodzieńcem, pomyślał Will niechętnie, który najwyraźniej ubóstwiał swoją siostrę i był przeszczęśliwy, że odnalazła szczęście w małżeństwie z Andreą.

Wkrótce zostali zaproszeni na taras i zajęli miejsca przy stole. Rozpoczął się pochód lokajów wnoszących półmiski zwieńczone srebrnymi, kopułowatymi pokrywami; z wielką pompą ustawiali je na stołach, po czym zdejmowali przykrycia.

Diana krzyknęła z zachwytu i zaklaskała, a coś gorącego i ciasnego boleśnie zacisnęło się w żołądku Willa, gdy obdarzyła Maria promiennym uśmiechem.

Nie jestem zazdrosny, próbował sobie wmówić. *Nie mam o co być zazdrosny. Nie szukam żony, ale ona szuka męża. Powinienem się dla niej cieszyć; Mario to porządny młody człowiek z tytułem, piękną posiadłością i świetlaną przyszłością. Byłby dla niej dobrą partią.*

Więc dlaczego na samą myśl o nich razem zbiera mi się na wymioty?

— Musi pan spróbować *polenta taragna* i *osso bucco* — powiedziała do niego Valentina, dając Andrei znak, by podał Willowi półmiski. — To lokalne przysmaki Lombardii. Czy na deser jest *torrone*, bracie? — zawołała do Maria.

— Czy ośmieliłbym się podać ci kolację bez niego? — odparł ze śmiechem, po czym wyjaśnił dla wiadomości pozostałych gości: — *Torrone* to rodzaj słodyczy, nugat, jak sądzę, nazywa się to po angielsku? Aromatyzowany miodem i migdałami, zawsze był jednym z ulubionych przysmaków Valentiny.

— Brzmi pysznie — entuzjazmowała się Diana. — Ależ wszystko wygląda cudownie! Co to za danie z żółtym ryżem i jak uzyskuje się ten kolor?

— *Risotto alla Milanese*, a kolor pochodzi od nitek szafranu, z którymi jest gotowane. — Mario rozpromienił się na widok jej zainteresowania.

Will pociągnął duży łyk wina, nie mając wcale apetytu. Przynajmniej wino było dobre. Znakomite, w istocie. I oczywiście pochodziło z winnic należących do rodziny Maccarone, o czym Valentina zaraz mu z wielką dumą opowiedziała. W chwilę później Mario już oznajmiał zamiar zabrania gości nazajutrz na wycieczkę po winnicach, a Diana wyrażała ogromny zachwyt tym pomysłem.

Will pomyślał o tym, by utopić się w butelce na tyle głęboko, by rano nie być w stanie dołączyć do towarzystwa, ale ostatecznie zakrył dłonią kieliszek, gdy usłużny lokaj podszedł, by napełnić go po raz trzeci. Bo chociaż patrzenie, jak Mario flirtuje i śmieje się z Dianą, było torturą, to mając okazję spędzić więcej czasu w jej towarzystwie, skorzystałby z niej bez względu na okoliczności.

Po prostu wolał nie zastanawiać się zbyt głęboko, dlaczego tak się czuł.

Will był nieco zaskoczony, gdy następnego ranka Diana zrównała z nim kroku podczas spaceru po winnicy. Panie przyjechały z zamku otwartym landem, panowie konno, i ledwo wysiedli z powozu i zostawili konie na podwórzu obok dużej stodoły mieszczącej winiarnię, a Mario już spieszył do boku Diany, oferując jej ramię i monopolizując jej uwagę.

Rozejrzawszy się, Will zobaczył, że Mario jest teraz pogrążony w rozmowie z państwem Glenkellie, podczas gdy Alex wskazywał na jakieś winorośle i zadawał pytania. Marianne przyglądała się jemu i Dianie z dziwnie znaczącym wyrazem twarzy; Will pośpiesznie odwrócił wzrok i zaoferował Dianie ramię, gdy z gracją stąpała po nierównym gruncie. Uśmiechnęła się słodko, przełożyła trzymaną parasolkę do drugiej ręki i lekko oplotła palcami jego przedramię.

— Czy nie czujesz się najlepiej, Balford? — zapytała. — Wyglądasz... cóż, powiedziałabym, że masz niestrawność. Trochę jak mój ojciec po przegranej sprawie przed sądem. Czyżbyś wczoraj wieczorem wypił trochę za dużo tego znakomitego wina?

— Jesteś dziś bardzo bezpośrednia. — Spojrzał na nią z góry.

— Cóż. — Wzruszyła ramionami. — Jesteśmy przyjaciółmi, prawda? Czy nie wolno mi martwić się o twoje zdrowie?

— Oczywiście, że jesteśmy, i doceniam twoją troskę. — Zastanawiał się, co powiedzieć, w końcu wzruszył ramionami. — Może faktycznie trochę sobie pofolgowałem. To było bardzo dobre wino.

— Czym hrabia chętnie się chwali. — Diana przewróciła oczami. — Jest bardzo uczynnym gospodarzem.

— Podziwia cię. — Słowa wylały się z ust Willa. Chciał je natychmiast cofnąć, nagle zastanawiając się, czy przypadkiem nie służy sprawie drugiego mężczyzny, uświadamiając Dianie, że ma prawdziwego zalotnika.

— Och, on jest na etapie szczenięcej miłości, w którym będzie się zakochiwał w każdej napotkanej dziewczynie. — Diana potrząsnęła głową. — Dla niego jestem egzotyczną nowością, to wszystko. Wkrótce zda sobie sprawę, że jestem nudna jak flaki z olejem i w ogóle nie pasowałabym jako żona do jego ekstrawaganckiej natury.

— Wcale nie jesteś nudna!

— Miło, że tak mówisz — odparła, ale poznał, że zlekceważyła jego opinię. Dlaczego tak nisko się ceniła?

Zaszczekał pies i chwilę później spośród rzędów winorośli wybiegły ku nim dwa ogromne ogary. Instynktownie Will stanął przed Dianą, ale ona ominęła go ze śmiechem i schyliła się, by przywitać psy, które natychmiast skoczyły, by polizać ją po twarzy.

— Jupiterze, Minerwo, grzecznie!

— Skąd je znasz? — zapytał Will zdumiony.

— Och, obudziłam się dziś wcześnie i poszłam na spacer nad brzeg jeziora. Spotkałam Maria – hrabiego – wyprowadzającego swoje psy. Są strasznie słodkie. Ten biały z rudymi uszami to Jupiter, a brązowa to Minerwa.

Oba psy wiły się z czystej radości, gdy Diana je głaskała, najwyraźniej już jej oddane niewolniki, chociaż Minerwa uniosła wargę i warknęła w piersi, gdy Will wyciągnął rękę, by podrapać ją za uszami. Zrobił strategiczny odwrót i schował ręce za plecami.

— Czy przeszkadzają pani, milady? — Mario podszedł szybkim krokiem, uśmiechając się szeroko. Skarcił delikatnie swoje psy w szybkiej włoskiej tyradzie; Minerwa porzuciła Dianę dla swojego pana, ale Jupiter pozostał oparty o nogi Diany z radośnie wywieszonym językiem.

— Zdrajca — zaśmiał się Mario — ale w pełni rozumiem. Lady Diana mnie również od razu zdobyła.

— Och, mam taki wpływ na większość ludzi — powiedziała Diana beztrosko, śmiejąc się, po czym rzuciła chytrze spojrzenie w stronę Willa. — Z wyjątkiem jego książęcej mości Balforda. Mój wrodzony urok zawiódł mnie katastrofalnie podczas naszego pierwszego spotkania.

— Powiedziałbym raczej, że to mój własny brak spostrzegawczości zawinił, że nie zostałem natychmiast powalony na kolana — odparł Will, po chwili zaskoczenia, że się z nim droczy. — Po dalszej znajomości jestem już oczywiście całkowicie pod twoim urokiem.

Uśmiech zniknął z twarzy Maria, gdy patrzył, jak ta dwójka swobodnie ze sobą przekomarza się, a Will poczuł chwilową satysfakcję. Młody hrabia szybko jednak odzyskał panowanie nad sobą, po czym cmoknął na swoje psy, zanim zaoferował Dianie ramię.

— Proszę pozwolić, że pokażę pani kadzie do deptania winogron. W październiku winogrona będą gotowe do zbioru, a my świętujemy festiwalem, na który do winiarni przychodzą wszyscy mieszkańcy miasteczka... może wciąż będziecie moimi gośćmi, będziecie mogli wziąć udział w festiwalu razem ze mną... — Jego głos ucichł, gdy prowadził Dianę w głąb winnicy. Psy podążały za nimi, a Will został sam, idąc za nimi w dół zbocza.

Październik, pomyślał. Do tego czasu miał być z powrotem w Anglii, obiecawszy macosze w pozostawionym liście, że wróci, gdy jesienią wznowi obrady Izba Lordów. A jednak myśl o pozostawieniu Diany we Włoszech, tutaj, gdzie Mario Maccarone bez wątpienia będzie robił wszystko, by ją zdobyć, była całkowicie nie do przyjęcia.

Kopnął markotnie grudę ziemi na swojej drodze, idąc za parą w dół wzgórza. Jego dłoń powędrowała do kieszeni, a palce musnęły złoty zegarek kieszonkowy, który należał do jego ojca.

— Myślę, że byś ją polubił, tato — mruknął, gdy śmiech Diany dotarł do niego na wietrze, zachwycający, szczery chichot, tak różny od sztucznych dzwoneczków, jakie zwykły wydawać młode damy z londyńskiej socjety. — Myślę, że bardzo byś ją polubił.

ROZDZIAŁ DWUNASTY

Życie w Castello Bardolino weszło w stały, przyjemny rytm; każdego ranka pokojówka przynosiła Dianie do pokoju tacę z pysznymi ciastkami i gorącą czekoladą, a Clarissa przychodziła, by zjeść je razem z nią, siedząc na balkonie z widokiem na jezioro, połyskujące błękitem w porannym słońcu. Gdy zjadły śniadanie, wybierały stroje spośród mnóstwa ślicznych sukien, których Valentina, jak twierdziła, już nie potrzebowała, odkąd była mężatką, po czym schodziły na dół, by dołączyć do reszty towarzystwa. A to znacznie się powiększyło o kilkunastu przedstawicieli miejscowej włoskiej szlachty, młodych mężczyzn i kobiety, których Mario i Valentina znali od urodzenia.

Nie brakowało zajęć, w których mogły brać udział: gry na trawniku, jazda na wspaniałych wierzchowcach ze stajni Mario czy wyprawy łodzią po jeziorze, by odwiedzić kilka starożytnych zamków i pięknych kościołów rozsianych po małych wioskach wzdłuż brzegu. Pewnego dnia popłynęli łodzią do zacisznej, piaszczystej zatoczki, gdzie panie pływały w koszulach, podczas gdy dżentelmeni siedzieli na brzegu, grzecznie odwróceni plecami.

Dziś, jakieś dwa tygodnie po ich przyjeździe, zaplanowano specjalną wycieczkę; mieli popłynąć łodzią około trzech mil na południe w dół jeziora, by odwiedzić półwysep, na którym, jak zapewniał ich Mario, zobaczą coś wyjątkowego, choć zarówno on, jak i Valentina ze śmiechem odmawiali zdradzenia szczegółów.

Ubierając jedną z najlżejszych sukien z odziedziczonej po Valentinie garderoby, z bladożółtej bawełny, która, jak podejrzewała Diana, musiała niegdyś należeć do ulubionych kreacji jej przyjaciółki, sądząc po miękkości i zużyciu materiału, Diana wcisnęła na głowę kapelusik, by chronić się przed palącym włoskim letnim słońcem. Już zdążyła nabawić się deszczu piegów na nosie i policzkach, i była wdzięczna, że matki tu nie ma, by je zobaczyć. Lavinia załamałaby ręce z przerażenia i zabroniła Dianie wychodzić na dwór, dopóki piegi nie zbledną.

— A więc, co to za niespodzianka? — błagała Mario, by im powiedział, gdy już wszyscy usadowili się w łodziach - dwóch sporych żaglówkach, które rodzina trzymała jako jednostki rekreacyjne. — Och, dzień dobry, Balford — przywitała Willa, gdy ten wszedł do łodzi i zajął miejsce obok niej. Uśmiechnął się z lekkim zacięciem i odwrócił wzrok, zostawiając ją w niepewności, dlaczego ma tak ponury nastrój. Nie miała jednak okazji zapytać, ponieważ Mario w końcu uległ i zaczął wyjaśniać, że odwiedzą Grotte di Catullo, ruiny starożytnej rzymskiej willi.

— Czy Katullus naprawdę tam mieszkał? — zapytała z szeroko otwartymi oczami.

— Nikt nie wie na pewno — odparł Mario — choć z pewnością bywał w tej okolicy. Jego rodzina pochodziła z

Werony, a on spędzał wakacje w Sirmione, na półwyspie, gdzie znajduje się grota.

Diana wkrótce zdała sobie sprawę, że widziała mury groty z zamku; sądziła, że to kolejny zamek, ale gdy łódź się zbliżyła, rozpoznała, że jest to bardziej ruina, niż wydawało się z drugiego brzegu jeziora. Była jeszcze większa niż wspaniałe Castello Bardolino, a Diana nie mogła powstrzymać podziwu dla umiejętności Rzymian, którzy budowali prawie dwa tysiące lat wcześniej. Tuż za nią wznosił się prawdziwy zamek, Castello Sirmione, jak jej powiedziano, ale nie przytłaczał on oszałamiającego widoku willi.

— To tak naprawdę nie jest grota — mruknął jej do ucha Will, zrównując z nią kroku, gdy szli między wysokimi łukami. — To tylko pnącza zarastające wszystko sprawiają wrażenie, że jest pod ziemią.

— Jest ogromna. I pomyśleć, że mieszkała tu jedna rodzina! — Rozejrzała się po rozległym terenie.

Will wsunął ręce do kieszeni. — Wygląda mniej więcej na rozmiar Balford Priory — powiedział. — Które oczywiście nie jest w ruinie.

— I chyba nie jest aż tak stare? — zadrwiła łagodnie, mając nadzieję, że uda jej się wywołać u niego uśmiech. Wszyscy tak przyjemnie spędzali czas nad jeziorem, z wyjątkiem Willa, który z dnia na dzień wydawał się coraz bardziej wycofany i zrzędliwy.

— Część pochodzi z dwunastego wieku. — Will zatrzymał się, by spojrzeć przez łuk w ciemną, jaskiniopodobną przestrzeń. — Spójrz, to musi być miejsce, gdzie jedno z gorących źródeł wypływa na powierzchnię.

Delikatna para unosiła się w powietrzu nad sadzawką ciemnej wody otoczonej kruszejącą cegłą. Mimo upału dnia, dreszcz nagle przebiegł po plecach Diany; cofnęła się pośpiesznie i potknęła na nierównym gruncie, upadając do tyłu z krzykiem.

Reakcja Willa była błyskawiczna; obrócił się i chwycił ją, jedna silna dłoń zacisnęła się na jej nadgarstku, druga objęła plecy, szarpnął ją z powrotem do pionu, a ona poleciała do przodu, wpadając na niego i łapiąc się przodu jego kamizelki.

— Nic ci nie jest? — zapytał nagląco, a ona mogła tylko wpatrywać się w niego, zszokowana i drżąca.

— Tak... Ja... po prostu się potknęłam.

— Trzymam cię. — Puścił jej nadgarstek, ale drugie ramię wciąż trzymał wokół niej, silne i stabilizujące, przytrzymując ją przy swoim ciele.

Nigdy w życiu nie stała tak blisko mężczyzny, na tyle blisko, by dostrzec złote plamki w głębokim błękicie jego oczu, poczuć ciepło jego ciała przez ubranie. Delikatny jedwab jego kamizelki gniótł się w jej palcach, gdy go ściskała, i z trudem uświadomiła sobie, że powinna go puścić, cofnąć się, zachować stosowny dystans.

Nie poruszyła się, podobnie jak Will. Wpatrywał się w nią z góry, jego usta były lekko rozchylone, jakby miał coś powiedzieć, choć milczał.

Diana oblizała suche wargi i szepnęła: — Will?

Wciąż nie odpowiadał, ale jego oczy pociemniały, a powieki lekko opadły, i pochylił się ku niej, zniżając głowę.

Czy on… zamierza mnie pocałować?

— Tutaj jesteście! — zawołał ktoś w pobliżu, a Will puścił Dianę i gwałtownie się cofnął, zakładając ręce za plecy i odwracając się od niej tak szybko, że zachwiała się, przez chwilę niepewna bez jego podparcia.

— Zgubiliście się? — To Valentina i Andrea przyszli ich szukać; Valentina spoglądała z ciekawością to na Dianę, to na Willa, po czym wyswobodziła ramię z uścisku męża i podeszła, by wziąć Dianę pod rękę. — Wszędzie was szukaliśmy! Mario chce wam pokazać swoje ulubione miejsce!

Diana obejrzała się przez ramię na Willa, gdy Valentina niemal ją odciągała. Nie ruszał się, stał z przygarbionymi ramionami, wpatrując się w ciemne pomieszczenie z sadzawką. Czuła się dziwnie, jakby odłączona od ciała, a jednocześnie każdy jej nerw drżał z napięcia, każda cząstka jej istoty była intensywnie świadoma, że zaledwie kilka chwil temu była przyciśnięta do jego wysokiego, silnego ciała.

To niemożliwe, żeby prawie mnie pocałował. Myśl ta była tak niedorzeczna, że zmusiła się, by ją odrzucić. Po prostu złapał ją, gdy się potknęła, i prawdopodobnie miał zamiar rzucić jakąś złośliwą uwagę na temat jej niezdarności. Nic w tym nie było; przecież nawet Valentina nie zauważyła ich bliskości, a z pewnością by zauważyła!

— Znalazłam ją! — zawołała Valentina do swojego brata, a Mario odwrócił się, by powitać ich szerokim uśmiechem, oferując dłoń, by pomóc Dianie wspiąć się po stromych, kruszących się kamiennych schodach.

Zapewniając ją, że schody są bezpieczne i nie pozwoli jej upaść, poprowadził ją na szczyt i wskazał widok, który chciał jej pokazać – piękny prospekt jego zamku po drugiej stronie jeziora.

Mrucząc odpowiednio entuzjastyczne pochwały dla widoku, Diana trzymała się ramienia Mario, bo nie miała wyboru. Gdy znów zaczęli schodzić po schodach, dostrzegła Willa na dole, obserwującego ich z założonymi rękami i zmarszczonym czołem. Posłała mu nieśmiały uśmiech, ale on odwrócił się i odszedł, sam.

— Chodźcie, moi służący przygotowali dla nas piknik — oznajmił Mario, a Dianie nie pozostało nic innego, jak pójść z nim tam, gdzie w cieniu wielkich drzew oliwnych rozłożono koce, a z otwartych koszy piknikowych wyłaniały się butelki wina i bochenki chleba.

Will nie dołączył do towarzystwa, które zasiadło do pikniku, kontynuując samotne zwiedzanie ruin, i pomimo wesołej atmosfery panującej wśród młodych ludzi siedzących pod drzewami oliwnymi, rozmawiających i śmiejących się podczas jedzenia i picia, Diana żałowała, że nie spaceruje z Willem. Złapała się na tym, że go obserwuje, jego wysoką, prostą i silną postać poruszającą się wzdłuż starożytnego, zarośniętego muru.

— Wydajesz się rozkojarzona — powiedziała Valentina, przysiadając się do Diany. Ta mrugnęła i zdobyła się na uśmiech dla przyjaciółki.

— Po prostu chłonę atmosferę — odparła wymijająco, a Valentina kiwnęła głową, przyjmując wyjaśnienie.

— Niedługo musimy wracać. Mój brat uważa, że od strony jeziora może nadciągnąć popołudniowa burza, a nie chcemy dać się jej złapać na wodzie.

— Oczywiście — rzekła Diana, jej wzrok znów powędrował ku Willowi.

Valentina zacisnęła usta, a potem powiedziała przebiegle: — Balford, on zdaje się celować bardzo wysoko, jeśli chodzi o małżeństwo, tak myślę. Odrzucił przecież Chiarę, a ona jest siostrą księcia. Lady Elspeth mówi, że przymierza się do sojuszu z rodziną królewską, może z Austriakami.

Nagle mając trudności ze złapaniem tchu, Diana musiała przełknąć ślinę kilka razy, zanim była pewna, że jej głos zabrzmi normalnie, gdy się odezwie. — Jest księciem, a w Anglii jest bardzo niewielu kawalerów do wzięcia o tej randze. Całkiem możliwe, że angielska Korona poprosi go o poślubienie zagranicznej księżniczki, by scementować sojusz.

Valentina skinęła głową ze współczuciem na twarzy. — Ja miałam szczęście, że ojciec Andrei wybrał mnie dla niego.

— A jeszcze większe, że go kochasz, a on ciebie — zauważyła Diana.

— W istocie — zgodziła się Valentina, posyłając roz-
marzony uśmiech w kierunku męża. — Wiesz... nie
pokochałam go od razu. Na początku go lubiłam i
szanowałam. Miłość przyszła później.

— Tak — powiedziała cicho Diana, zmuszając się, by
odwrócić wzrok od Willa, z sercem bolącym z tęsknoty. —
Myślę, że tak to zwykle bywa.

Diana tu pasowała, pomyślał Will, obserwując ją kątem
oka. Siedząc między Valentiną a Mario, rozmawiała z
rodzeństwem po włosku, którym posługiwała się już
niemal płynnie, jej delikatne dłonie wymownie poruszały
się w powietrzu, gdy mówiła. Mario nie mógł oderwać od
niej wzroku, co tylko świadczyło o tym, że młody hrabia
ma doskonały gust, jak przypuszczał Will. Mario od pierwszej chwili dostrzegł wspaniałe cechy Diany. Doceni ją
tak, jak na to zasługuje, będzie ją traktował jak królową.

Will markotnie kopnął mały kamień bez żadnego konkret-
nego powodu, poza tym, że stał mu na drodze. Doskonale
zdawał sobie sprawę, że to jego własna głupia wina, że
Diana ma o nim kiepskie zdanie. Był nieznośny podczas ich pierwszego spotkania, z powodów, które teraz,
z perspektywy czasu, wydawały się głupie i małostkowe.
Po prostu nie było żadnego usprawiedliwienia dla tak
niedżentelmeńskiego zachowania. Miał szczęście, że w
ogóle raczyła z nim rozmawiać, choć przypuszczał, że

byłoby dość niezręcznie, gdyby tego nie robiła, biorąc pod uwagę, jak często byli zdani na swoje towarzystwo tutaj, we Włoszech. Jego wyższa ranga i tak sprawiała, że otwarte ignorowanie go nie wchodziło w grę z jej strony.

Westchnął i kopnął kolejny kamień, drgnął lekko, gdy ktoś zrównał się z nim kroku po drugiej stronie. Zerkając w bok, uniósł brwi na widok Clarissy i automatycznie zaoferował jej ramię. Nie przyjęła go, machając ręką z uśmiechem.

— Dziękuję, mam pewny krok.

I rzeczywiście. Patrzył, jak z gracją i zwinnością wbiegła po szeregu płytkich, kruszących się schodów, i zastanawiał się, dlaczego nic w niej nie sprawiało, że serce biło mu szybciej. Clarissa była tak podobna do siostry, dzielił je niewiele ponad rok różnicy wieku, a jednak to za Dianą tęsknił. Za Dianą, która prawdopodobnie potknęłaby się w połowie tych schodów, a on musiałby ją złapać. Wspomnienie tego, jak czuł ją w ramionach, sprawiło, że poczerwieniał na policzkach. Prawie ją pocałował; o czym on, na litość boską, myślał? Dzięki Bogu, że Valentina zawołała w tamtym momencie, inaczej Will zrobiłby coś niewypowiedzianie głupiego i prawdopodobnie dostałby za to zasłużony policzek.

— Chodź, spójrz — zawołała do niego z góry Clarissa. — Stąd jest piękny widok.

— Znowu Castello Bardolino? — zapytał kwaśno Will, ale zaczął wchodzić po schodach.

— Nie. — Clarissa wyglądała, jakby miała się roześmiać, ale powstrzymała się. — Myślę, że jesteśmy po złej stronie willi, żeby je zobaczyć. Nie, jest tu piękny mały kościółek, tuż za wodą.

Dotarłszy na szczyt schodów, zobaczył, że miała rację. Zobaczył też coś, co go zaniepokoiło: czarne chmury burzowe zbierające się na północy, nad górami na dalekim krańcu jeziora.

— Nie podoba mi się wygląd tych chmur — mruknął, gdy z dołu dobiegł ich okrzyk.

— To wujek Alex — powiedziała niepotrzebnie Clarissa, bo Will widział już Glenkelliego stojącego u podstawy muru.

— Nadchodzi burza. Mario mówi, że zdążymy wrócić do zamku przed nią, ale musimy już iść. — Alex wskazał na łodzie.

— Już idziemy — zawołała Clarissa i tym razem przyjęła zaoferowane ramię Willa, gdy schodzili i dołączali do reszty, spieszącej z powrotem do łodzi. Mario pomagał Dianie, a chęć Willa, by samemu jej pomóc, była silna, ale powstrzymał się. Dopóki nie potknęła się i nie upadła jak długa na ziemię, wtedy Will niemal rzucił się naprzód, biorąc ją na ręce.

— Nic ci nie jest? — zapytał szorstko. — Powinien pan ją złapać! — rzucił oskarżycielskie spojrzenie Mario, który wyglądał na spłoszonego.

— Nic mi nie jest — próbowała zapewniać Diana, ale widział krwawiące zadrapanie na jej dłoni. Nie zamierzając jej postawić, ruszył szybko do pierwszej łodzi, wniósł ją do środka, a następnie wsiadł obok niej i wyjął chusteczkę z kieszeni.

— Krwawisz — powiedział zwięźle, gdy próbowała wyrwać dłoń z jego uścisku, a ona sapnęła i spojrzała w dół. Zbladła jak płótno, gdy zobaczyła krew sączącą się z dłoni i kapiącą, plamiąc jej sukienkę.

— Och... ja... nie lubię widoku krwi...

— W porządku, jeśli musisz zemdleć — powiedział szorstko Will, szybko przykrywając jej dłoń chusteczką. — Złapię cię.

— Cóż za zmiana nastawienia — odezwał się rozbawiony głos, a on podniósł wzrok i zobaczył Marianne, która siadała po drugiej stronie Diany. Miała w ręku płócienne serwetki, najwyraźniej z kosza piknikowego, i sięgnęła, by podnieść jego chusteczkę, szybko sprawdzając dłoń Diany. — Nie jest tak źle, ale chciałabym to oczyścić i owinąć. Nie patrz, jeśli nie lubisz krwi, Diano. Pogadaj z nią, Balford. I tak, jeśli zemdleje, złap ją, proszę. Obiecuję, że nie zmuszę cię, żebyś się z nią ożenił.

Spojrzenie w oczach markizy mówiło, że doskonale wie, iż nie będzie potrzebował żadnego przymusu, by poprosić o rękę Diany.

— Nie bądź śmieszna, ciociu Marianne! — Głos Diany był piskliwy i unikała wzroku Willa. — Z pewnością jestem ostatnią kobietą na świecie, którą można by nakłonić Jego Książęcą Mość do małżeństwa!

Łódź już płynęła, Mario i dwóch jego przyjaciół szybko podnosili żagle, dopasowując je, by złapać wzmagający się wiatr. Will rzucił kolejne spojrzenie na chmury burzowe, zastanawiając się, czy naprawdę zdążą wrócić do zamku przed uderzeniem burzy. Może, ocenił, i miał nadzieję, że Mario jest dobrym żeglarzem.

Marianne użyła chusteczki Willa, by oczyścić dłoń Diany z brudu i kurzu, po czym ostrożnie owinęła ją jedną z serwetek i poprosiła o pokazanie drugiej ręki.

— Nic jej nie jest — powiedziała Diana, pokazując ją. — Myślę, że ta wylądowała w trawie.

— A co z twoimi kolanami?

Diana zarumieniła się, zerkając na Willa. — Jestem pewna, że nic im nie jest.

— Myślę, że powinnam rzucić okiem. Gdybyś odwrócił się do nas plecami, Balford, ale zostań tam, upewnij się, że nikt inny nie zerknie.

Will był prawie pewien, że Marianne śmieje się z niego w duchu, ale odwrócił się rycersko, mrużąc oczy na Mario, gdy hrabia rzucił okiem w ich kierunku. Mario pośpiesznie odwrócił wzrok, pociągając za linę, by dostosować żagle, a Will mruknął pod nosem.

— Wszystko w porządku — powiedziała Marianne, a Will grzecznie odczekał chwilę, zanim się odwrócił. Diana wciąż się rumieniła i nie patrzyła na niego, ciasno otulając spódnicami nogi. Poczuł ukłucie współczucia dla jej zażenowania, żałując, że nie wie, co powiedzieć, by poczuła się lepiej.

Dotarli do drewnianego pomostu poniżej Castello Bardolino w ostatniej chwili, a może nawet nie, bo grube krople deszczu zaczęły już spadać, gdy wysiadali z łodzi i spieszyli pod osłonę zamkowych murów. Will nie zawahał się podłożyć ręki pod łokieć Diany, by jej pomóc, zamiast brać jej zranioną dłoń pod ramię. Rzuciła mu ukradkowe spojrzenie, a potem nieoczekiwanie się uśmiechnęła.

— Byłeś dziś całkiem heroiczny, Will.

— Heroiczny? — Mrugnął do niej.

— Złapałeś mnie, gdy upadałam, a potem uratowałeś, gdy już upadłam. Bez twojej interwencji miałabym o wiele bardziej nieprzyjemny dzień.

Wzruszył niezręcznie ramionami. — To nic więcej, niż powinien zrobić każdy dżentelmen.

— Być może — przyznała — ale to ty to zrobiłeś. Ty, który masz już po uszy młodych dam padających ci do stóp.

— Celowo padających mi do stóp — poprawił ją. — Przypadkowe upadki to coś zupełnie innego, a znam cię już na tyle dobrze, by być pewnym, że nigdy nie upokorzyłabyś się tak, by rzucać się komuś do stóp specjalnie.

— Po prostu robię to regularnie przez przypadek — powiedziała z krzywym uśmiechem. — Szczególnie u twoich, jak się zdaje, za co serdecznie przepraszam.

— Proszę, nie rób tego. Mam nadzieję, że zawsze będę w pobliżu, by cię złapać.

To stwierdzenie, czysta i prosta prawda, jakby zawisło w powietrzu między nimi. Oczy Diany rozszerzyły się ze zdziwienia, gdy wpatrywała się w niego... a potem Marianne zawołała, by weszła do środka i przebrała suknię, i chwila przepadła.

ROZDZIAŁ TRZYNASTY

WILL ZDAŁ SOBIE SPRAWĘ, że nadszedł czas podjęcia decyzji. Lord Glenkellie posyłał mu coraz częstsze spojrzenia, ilekroć on i Diana znajdowali się w tym samym pokoju, i chociaż markiz nic jeszcze nie powiedział, ewidentnie zastanawiał się nad zamiarami Willa.

Dlatego też, rankiem po wycieczce towarzystwa do Grotte di Catullo, Will poszedł szukać Alexa. Uczynny służący poinformował go, że lord Glenkellie przebywa w bibliotece. Will ruszył więc do wielkiego pomieszczenia na pierwszym piętrze, wypełnionego niemal większą liczbą obrazów niż książek. Will doceniał dzieła sztuki, ale nie pochwalał zaniedbania hrabiego w kwestii utrzymania porządnej biblioteki. Nie znalazł w niej ani jednej książki wydanej w ciągu ostatnich dziesięciu lat.

Sięgając, by pchnąć drzwi, zamarł, słysząc dochodzące ze środka głosy. Jeden z nich należał do Alexa — jego precyzyjny, urywany ton, którym w bitwie wydawał rozkazy, był wyraźnie rozpoznawalny, nawet gdy mówił po włosku, a nie w ojczystym angielskim. Drugi, młodszy i lżejszy, szybszy i bardziej impulsywny, należał do Mario Maccarone, hrabiego Bardolino i właściciela zamku, w którym przebywali.

— Zdaję sobie sprawę, że pod nieobecność rodziców lady Diany pełni pan rolę jej opiekuna — mówił Mario — zwracam się więc do pana z formalną prośbą o jej rękę.

Serce Willa zamarło w piersi. Z ręką na klamce, z trudem łapał powietrze, czekając na odpowiedź Alexa. Z pewnością Alex nie mógł udzielić innej odpowiedzi niż twierdząca; Mario pod każdym względem był dobrą partią dla Diany, nawet jeśli był od niej o kilka lat młodszy.

— Rozumiem — odparł jedynie Alex, a Mario mówił dalej pospiesznie, jakby obawiał się, że nie wyraził swojej deklaracji wystarczająco jasno.

— Od chwili przybycia pańskiego towarzystwa jestem oczarowany gracją i urokiem lady Diany. Nie wyobrażam sobie już tego zamku bez niej. Nawet moje psy są nią urzeczone!

Alex wydał z siebie nieokreślony dźwięk. Willa kusiło, by uchylić nieco drzwi i spróbować podejrzeć wyraz twarzy Alexa, ale istniało zbyt duże ryzyko, że któryś z mężczyzn go zobaczy.

— Czy udzieli pan swojej aprobaty dla tego małżeństwa, lordzie Glenkellie? — zapytał Mario z nutą desperacji w głosie, gdy cisza przeciągnęła się o kolejną minutę.

— Nie mam nic przeciwko temu — powiedział Alex. — I ma pan rację, że w tej chwili sprawuję prawną opiekę nad Dianą. Mimo to zapewniłem ją, że nie będę jej narzucać swojej woli, a co za tym idzie, moja opinia nie ma w tej kwestii żadnego znaczenia. Decyzję pozostawiam całkowicie w rękach Diany.

Mario wyjąkał podziękowania, a Will cofnął się od drzwi, oszołomiony. Musiał dotrzeć do Diany, i to natychmiast, bo nic nie było pewniejsze niż to, że Mario popędzi prosto do niej, by się oświadczyć. Obracając się na pięcie, Will niemal pobiegł korytarzem, desperacko pragnąc dotrzeć do Diany jako pierwszy.

Wiedział, że lubiła jadać śniadanie na balkonie ze swoją siostrą, i miał nadzieję, że wciąż tam będzie. Jej pokojówka wyglądała na zaskoczoną, widząc go u drzwi, ale kazała mu zaczekać, podczas gdy ona sprawdzi, czy jej pani go przyjmie.

— Will? — zapytała Diana, podchodząc do drzwi. Jej oczy rozszerzyły się, gdy zobaczyła jego twarz. — Czy coś się stało?

— Czy mógłbym z tobą chwilę porozmawiać na osobności? — zapytał.

Zawahała się, ale po chwili zamknęła za sobą drzwi i położyła dłoń na jego ramieniu.

— Chodźmy na spacer.

Wolałby znaleźć się gdzieś, gdzie Mario nie mógłby na nich wpaść, ale doskonale rozumiał niechęć Diany do zapraszania go do swoich komnat. Przecierając wolną dłonią twarz, próbował znaleźć odpowiednie słowa, ale zdołał tylko niezgrabnie wyrzucić z siebie:

— Chcesz za niego wyjść?

Zmarszczyła brwi.

— Za kogo?

— Za hrabiego, za Mario. Chcesz za niego wyjść?

Wyglądała na lekko zdumioną, jakby ta myśl nigdy nie przeszła jej przez głowę.

— Nie, oczywiście, że nie. Dlaczego pytasz?

— Bo właśnie teraz prosi lorda Glenkellie o twoją rękę. Więc... em... może zechcesz być przygotowana na jego oświadczyny.

Will zdał sobie sprawę, że koszmarnie mu to idzie. Chciał powiedzieć Dianie, żeby odrzuciła Maria i wybrała jego, ale nie potrafił znaleźć słów.

Diana wpatrywała się w Willa, nie wiedząc, co powiedzieć. Jak mogłaby mu wytłumaczyć, że nigdy nie wzięłaby pod uwagę Maria, skoro jej serce należało do sztywnego angielskiego księcia, który wcale nie szukał żony? Że chociaż kochała pofałdowane wzgórza, rozległe winnice i alpejskie łąki Lombardii, to jej domem była i na zawsze pozostanie Anglia?

— Dziękuję za ostrzeżenie — powiedziała w końcu. — Przygotuję się i znajdę słowa, by z gracją mu odmówić.

— Mógłbym go odstraszyć, jeśli chcesz — zaproponował, a ona impulsywnie ścisnęła jego ramię.

— To bardzo miło z twojej strony, ale jeśli w jakiś sposób niechcący sprawiłam na nim wrażenie, że przyjęłabym jego awanse, to ja muszę go delikatnie wyprowadzić z błędu.

— Nie miałbym nic przeciwko — mruknął, napotykając jej spojrzenie. — Powiedzieć mu, że nie jesteś dla kogoś takiego jak on.

— Kogoś takiego jak on? Niech cię Valentina nie usłyszy! — Diana pokręciła głową, myśląc o reakcji przyjaciółki. Valentina nie kryła aprobaty dla podziwu, jakim Mario darzył Dianę. — Mario jest hrabią, i to bogatym, a ja córką earla. To byłoby jak najbardziej odpowiednie małżeństwo!

— Ale stać cię na kogoś o wiele lepszego!

— Nie bądź śmieszny. — Pokręciła głową. — Ośmieszyłam się podczas mojego jednego krótkiego wyjścia w Londynie i okazałam się zbyt naiwna na Wenecję. Nie jestem ani wystarczająco bogata, ani wystarczająco piękna, by dobrze wyjść za mąż. Zostanie tutaj contessą byłoby najlepszym, na co mogłabym liczyć.

— A jednak mu odmówisz?

Wydawało się, że namawia ją do poślubienia Maria. I rzeczywiście, gdyby jej matce wiatr doniósł, że odrzuciła włoskiego hrabiego, nie dałaby jej spokoju do końca życia. Jednak poznawszy Willa, Diana wiedziała, że nie może zadowolić się niczym innym niż miłością. Dopuszczała myśl, że być może kiedyś zakocha się w innym mężczyźnie, ale poślubienie Maria, do którego czuła jedynie łagodną, siostrzaną sympatię, było nie do pomyślenia.

— Nie mogłabym być szczęśliwa jako jego żona — powiedziała w końcu. Próbując słabo się uśmiechnąć, spróbowała zażartować. — Zdaje się, że jestem równie niegotowa na małżeństwo jak ty.

Jego wyraz twarzy był śmiertelnie poważny, gdy na nią patrzył, ale w końcu skinął głową.

— Masz moje wsparcie we wszystkim, co postanowisz, Diano. Jeśli po odrzuceniu propozycji Maria zechcesz opuścić zamek, jestem do twojej dyspozycji, by bezpiecznie odwieźć cię do Wenecji... lub do Anglii, jeśli wolisz.

Nawet o tym nie pomyślała, ale uznała, że faktycznie byłoby niezręcznie pozostać w Castello Bardolino po odrzuceniu oświadczyn Maria. Pewna, że Alex i Marianne poprą jej decyzję, wiedziała, że nie będzie musiała prosić Willa o pomoc, ale jego oferta i tak ją wzruszyła.

— Nawet nie wiesz, jak bardzo doceniam twoją troskę, Willu. Twoja przyjaźń jest zdecydowanie najcenniejszym skarbem, jaki znalazłam we Włoszech.

Zarumienił się lekko i spuścił wzrok.

— Ja nie... Ja... Zawsze będę twoim przyjacielem, Diano. Niezależnie od wszystkiego.

— Lady Diano! — dotarł do nich entuzjastyczny okrzyk Maria.

Diana skrzywiła się i spojrzała z powrotem na Willa.

— Chcesz, żebym został? — zapytał szeptem. — Albo mógłbym...

— Muszę to zrobić sama. — Ścisnęła jego ramię raz jeszcze, po czym je puściła. — Dziękuję. Za wszystko. — Zbierając się na uśmiech, odeszła od niego i podeszła do miejsca, gdzie czekał Mario. — Dzień dobry, mój panie. Cóż za piękny dzień. Może przejdziemy się po tarasie? — Uznała, że to odpowiednio publiczne miejsce. Nie dała mu zresztą okazji, by zasugerował coś innego, chwytając go pod ramię i kierując się w stronę schodów.

— Oczywiście — odparł usłużnie Mario.

Na tarasie jeszcze nikogo nie było, co Diana uznała za dobry znak. Odmowa prawdopodobnie wprawi Maria w co najmniej lekki zły humor, a ostatnią rzeczą, jakiej pragnęła, było jego upokorzenie na oczach gości we własnym domu.

Mario jednak rozejrzał się, jakby żałował, że nikogo więcej tam nie ma, co mogłoby być świadkiem. Zastanawiała się, czy uważał, że w obecności innych byłaby bardziej skłonna go przyjąć. Całkiem możliwe, że nie przyszło mu do głowy, że mogłaby odmówić, pomyślała z przekąsem. Miała niezwykłe szczęście, że nikt nie będzie na nią naciskał, by się zgodziła.

— Muszę pani wyznać, że od pierwszej chwili pani przybycia tutaj jestem panią urzeczony — zaczął Mario, odwracając się do niej i chwytając jej dłonie w swoje. Otworzyła usta, próbując mu przerwać, ale on kontynuował, mówiąc szybko, a słowa wylewały się z niego potokiem. — Nie wyobrażam sobie życia bez pani, więc proszę, niech pani powie, że mnie przyjmie, przyjmie moją rękę i moje serce!

— Dość — powiedziała ostro Diana, gdy wydawało się, że zamierza kontynuować swoją płomienną przemowę. Zastygł z otwartymi ustami. — Mario — złagodziła ton. — Jesteś bardzo miły i byłeś najwspanialszym i najszczodrzejszym gospodarzem, jakiego mogliśmy sobie wymarzyć, ale obawiam się, że nie mogę przyjąć twoich oświadczyn.

Jego ciemne oczy zwęziły się.

— Nie możesz czy nie chcesz?

— Jak dla mnie, nie ma w tym żadnej różnicy. Nie przyjmę, ponieważ nie mogę być żoną, na jaką zasługujesz. Zasługujesz na to, co twoja siostra ma z Andreą: małżeństwo oparte na wzajemnym uczuciu i podziwie. — Próbując złagodzić cios, dodała: — Nie wątpię, że wkrótce znajdziesz młodą damę, która pokocha cię i będzie adorować tak, jak na to zasługujesz, ale tą damą nie jestem ja.

Wyglądał na zupełnie zdruzgotanego, ale, co dziwne, pomyślała, wcale nie tak bardzo zaskoczonego, jakby w połowie spodziewał się, że mu odmówi. Ucałował jej dłoń, oświadczył w swoim typowo ekstrawaganckim stylu, że ma złamane serce, a potem powiedział coś, czego nie do końca zrozumiała.

— Chyba od początku wiedziałem, że nie mam szans. Życzę mojemu rywalowi wszelkiej pomyślności, chociaż zazdroszczę mu z całego serca. — Z zaciśniętymi ustami skłonił się, po czym odwrócił się i pospieszył, zgarbiony, zostawiając Dianę wpatrzoną w niego w całkowitym osłupieniu.

— Jakiego rywala? — rzuciła w stronę jego oddalających się pleców, ale on się nie odwrócił.

Musi mieć na myśli Willa, ale... ma zupełnie mylne pojęcie o naszej przyjaźni. Doszła jednak do wniosku, że zazdrosny mężczyzna nie jest do końca racjonalny.

Odwróciwszy się, by wejść z powrotem do zamku, natknęła się w drzwiach na Valentinę. Dziewczyna objęła ją, pytając podekscytowana:

— Widziałaś mojego brata? Rozmawiał z tobą?

Oczywiście Mario powiedział Valentinie, że zamierza się oświadczyć, zrozumiała Diana. Prawdopodobnie go do tego zachęciła. Ceniąc sobie przyjaźń Valentiny, Diana z niechęcią musiała przekazać jej tę wiadomość.

— Tak... i Valentino, przykro mi, ale musiałam odmówić.

Valentina otworzyła usta, jej oczy rozszerzyły się ze zdumienia.

— Odmówiłaś mu? — powiedziała tonem czystego niedowierzania. Gdy Diana powoli skinęła głową, Valentina zakryła usta dłonią z okrzykiem rozpaczy, po czym minęła ją i pobiegła wzdłuż tarasu, w kierunku, w którym odszedł Mario.

— Próbowałem jej powiedzieć, że tak się stanie — odezwał się sucho głos. Andrea wyszedł z domu, kręcąc głową. — Była tak zachwycona pomysłem, że jej droga przyjaciółka poślubi jej brata i zostanie tutaj, w jej domu, że w ogóle nie zastanowiła się, czy on do ciebie pasuje.

— To bardzo miły młody człowiek — powiedziała dyplomatycznie Diana, a Andrea się roześmiał.

— Owszem. I za kilka lat znajdzie damę, która będzie do niego pasować, i bez wątpienia będą bardzo szczęśliwi.

— Nie zdawałam sobie sprawy z jego zamiarów — przyznała Diana. — Inaczej podjęłabym kroki, by bardziej stanowczo go zniechęcić, zanim doszło do tej sytuacji. Ani przez chwilę nie chciałam go zranić.

Andrea machnął ręką, zbywając jej obawę.

— To był pomysł przynajmniej w połowie Valentiny — zauważył. — I wcale jej nie zaszkodzi, jeśli jeden z jej planów nie powiedzie się dokładnie tak, jak sobie tego życzy. Kocham ją, ale zdaję sobie sprawę, że być może zbyt często pozwalano jej stawiać na swoim.

To był ładny sposób na powiedzenie, że Valentina jest trochę rozpieszczona, pomyślała Diana. Nie odezwała się, a Andrea uśmiechnął się lekko.

— Nasze rodziny są ze sobą powiązane, Diano, i chociaż ucieszyłbym się z bliższych więzi poprzez twoje małżeństwo z Mario, postąpiłaś z wielką uczciwością, idąc za głosem serca i odmawiając mu. Myślę, że oboje będziecie dzięki temu szczęśliwsi, nawet jeśli on jeszcze tego nie rozumie.

— Dziękuję za twoje wsparcie, zwłaszcza że tak naprawdę nie jesteśmy rodziną — poczuła się w obowiązku zauważyć Diana.

— Alex jest moją rodziną, a on uważa ciebie za *swoją* rodzinę. To mi w zupełności wystarczy. — Andrea wzruszył ramionami, a w jego oku pojawił się błysk. — Nie żałuj, że odmówiłaś Mario. Dopilnuję, żeby Valentina nie dąsała się zbyt długo.

Sięgnęła i impulsywnie pocałowała go w policzek, a Andrea zachichotał.

— Może jednak staniemy się sobie bliżsi, co? W końcu Will też jest częścią mojej rodziny.

— Och! — Diana poczuła, że jej policzki płoną. Potrząsnęła gwałtownie głową. — Wszyscy zdają się mieć mylne pojęcie. Zapewniam cię, że między mną a Balfordem jest tylko przyjaźń!

— Doprawdy? — Andrea uniósł ciemną brew.

— Tak! W ogóle byśmy do siebie nie pasowali — upierała się. — Poza tym, jestem zupełnie nieodpowiednia na księżną.

Wyglądał na dość sceptycznego, ale skłonił się w swój zwykły, uprzejmy sposób i powiedział:

— Skoro tak mówisz.

— Wybacz mi, proszę. — Diana uznała, że nadszedł czas na ucieczkę, zanim powie coś, czego nie zamierzała. — Muszę znaleźć ciotkę.

Andrea skinął głową.

— Może zechcesz jej powiedzieć, że podjąłem decyzję co do naszego wyjazdu do Wenecji — zauważył. — Wyjeżdżamy za tydzień i oczywiście zapraszamy was w podróż z nami.

— Myślę, że lord Glenkellie zamierza raczej jechać prosto do Florencji, a nie wracać do Wenecji — odparła Diana, w duchu czując wielką wdzięczność, że ich dalsza droga jest już ustalona. Powrót do Wenecji z Andreą i Valentiną byłby teraz bardzo niezręczny, po tym jak odrzuciła Maria.

ROZDZIAŁ CZTERNASTY

Reakcja Marianne na nieśmiałe wyznanie Diany, że odrzuciła oświadczyny Mario, była wszystkim, na co ta mogła liczyć; Marianne wstała z krzesła, chwyciła Dianę w ciasny uścisk i mocno ją przytuliła.

— I bardzo dobrze — powiedziała Marianne. — Gdybyś zdecydowała się go przyjąć, zrobiłabym wszystko, co w mojej mocy, żeby cię od tego odwieść.

— Naprawdę?

— Naprawdę! Och, jest wystarczająco miły i bez wątpienia dobrze by cię traktował, ale każdy widzi, że nie sprawia, iż twoje serce bije szybciej. Moje pierwsze małżeństwo było pozbawione miłości, Diano. Teraz, znalazłszy miłość życia u boku Alexa, nie życzyłabym ci niczego mniej.

Po ostatnim uścisku Marianne puściła ją.

Diana poczuła, że musi mrugać, by powstrzymać łzy.

— Dziękuję — wyszeptała chrapliwie, a Marianne ucałowała jej policzki, uśmiechając się ciepło.

— Ależ już, kochanie. Postąpiłaś absolutnie słusznie, chociaż muszę stanowczo zasugerować, żebyśmy wszystkie zawarły pakt, że nigdy nie wspomnimy o tym twojej matce. Lavinia mogłaby już nigdy nie chcieć mnie widzieć, gdyby odkryła, że nie tylko pozwoliłam, ale wręcz zachęciłam cię do odrzucenia jego oświadczyn!

To było zbyt bliskie prawdy, by stanowić żart, ale Diana i tak się roześmiała.

— Z pewnością nie mam zamiaru kiedykolwiek pozwolić jej dowiedzieć się, że odrzuciłam szansę zostania hrabiną!

— Broń Boże! — Marianne roześmiała się wraz z nią.

Diana jednak szybko spoważniała, przyznając:

— Czuję się tak winna z powodu Valentiny. Była zasmucona, a okazała tyle dobroci, dając Clarze i mnie swoje suknie.

— I to miałoby cię zobowiązywać do poślubienia jej brata? — Marianne uniosła brew.

— Cóż, nie, ale...

— Żadnych „ale", moja droga. Mario miał uczciwą szansę, by zdobyć twoje serce, a nie zdołał tego uczynić. Byłaś nawet skłonna spojrzeć na niego przychylnym okiem, ze względu na przyjaźń z Valentiną i jej oczywisty entuzjazm dla potencjalnego mariażu. Nie możesz brać na siebie winy za to, że sprawy nie potoczyły się tak, jak chciała Valentina. Jeśli czegoś nauczyłam się w życiu, to tego: nie podejmuj ważnych decyzji dotyczących twojej przyszłości, biorąc pod uwagę szczęście i wygodę kogokolwiek innego niż ty sama. O ile masz władzę nad własnym losem, nie pozwól, by czyjekolwiek pragnienia kierowały twoją ścieżką.

To była doskonała rada, pomyślała Diana, i poczuła podwójną wdzięczność, że Alex i Marianne pozwolili jej na swobodę dokonywania własnych wyborów, nie próbując w żaden sposób na nią wpływać.

— Alex i ja już omawialiśmy nasz planowany wyjazd — kontynuowała Marianne. — Właściwie Alex powiedział, że powinniśmy zostać trochę dłużej, abyś mogła podjąć decyzję w sprawie Maria. Ale teraz, kiedy już postanowiłaś, myślę, że przygotujemy się do wyjazdu w ciągu najbliższych kilku dni. Jego matka przysłała list, który otrzymaliśmy wczoraj; gdy go wysyłała, przygotowywała się do powrotu do Wenecji, skąd miała popłynąć statkiem do Florencji. Wróci do Florencji, zanim my tam dotrzemy, ponieważ zamierzamy podróżować lądem.

Uspokojona, że nie będzie musiała długo pozostawać w niezręcznej sytuacji, jaka z pewnością zapanuje w Castello Bardolino, Diana ponownie gorąco podziękowała Marianne, po czym wróciła do swojego pokoju. Najlepiej będzie przez dzień lub dwa nie rzucać się w oczy, oceniła.

Clara dołączyła do niej, lecz ku uldze Diany siostra ani nie prosiła o ponowne opowiedzenie wszystkiego, ani jej nie dokuczała. Zamiast tego Clara po prostu objęła Dianę w talii i usiadła obok niej na szezlongu, oświadczając, że cieszy się na spędzenie dnia w towarzystwie siostry.

Valentina wpadła z wizytą po południu, a Diana zesztywniała w oczekiwaniu na bardzo niezręczne spotkanie, ale

Valentina była dość przygaszona. Andrea musiał porozmawiać z żoną, domyśliła się Diana, i Valentina tylko krótko wyraziła swoje rozczarowanie, po czym ponownie wyznała Dianie głębokie uczucie i życzyła jej wszelkiej pomyślności.

— Andrea pragnie wrócić do Wenecji, ponieważ ma tam sprawy do załatwienia, więc będziemy wam towarzyszyć aż do Werony. Andrea pomoże lordowi Glenkellie uzyskać wszystkie niezbędne dokumenty i pozwolenia na podróż łodzią.

— Och, nie płyniemy łodzią — powiedziała Diana. — Jedziemy lądem.

Valentina uśmiechnęła się na te słowa.

— Część drogi, ale Włochy mają doskonałe rzeki żeglowne. Zaoszczędzicie kilka dni i będzie wam wygodniej płynąć łodzią z Werony aż do Rovigo.

— Muszę spojrzeć na mapę — uświadomiła sobie Diana, a Valentina natychmiast wysłała służącego, by ją przyniósł.

Odległości nie były tak wielkie, jak Diana się spodziewała. Choć w linii prostej Rovigo wydawało się być mocno na uboczu, Valentina nalegała, że o wiele wygodniej będzie podróżować z Werony do Rovigo łodzią rzeczną po Adydze, a następnie wziąć powóz na południe do Ferrary, stamtąd do Bolonii i wreszcie przekroczyć Apeniny do Florencji.

— Będziecie musieli przenocować gdzieś na trasie z Bolonii do Florencji — powiedziała mądrze Valentina. — Najprawdopodobniej dwa razy. Nigdy nie podróżowałam tą drogą, ale Andrea będzie wiedział, gdzie powinniście się zatrzymać. Pisze listy, które lord Glenkellie będzie miał przy sobie, aby przedstawić je urzędnikom podczas waszej podróży, gdy będziecie przekraczać kolejne okręgi. Franchetti mają krewnych na ważnych stanowiskach w całych Włoszech, nie powinniście mieć żadnych kłopotów.

— Miejmy nadzieję. — Diana pochyliła się nad mapą, przyglądając się miastom, które mieli odwiedzić na trasie opisanej przez Valentinę. — Byłaś kiedyś w Bolonii? Co tam można zobaczyć?

Spędziły przyjemną godzinę, rozmawiając o podróżach, które Valentina odbyła z ojcem kilka lat wcześniej, a gdy kobieta wyszła, Diana poczuła się przynajmniej trochę bardziej komfortowo, mając nadzieję, że ich przyjaźń nie została bezpowrotnie zniszczona.

Tydzień po tym, jak Diana odrzuciła oświadczyny Maria, opuścili Castello Bardolino. Był początek października, a pogoda zaczynała się robić chłodna, szare chmury nieustannie przesuwały się nad górami w niedalekiej odległości. Gdyby czekali o wiele dłużej, pogoda uczyniłaby przeprawę przez Apeniny nieprzyjemną i ryzykowną, ostrzegał ich Andrea podczas dwóch dni, które spędzili w Weronie na załatwianiu pozwoleń i dokumentów podróżnych.

Na szczęście Mario nie zdecydował się opuścić zamku, aby im towarzyszyć, mimo próśb Valentiny, by brat przezimował z nimi w Wenecji. Ku jej ogromnej uldze, nie naprzykrzał się Dianie więcej, z godnością przyjmując jej odmowę bez dalszych pytań, choć wodził za nią smutnym wzrokiem, gdy tylko znajdowali się w tym samym pomieszczeniu. Pożegnała się z nim z sympatią, ale bez najmniejszego cienia żalu z powodu swojej decyzji, odjeżdżając z Bardolino bez oglądania się za siebie.

Will unikał jej od ranka, kiedy to ją przechwycił i ostrzegł, by przygotowała się na oświadczyny Maria. Nie była pewna dlaczego, ale obawiała się, że może myśleć, iż zamierza zarzucić na niego sidła. Stawało się coraz bardziej oczywiste, że przynajmniej Valentina uważała, iż dokładnie to planuje zrobić, bez względu na to, ile razy Diana protestowała, że Will jest tylko przyjacielem.

Łodzie rzeczne na Adydze były większe niż weneckie gondole, ale zbudowane w niemal identycznym stylu. Diana była nimi całkowicie oczarowana, uznając za niezwykle przyjemne powolne dryfowanie z prądem i obserwowanie urokliwych krajobrazów. Myślała, że prawdopodobnie szybciej dotarliby konno, ale Valentina miała rację – to był znacznie przyjemniejszy sposób podróżowania.

Grupa rozdzieliła się w Rovigo. Andrea i Valentina kontynuowali podróż w dół rzeki, skąd ostatecznie mieli dotrzeć do morza i wrócić łodzią do Wenecji, podczas gdy angielska część towarzystwa zeszła na ląd, by dołączyć do koni i powozu, o których przygotowanie Alex wcześniej uprzedził listownie.

Diana pożegnała się z Valentiną, która teatralnie zawodziła i uczepiła się jej szyi. Sama Diana również poczuła napływające łzy; nie spodziewała się, że we Włoszech znajdzie tak bliską przyjaciółkę, a Valentina, mimo wszystkich swoich manipulacji przy próbie połączenia Diany z bratem, stała się jej naprawdę droga.

— Spotkamy się znowu, mam nadzieję, moja droga — powiedziała do szlochającej księżnej. — Następnego lata namów Andreę, żeby zabrał cię do Anglii. Będziesz królować na londyńskich salonach.

— Będę ćwiczyć mój angielski przez całą zimę — przyrzekła Valentina przez łzy, a Diana czule ucałowała jej policzki, po czym przyjęła rękę Alexa i zeszła z łodzi na pomost.

Will wysiadł jako ostatni, ściskając Valentinę i wymieniając braterski uścisk z Andreą, zanim wszedł na pomost obok Diany. Uśmiechnęła się do niego nieśmiało, ale on odwrócił wzrok i ruszył w stronę, gdzie przy parze powozów czekały dwa konie. Jeden powóz był przeznaczony dla dam, a drugi na ich bagaże i dwójkę towarzyszącej im służby — wierną pokojówkę Marianne, Jean, i służącego Alexa, Simonsa, którzy podróżowali z nimi od samej Anglii.

Zajmując miejsce obok Clary, Diana patrzyła niewidzącym wzrokiem przez okno, gdy powóz ruszył, zastanawiając się ze smutkiem, czy jest jakiś sposób, by odzyskać swobodną przyjaźń, którą wreszcie nawiązała z Willem. Może uważał, że powinna była przyjąć oświadczyny Maria? Pod każdym względem byłby to dobry mariaż. A jednak to

Will ostrzegł ją, by przygotowała się na oświadczyny Maria, nawet zaoferował, że go odstraszy. Skomentował, że stać ją na więcej. Czy pomyślał, że potraktowała tę uwagę jako zachętę do skierowania wzroku na niego samego? Czy Andrea lub Valentina coś mu powiedzieli?

Westchnęła nieszczęśliwie, jej wzrok utkwiony w wysokiej, wyprostowanej postaci Willa, który jechał obok Alexa, rozmawiając z nim. Tęskniła za rozmowami z nim, tęskniła za ich przyjaźnią.

— Cóż to za westchnienie, Diano — zauważyła Marianne, nie bez życzliwości. — Jestem pewna, że jeszcze zobaczysz Valentinę, wiesz. Wydawała się bardzo entuzjastycznie nastawiona do pomysłu odwiedzenia Anglii. I będziesz mogła do niej pisać.

— Owszem — zgodziła się Diana, biorąc się w garść i przyklejając uśmiech do twarzy. — Stała się drogą przyjaciółką i będzie mi brakowało jej towarzystwa. — Przynajmniej ich pożegnanie stanowiło wymówkę dla jej melancholii i nie musiała udawać, że jest całkowicie zachwycona ponowną podróżą.

Towarzystwo zatrzymało się w hotelu na południe od Rovigo, który polecił im Andrea, a następnego dnia ruszyło do Ferrary, przekraczając potężną rzekę Pad mostem, który stał od czasów rzymskich. Zatrzymali się w Ferrarze na dwa dni, poświęcając czas na zwiedzanie

Zamku d'Este, otoczonej fosą średniowiecznej fortecy w sercu miasta.

I przez każdą minutę każdego dnia Will był boleśnie, nieznośnie świadomy obecności Diany. Zachwytu na jej twarzy, gdy podziwiała architekturę wspaniałej katedry w Ferrarze. Sposobu, w jaki jej oczy się zamykały, a ona wzdychała z rozkoszną błogością, gdy po raz pierwszy skosztowała lokalnego przysmaku — *panpepato*, gęstego ciasta z bakaliami, przyprawionego pieprzem i cynamonem, obtoczonego w czekoladzie. Pod wpływem impulsu zapłacił kucharzowi sowicie, aby ten spisał dla niego przepis, a potem spędził dwa dni, dręcząc się myślami, jak mógłby w jakiś sposób zapewnić regularne dostarczanie ciasta Dianie w Anglii, zanim niechętnie pogodził się z faktem, że nie jest w stanie tego zrobić.

Za każdym razem, gdy patrzył na Dianę, słyszał ponownie te brzemienne w skutki słowa, które wypowiedziała, gdy ostrzegł ją przed zbliżającymi się oświadczynami Maria.

— *Nie jestem bardziej gotowa na małżeństwo niż ty, jak się wydaje.*

Jak mógł jej powiedzieć, że jego uczucia co do małżeństwa całkowicie się zmieniły, odkąd ponownie spotkał ją w Wenecji? Że opuścił Anglię całkowicie zdecydowany unikać małżeńskich kajdan tak długo, jak to tylko możliwe, a teraz jedyne, o czym mógł myśleć, to jak bardzo pragnie się ożenić... pod warunkiem, że jego żoną zostanie Diana?

Próbował napomknąć o swoim uczuciu do niej w dniu, gdy odwiedzili Grotte di Catullo, ale jak zwykle był niezdarny w słowach, a ona tylko patrzyła na niego z szeroko otwartymi, zdziwionymi oczami, najwyraźniej nie rozumiejąc jego intencji lub interpretując je jedynie jako przyjaźń.

Jego koń zarżał i przesunął się niespokojnie pod nim, a Will zdał sobie sprawę, że trzyma cugle, aż zbielały mu knykcie, a nogami ściska boki biednego zwierzęcia. Wypuszczając westchnienie, zmusił się do rozluźnienia i poklepał konia po szyi. Byli już prawie w Bolonii, przed nimi wznosiły się potężne mury miasta, gdzie mieli spędzić trzy lub cztery dni na zwiedzaniu, zanim wyruszą na przeprawę przez Apeniny.

— Wszystko w porządku, Balford? — zapytał Alex, jadący obok niego.

— Oczywiście. Trochę zimno, to wszystko. — Will udał lekki dreszcz. — Pogoda zdecydowanie robi się jesienna, nawet tak daleko na południu, jak jesteśmy.

Alex był ostatnią osobą, z którą odważyłby się rozmawiać o swoich uczuciach. Chociaż Alex i Marianne pozwolili Dianie odrzucić zaloty Maria, istniała ogromna różnica między włoskim hrabią a angielskim księciem, i Will o tym wiedział. Do diabła, Alex niemalże dał mu już pozwolenie na oświadczyny! Gdyby Will dał do zrozumienia, że chociażby to rozważa, Diana z pewnością znalazłaby się pod pewną presją, by go przyjąć, a tego chciał uniknąć za wszelką cenę.

Westchnął, zdobył się na lekki uśmiech dla Alexa i sięgnął do płaszcza po pakiet dokumentów tożsamości, gdy zbliżali się do ruchliwej bramy miejskiej. Strażnicy pozwalali większości ludzi przechodzić bez przeszkód, ale wyprostowali się na widok grupy podróżnych na dobrych koniach i z wysokiej jakości powozami.

Alex i Will wymienili cyniczne spojrzenia. Nauczyli się już, że kilka monet we właściwych dłoniach sprawia, iż wszystko idzie o wiele sprawniej, nawet jeśli ich dokumenty były w nienagannym porządku. Jeśli chcieli dostać się do miasta, znaleźć hotel i bezpiecznie ulokować swoje towarzystwo w ciepłych pokojach przed zapadnięciem zmroku, nadszedł czas, by sięgnąć do kieszeni, albo czekać godzinami, podczas gdy ich bagaże będą przeszukiwane w poszukiwaniu „kontrabandy", której nie można było precyzyjnie zdefiniować, gdy pytali, czego dokładnie strażnicy mogą szukać.

W ciągu godziny zatrzymali się przed bardzo okazałym hotelem Grande Albergo Imperiale na Piazza del Nettuno, choć jedno spojrzenie na wspaniały posąg Neptuna wznoszący się wysoko nad fontanną na placu sprawiło, że wszyscy od razu zapomnieli o zmęczeniu i pragnieniu znalezienia się w środku.

— Ależ Neptun musi mieć ponad dwanaście stóp wysokości! — zachwycała się Diana, podchodząc do posągu z zadartą głową i oczami pełnymi podziwu. Will instynktownie chwycił ją za ramię, zatrzymując ją w miejscu, a tuż obok przejechał z turkotem konny wóz, o mało co nie przejeżdżając jej po stopach.

— Och! — Zszokowana Diana cofnęła się i zderzyła z piersią Willa. Przyciągnął ją opiekuńczo do siebie, po czym odzyskał przytomność umysłu i cofnął się, by zachować między nimi stosowny dystans.

— Proszę, pozwól, że cię odprowadzę.

— Dziękuję! — Wyglądała na nieco wstrząśniętą, trzymając się go mocno za ramię, gdy ostrożniej poprowadził ją w stronę fontanny. — Powinnam była być bardziej ostrożna, ale posąg zupełnie mnie zaskoczył. Jak myślisz, ile ma lat? — Ponownie odchyliła głowę, by spojrzeć na spiżowego tytana.

— Jakieś dwieście pięćdziesiąt siedem lat — powiedział Will z poważną miną.

— To zadziwiająco precyzyjne! — Odwróciła głowę, by na niego spojrzeć, a on nie zdołał powstrzymać śmiechu, wskazując na rzymskie cyfry wyryte w marmurowym zbiorniku u podstawy posągu.

— Och, jesteś okropnym żartownisiem! — Roześmiała się jednak, po czym nagły rumieniec oblał jej policzki. — Mój Boże. To dość *szokująca* rzeźba, żeby stać na publicznym placu w katolickim kraju, nie sądzisz?

Podążając za jej wzrokiem, Will zobaczył, na co patrzyła: spiżowe nimfy wodne otaczające podstawę posągu przedstawiono tak, że obejmowały własne piersi, z których sutków tryskała woda. Sam Neptun był nagi, jak mógł dostrzec z tego kąta, chociaż jego części intymne były umiarkowanych rozmiarów w porównaniu z niektórymi dziełami sztuki, jakie widział.

— Jak na katolicką rzeźbę jest wręcz pogańska — zgodził się, decydując się skomentować ten fakt, a nie dość erotyczny charakter rzeźb. — Ale cóż, mitologia zawsze była popularnym tematem dla artystów wszelkiego rodzaju.

Alex zdążył już zauważyć dość wyzywające pozy nimf i pośpiesznie oświadczył, że robi się zbyt zimno, by damy przebywały na zewnątrz, kładąc stanowczo dłonie na ramionach Diany i Clary i prowadząc je w stronę hotelu. Uśmiechając się z rozbawieniem, Will podał ramię Marianne, która w oczywisty sposób tłumiła śmiech, i wszedł za nimi do ciepłego, gościnnego wnętrza hotelu.

ROZDZIAŁ PIĘTNASTY

Następnego ranka całą grupą wyruszyli zwiedzać Bolonię. W nocy zaczął padać drobny deszcz, ale wkrótce odkryli, że pogoda wcale im nie przeszkadza, ponieważ każda ulica w mieście zdawała się być otoczona portykami. Przechadzali się pod nimi mila za milą, podziwiając eleganckie sklepy, odwiedzając kościoły i wstępując do Akademii Sztuk Pięknych, która ku rozczarowaniu Diany nie była zbyt bogato wyposażona w dzieła sztuki.

Wracając późnym popołudniem do hotelu, dwaj mężczyźni zapragnęli zobaczyć najwyższe obiekty w mieście, dwie kwadratowe wieże z cegły, z których przynajmniej jedna była widoczna z niemal każdego punktu miasta.

— Ma około trzystu dwudziestu stóp wysokości, o ile wiem — powiedział Will, gdy w końcu podeszli do podstawy wyższej z wież. — To najwyższa wieża we Włoszech, choć nie najwyższy budynek. Kopuła Bazyliki Świętego Piotra sięga wyżej.

— Nie jest prosta. — Diana lekko przechyliła głowę, mrużąc oczy. — Żadna z nich! — Choć niższa wieża miała zaledwie jedną trzecią wysokości tej wyższej, Dianie zdawało się, że jest jeszcze bardziej przechylona, a jej szczyt chylił się zawrotnie nad ich głowami, gdy stali u jej podstawy.

Tuż przy wejściu do wyższej wieży znajdował się stragan szewca; mężczyzna wyjaśnił, że opiekuje się budynkiem zwanym Torre degli Asinelli. Byli zaskoczeni, gdy dowiedzieli się, że liczy sobie około siedmiuset lat, chociaż patrząc na wyglądające na rozklekotane drewniane schody, które wiły się wewnątrz budynku, Diana mogła w to bez trudu uwierzyć.

Szewc poinformował Willa, że za wejście na wieżę pobierana jest niewielka opłata, a Will włożył rękę do kieszeni, wyławiając kilka monet. Spojrzał na nie i zaczął wybierać kilka z nich, najwyraźniej, by zapłacić mężczyźnie, a Diana bez namysłu wyciągnęła rękę, by dotknąć jego ramienia.

— Och, Will, nie rób tego — powiedziała. — Nie dość, że wieża jest krzywa, to jeszcze te schody nie wyglądają ani trochę bezpiecznie. Proszę. — Kładąc wolną dłoń na piersi w daremnej próbie uspokojenia serca, które zaczęło bić o wiele za szybko ze strachu na myśl o tym, że miałby wspinać się po tych rozpadających się stopniach, spojrzała w górę, w mroczną, zakurzoną ciemność. — Nie wchodź tam. Martwiłabym się o ciebie na każdym kroku, dopóki nie zszedłbyś bezpiecznie na dół.

Gdy tylko skończyła mówić, zdała sobie sprawę, że się zagalopowała, że nie miała prawa prosić go, by czegokolwiek nie robił. Spodziewając się, że roześmieje się i zlekceważy jej obawy, była zaskoczona, gdy zatrzymał się, by przez chwilę przyglądać się jej swoimi uderzająco głęboko niebieskimi oczami. A potem wybrał kilka monet, resztę wrzucił z powrotem do kieszeni i zapłacił szewcowi.

— Dziękuję za informację, proszę pana. Dziś jednak nie będę się wspinał.

— Z góry jest bardzo piękny widok — zapewnił mężczyzna, szybko chowając monety do kieszeni.

— Bez wątpienia, ale za kilka dni będziemy wspinać się na Apeniny, które są jeszcze wyższe i oferują mnóstwo pięknych widoków. — Rzuciwszy ostatnie spojrzenie w górę, Will podał Dianie ramię i wyprowadził ją na zewnątrz.

Nie bardzo wiedziała, co mu powiedzieć. Od wielu dni prawie ze sobą nie rozmawiali, a jednak była pewna, że zrezygnował z planu wejścia na wieżę tylko dlatego, że go o to poprosiła. Czuła się teraz winna, że pozbawiła go przyjemności, jaką bez wątpienia czerpałby z tej przygody, choć przynajmniej mdłości na myśl o tym, że miałby wchodzić po tych zniszczonych schodach, zaczęły ustępować.

— Nie przepadasz za wysokościami? — zapytał Will, gdy wyszli z wejścia do wieży, odsuwając się na bok, gdy do środka wchodziła grupa młodych mężczyzn, przepychających się i głośno rozmawiających.

— Wysokość przeszkadza mi tylko wtedy, gdy myślę, że istnieje realne niebezpieczeństwo upadku. Przyznaj, te schody wyglądały na całkiem zniszczone!

— To prawda. Zaskakujące w kraju z obfitością marmuru i kamienia do budowy, i biorąc pod uwagę wiek wieży;

można by pomyśleć, że schody zostałyby już zastąpione czymś bardziej solidnym. — Położył dłoń na jej dłoni spoczywającej na jego rękawie i chociaż oboje mieli na sobie rękawiczki, poczuła ciepło jego dotyku. — Szczerze mówiąc, nie zastanawiałbym się nad wejściem po nich, ale za nic w świecie nie chciałbym, żebyś się o mnie martwiła.

— Zachowałam się jak panienka i teraz czuję się winna, że przez mnie ominęło cię ciekawe doświadczenie — przyznała Diana.

Will roześmiał się łagodnie i potrząsnął głową. — To nie jest coś, na co czekałem całą podróż, jedynie kaprys, gdy usłyszałem, że można na nią wejść! Poza tym, prawdopodobnie uratowałaś mnie przed jutrzejszym bólem nóg. Pięćset schodów w górę i w dół byłoby dość wyczerpujące.

Akceptując jego decyzję, pozwoliła sobie na lekki uśmiech w odpowiedzi. Wtedy Clarissa podeszła z drugiej strony Willa i chwyciła go pod drugie ramię, trajkocząc podekscytowana o wszystkim, co tego dnia widzieli, a on z pobłażliwością zwrócił na nią swoją uwagę, pozostawiając Dianę samą z jej myślami.

Przynajmniej znów się do niej odzywał, a nawet zdawał się zwracać uwagę na jej uczucia, gdy zmienił zdanie co do wspinaczki na wieżę. Musiała się tym zadowolić. Jej uczucia wobec niego były beznadziejnie splątane, ale dystans, jaki stworzył między nimi, odkąd odrzuciła oświadczyny Maria, bardzo ją ranił.

Gdy wracali kolejną z długich, arkadowych ulic Bolonii do hotelu, ciesząc się z osłony, ponieważ zaczął padać delikatny deszcz, Diana pozwoliła sobie na nadzieję, że jej przyjaźń z Willem być może odżyje. Gdyby zapewniła go, że nie grozi mu z jej strony zasadzka matrymonialna, nie musiałby już martwić się o utrzymywanie odpowiedniego dystansu i mogliby znów czuć się swobodnie w swoim towarzystwie, jak dawniej.

— Bardzo nie mogę się doczekać dotarcia do Florencji, a ty, Clarisso? — Spojrzała ponad Willem na siostrę i powiedziała wesoło, gdy zbliżali się do hotelu. — Wuj Alex mówi, że jego ciotka uważa się za swatkę i bez wątpienia zna wielu odpowiednich młodych mężczyzn, których chętnie nam przedstawi.

Will zesztywniał, a ona szybko dodała: — Chociaż oczywiście ona nawet nie wie, że nam towarzyszysz, Will, więc nie musisz się obawiać, że będzie miała całą procesję młodych dam gotowych rzucić ci się na szyję.

— Nie o to mi chodzi — powiedział. — Ale myślałem, że postanowiłaś nie wychodzić za Włocha?

— Kiedy to powiedziałam? To, że Mario mi nie odpowiadał, jest dość daleko idącym wnioskiem. — Rzuciła mu zawadiackie spojrzenie. — Był ode mnie młodszy i w żadnym razie nie był gotów się ustatkować. Byłby okropnym mężem.

Will przez chwilę tylko wpatrywał się w nią, najwyraźniej zbity z tropu, po czym powiedział powoli: — Więc... chętnie znajdziesz sobie męża we Florencji?

— Cóż, jeśli tak się stanie, przynajmniej mam pewność, że będę mogła dokonać własnego wyboru — powiedziała

Diana. — Jeśli wrócę do Anglii niezamężna, mój los jest znacznie mniej pewny. Mój ojciec bardzo chce umocnić relacje z wieloma prominentnymi lordami; dwie córki na wydaniu są zbyt użyteczne, by je zmarnować.

— Rozumiem — powiedział cicho Will. Wtedy dotarli do hotelu, lokaj otworzył im drzwi, a Will puścił jej ramię.

Diana poczuła dziwne uczucie straty, gdy cofnął się i złożył jej i Clarissie grzeczny, lekki ukłon.

— Dlaczego to powiedziałaś? — syknęła na nią Clarissa, gdy obie szły po schodach do wspólnego pokoju.

— Co takiego? — Diana udała, że nie wie, o co chodzi.

— Dlaczego powiedziałaś Balfordowi, że zamierzasz pozwolić ciotce Aleksa wyswatać cię z jakimś florenckim paniczykiem?

— Bo nie mam nic przeciwko, jeśli to zrobi.

— Chyba że weźmie się pod uwagę fakt, że twoje serce jest już zajęte przez bardzo *angielskiego* lorda!

— Który nie szuka żony! — Diana odwróciła się do siostry, a własny ból sprawił, że uderzyła w nią słowami. — Każde słowo, które powiedziałam, było prawdą, Clarry! Wiesz, że jeśli wrócimy do domu niezamężne, ojciec i matka nie pozwolą, przynajmniej mnie, na najmniejszy wybór w tej kwestii. A i ty będziesz musiała się nagadać, żeby przekonać ich, by pozwolili ci na sezon!

Clarissa zamarła z lekko rozchylonymi ustami. — Naprawdę tak myślisz — powiedziała powoli.

— Matka wyraziła się jasno, zanim wyjechałyśmy. — Diana opadła na łóżko. — Powiedziała mi, żebym znalazła sobie męża, albo zostanie mi znaleziony.

Po chwili Clarissa usiadła obok niej. — Balford bardzo cię ceni — powiedziała.

— Jesteśmy przyjaciółmi, to wszystko. Wyraźnie dał do zrozumienia, że nie szuka żony, a jako książę ma pewne zobowiązania. Lady Elspeth sugerowała, że może poślubić austriacką księżniczkę, na litość boską; jestem całkowicie nieodpowiednia!

Clarissa nic więcej nie powiedziała, ale objęła Dianę ramieniem i przytuliła ją mocniej, oferując pocieszenie i siostrzaną solidarność. Z westchnieniem Diana oparła głowę na ramieniu siostry.

— Chciałabym, żeby było inaczej — wyszeptała cicho prawdę. — Chciałabym, żeby kochał mnie tak, jak ja jego. Żeby zignorował te zobowiązania do dobrego ożenku i wybrał mnie.

— Księżna Balford — Clarissa pocałowała ją w policzek. — Wyobraź to sobie!

— Och, nie. — Diana roześmiała się. — Nie. Właściwie postąpiłby mądrze, nie wybierając mnie. Byłabym okropną księżną.

— Byłabyś wspaniała — upierała się lojalnie Clarissa — a Balford jest głupcem, jeśli cię nie wybierze.

— Nie wolno ci z nim o tym rozmawiać, Clarry! — Znając zbyt dobrze swoją szczera siostrę, Diana chwyciła dłoń Clarissy i mocno ją ścisnęła. — *Nie wolno* ci. Obiecaj mi!

Clarissa westchnęła. — Popełniasz błąd.

— Obiecaj mi.

— Dobrze, obiecuję.

Diana wciąż patrzyła na nią srogo, aż Clarissa znów westchnęła i rozwinęła myśl. — Obiecuję, że nie będę rozmawiać z Balfordem o tym, że uważam, iż byłabyś dla niego idealną księżną i że powinien cię poślubić tak szybko, jak to tylko możliwe.

— Clarry!

— Obiecuję też, że nie wspomnę ani słowem o tym, że jesteś w nim zakochana po uszy.

— Boże, chroń mnie przed wścibskimi siostrami! — Diana nie mogła się nie uśmiechnąć. — Wszystko będzie dobrze, Clarry. Wszystko się ułoży. Jestem tego pewna.

Clarissa nie wyglądała na taką pewną, ale oparła się o Dianę. — Jeśli nic innego, ta podróż będzie przygodą, którą będziemy pamiętać do końca życia, prawda?

— To na pewno. — Diana wyjrzała przez okno ich pokoju, który wychodził prosto na plac z gigantycznym posągiem Neptuna i jego frywolnymi nimfami. — Lepiej nie mówmy matce o tym konkretnym widoku, dobrze?

Clarissa wybuchnęła chichotem, a Diana uśmiechnęła się, zadowolona, że jej siostra porzuciła ten temat. Przynajmniej na razie.

ROZDZIAŁ SZESNASTY

DWA DNI PÓŹNIEJ ZNÓW byli w drodze, opuszczając Bolonię, by rozpocząć ostatni etap podróży do Florencji. Gdyby drogi były płaskie, być może udałoby im się pokonać ten dystans w jeden dzień, ale trasa wiodła przez Apeniny, więc do zaprzęgniętych do powozu koni dołączono woły, aby pomóc im na stromych podjazdach.

Zatrzymali się na pierwszym szczycie, by w zachwycie podziwiać widok. Równiny rozpościerały się przed nimi, mieniąc się w porannym słońcu, a otoczona murami Bolonia z tej wysokości wyglądała niemal jak dziecinna zabawka. Wiatr był przenikliwie zimny i Diana zadrżała, stojąc obok powozu. Delikatne dotknięcie ramienia sprawiło, że odwróciła głowę i zobaczyła Willa, który okrywał ją kocem.

— Nie powinnaś zbyt długo stać na wietrze — powiedział. — Przeziębisz się.

— Na litość boską — mruknęła niecierpliwie Clarissa, wcale nie tak cicho. Mimo że stała nie dalej niż dziesięć stóp od nich, ani Will, ani Diana jej nie usłyszeli, oboje zbyt zajęci wpatrywaniem się w siebie z tęsknotą. — Czemu żadne z nich po prostu czegoś nie powie?

— Dojdą do tego w swoim czasie — powiedziała stojąca obok niej Marianne, a Clarissa aż podskoczyła. Nie usłyszała, jak Marianne podeszła, stawiając ciche kroki. — Nie wtrącaj się, Clariso. Wiem, że kusi cię, by pomóc losowi, ale mogłabyś narobić więcej szkody niż pożytku.

— Oboje zachowują się głupio. — Clarissa skrzywiła się z niezadowoleniem. — A teraz Diana go okłamuje.

Marianne uniosła brwi.

— W jakiej sprawie?

— Powiedziała mu, że zamierza znaleźć męża we Florencji, bo inaczej nasi rodzice zapewne wyszykują jej kogoś do poślubienia, gdy wrócimy do domu!

Wzdychając, Marianne ujęła Clarissę pod ramię.

— Przykro mi ci to mówić, moja droga — powiedziała — ale jest wielce prawdopodobne, że twoi rodzice właśnie to zrobią. Czemu Diana nie miałaby dokonać własnego wyboru, jeśli znajdzie we Florencji sympatycznego dżentelmena?

— Bo jest zakochana w Balfordzie! — tupnęła nogą Clarissa.

— Mężczyźnie, który dał jasno do zrozumienia, że nie jest gotów na małżeństwo — zauważyła łagodnie Marianne.

— Zmieniłby zdanie, gdyby tylko dała mu jakąś zachętę — upierała się zawzięcie Clarissa. — Musisz widzieć, jak on na nią patrzy!

— Widziałam, a Alex z nim o tym rozmawiał. Odpowiedział mu, że nie jest gotów na małżeństwo.

— Naprawdę? — Krok Clarissy stał się niepewny.

— Musisz nam ufać, że mamy na uwadze wasze dobro, kochanie. — Marianne ścisnęła jej ramię i ponagliła ją, by wsiadła z powrotem do powozu. — I musisz też pogodzić się z tym, że nie zawsze możemy podążać za głosem serca.

— To niesprawiedliwe!

— Co takiego? — spytała Diana, wsiadając z drugiej strony.

Nie chcąc przyznać się siostrze, że rozmawiała z Marianne o jej romansie z Balfordem — a raczej o jego całkowitym fiasku — Clarissa szybko wymyśliła skargę na to, że nie będzie mogła chodzić na bale, gdy dotrą do Florencji, ponieważ wciąż nie skończyła osiemnastu lat.

Diana natychmiast zgodziła się, że to niesprawiedliwe, i użyła swoich najlepszych perswazyjnych argumentów w rozmowie z Marianne, która obrzuciła Clarissę surowym spojrzeniem. W odpowiedzi Clarissa przybrała swój najbardziej niewinny wyraz twarzy, wiedząc, że ciotka tak naprawdę nie jest na nią zła.

Noc spędzili w maleńkiej wiosce o nazwie Pietramala, gdzie i tak musieli się zatrzymać, ponieważ mieściła się tam toskańska komora celna. Alex zasięgnął języka i dowiedział się, że jest to zdecydowanie najbardziej polecane miejsce na nocleg, gdyż znajdowała się tam bardzo wygodna gospoda. Z przyjemnością odkryli, że wieści okazały się prawdziwe. Gospoda dysponowała wystarczającą liczbą dobrze wyposażonych pokoi z miękkimi łóżkami, a żona oberżysty była znakomitą kucharką.

Jak wszędzie, gdzie byli we Włoszech, wino było zarówno wyśmienite, jak i obfite, i po kolacji Diana zdała sobie sprawę, że chyba wypiła trochę za dużo, kiedy podniosła się z krzesła i lekko się zachwiała.

— Myślę, że chciałabym się przejść na zewnątrz przed snem — przyznała — bo inaczej zakręci mi się w głowie, gdy się położę.

— Proszę, pozwól, że cię odprowadzę — powiedział natychmiast Will, zaskakując ją.

— Och, jestem pewna, że sama sobie poradzę, proszę, nie kłopocz się — odparła, ale on już brał jej dłoń, by położyć ją na swoim ramieniu.

— Zaniedbałbym swój obowiązek dżentelmena, gdybym pozwolił ci wyjść samej w nocy — powiedział całkiem łagodnie. — Chociaż zapewniano nas, że na tej trasie nie grasują już rozbójnicy, piękna młoda kobieta przechadzająca się samotnie jest pokusą dla każdego mężczyzny, który mógłby się niespecjalnie przejmować moralnością czy sumieniem. A tacy mężczyźni, niestety, zdarzają się wszędzie.

— Piętnaście minut, Balford — odezwał się Alex — a potem będę musiał cię szukać.

— I tak jest za zimno, żeby być na zewnątrz dłużej. — Will zdjął płaszcz Diany z haka przy drzwiach i podał jej go, zanim sam wsunął na siebie swój surdut. Zawiązała wstążki czepka pod brodą, myśląc z rozbawieniem, że raczej nie musi chronić twarzy przed słońcem, ale nakrycie głowy może zapewnić jej ciepło.

— Uśmiechasz się — zauważył Will, otwierając drzwi i wyprowadzając ją na zewnątrz. — Co cię tak rozbawiło?

Sapnęła, gdy podmuch chłodnego wiatru uderzył ją w policzki.

— Och, nic ważnego. Mój Boże, ale lodowato!

— Rzeczywiście. — Zamknął za nimi drzwi i znów ujął ją pod ramię, przysuwając się blisko. Sposób, w jaki stał, sugerował, że próbował osłonić ją przed wiatrem, ale chłód już sprawiał, że czuła się lepiej, przeciwdziałając rozgrzewającym, usypiającym efektom wina.

— Chodźmy w stronę kościoła. — Wskazała na wąską, brukowaną uliczkę. — To tylko kilka kroków; dojdziemy tam i z powrotem spokojnie w kwadrans.

Chociaż było ciemno, droga była wystarczająco widoczna, a złote światło świec i kominków sączyło się przez okna domów wzdłuż ulicy. Idąc pod ramię, wspięli się po stromym zboczu do kościoła i stanęli na placu przed nim.

— Myślisz, że może spaść śnieg? — zapytała Diana, przerywając ciszę.

Will spojrzał w górę, a potem potrząsnął głową.

— Jest wystarczająco zimno, ale spójrz w górę.

Spojrzała i aż sapnęła na widok nieba, na którym nie było ani jednej chmury, a gwiazdy były tak wyraźne i gęste na czarnym tle, że wydawało się, jakby całe niebo płonęło białym światłem.

— Nigdy nie widziałam tak jasnych gwiazd — wyszeptała niemal z nabożeństwem.

— Ja też nie. — Will lekko się odwrócił, wciąż patrząc w górę, i jakoś tak się stało, że stali piersią w pierś, a dłonie Willa obejmowały jej łokcie, gdy oboje wpatrywali się w oszałamiający układ świateł nad nimi.

Diana czuła się, jakby tonęła w świetle gwiazd, wpadając w ich bezkres, a dłonie Willa były jedyną kotwicą, która trzymała ją na ziemi. Instynktownie pochyliła się do przodu, szukając większego kontaktu, przywierając do niego, a on pochylił głowę, by na nią spojrzeć.

— Diana — powiedział cicho, jego głos był niskim, chrapliwym pomrukiem, a potem puścił jej łokcie.

Przez chwilę zachwiała się, pozbawiona jego wsparcia, ale trwało to tylko mgnienie oka, ponieważ puścił ją tylko po to, by objąć ją ramionami, trzymając ją tak blisko, jak nigdy nie była przy żadnym innym człowieku. Z tej bliskości ledwo mogła oddychać, a potem całkowicie zapomniała, jak się oddycha, ponieważ Will pochylił głowę i przycisnął swoje usta do jej ust.

Jego wargi były gorące, niemal parzące na jej zmarzniętych ustach, a ona zamarła w całkowitym szoku. Od razu się cofnął, a jego ramiona opadły tak nagle, że aż się zatoczyła.

— O Boże — powiedział, jego głos był chrapliwy i przepełniony emocjami. — Tak mi przykro. Nie chciałem tego zrobić, Diano... Mam nadzieję, że mi wybaczysz.

Wzięła głęboki oddech, próbując się uspokoić. Surowo sobie powtarzała, że to nic nie znaczyło. Był młodym mężczyzną, który znalazł się sam pod gwiazdami z młodą kobietą. Pocałunek w tych okolicznościach był całkowicie naturalny. Najwyraźniej już tego żałował, zrozpaczony, że ją wykorzystał, być może budząc w niej nadzieje, których nie miał zamiaru spełnić.

— Oczywiście, że ci wybaczam. — Bardzo się starała, aby jej ton był opanowany, lekki i rozbawiony. — Oboje wypiliśmy trochę za dużo wina; naprawdę, czuję się niemal pijana blaskiem gwiazd! Wracajmy jednak. Inaczej wujek przyjdzie nas szukać i wyrobi sobie zupełnie mylne wrażenie.

— Oczywiście — powiedział Will dziwnie beznamiętnym tonem, a potem ujął ją pod ramię i zawrócił w stronę gospody.

Pocałunek, choć krótkotrwały, wstrząsnął Willem do głębi. Diana powiedziała, że jest pijana blaskiem gwiazd, i rzeczywiście tak się czuł, ale był pijany jej obecnością, sposobem, w jaki z ufnością oparła się o niego, wpatrując się w migoczące niebo. Bezradnie ulegając jej urokowi, patrzył na delikatną doskonałość jej rysów i całkowicie stracił głowę.

Jej wargi były tak miękkie pod jego ustami, jej ciało uległe, gdy przyciągnął ją bliżej, na tę krótką chwilę, zanim zesztywniała, a on oprzytomniał. Jeszcze sekunda, a bez wątpienia spoliczkowałaby go za zuchwalstwo kradzieży pocałunku. Jedyne, co przyszło mu do głowy, to przeprosiny.

Ton, w jakim przyjęła jego przeprosiny i zbyła pocałunek, całkowicie go zdruzgotał. Było oczywiste, że nic sobie z tego nie robiła; bez wątpienia nie był pierwszym głupcem, który próbował ukraść jej pocałunek pod gwiazdami. Cóż, Mario prawdopodobnie zrobił dokładnie to samo!

Drzwi gospody otworzyły się, gdy tylko do nich dotarli, i stanął w nich Alex, najwyraźniej wychodzący, by ich poszukać. Uśmiechnął się i skinął głową z aprobatą, widząc ich.

— Dobrze. Marianne i Clarissa poszły na górę, Diano, jeśli jesteś gotowa do nich dołączyć.

— Tak — powiedziała i puściła ramię Willa. Odeszła bez pożegnania, bez choćby jednego spojrzenia w tył, a on zapragnął wyciągnąć rękę, przyciągnąć ją z powrotem, objąć i ponownie skosztować jej miękkich ust, tym razem porządnie. Nawet jeśli zrobienie tego na oczach jej wuja mogło prowadzić tylko do jednego wniosku.

— Myślę, że jeszcze się trochę przejdę — powiedział Will do Alexa, ignorując pytające spojrzenie drugiego mężczyzny. — Nie jestem jeszcze zmęczony.

— Przejdę się z tobą — rzekł Alex ku jego przerażeniu. — Szkoda byłoby zakładać kapelusz i płaszcz na próżno.

Pewien, że zaraz znów będzie przepytywany, Will nie mógł się zrelaksować, gdy obaj ruszyli z powrotem brukowaną uliczką w stronę kościoła. Alex nic nie mówił, dopóki nie dotarli na plac, a wtedy odezwał się pozornie bez związku, nie patrząc na Willa, lecz wpatrując się w gwiazdy.

— Zrobiłem małe rozeznanie, kiedy byliśmy w Wenecji. Ponieważ Włochy to kraj katolicki, byłem ciekaw, w jaki sposób dwoje obywateli angielskich, którzy są protestantami, mogłoby zawrzeć prawnie uznany ślub. Gdyby oczywiście nadarzyła się sytuacja, w której dwoje takich ludzi mogłoby sobie tego życzyć.

Will był wdzięczny za ciemność. Oznaczała, że Alex nie widział ognistego rumieńca, który oblał jego twarz. Nic nie powiedział, nie ufając swojemu głosowi.

— Okazuje się, że wystarczy, aby taka para znalazła anglikańskiego kapelana — oczywiście przy każdej ambasadzie Jego Królewskiej Mości jest jeden — który udzieli im ślubu, a następnie dostarczy im zaświadczenie do złożenia po powrocie do Anglii, w Międzynarodowych Aktach przechowywanych w Doctors' Commons, co jest rejestrem urodzeń, małżeństw i zgonów brytyjskich poddanych za granicą.

— Rozumiem — powiedział Will, gdy Alex zrobił znaczącą pauzę, najwyraźniej czekając na jego odpowiedź. Jego głos zabrzmiał irytująco piskliwie, więc zacisnął usta.

— Koszt zarejestrowania takiego dokumentu to jeden funt. Co oczywiście może przekraczać możliwości niektórych marynarzy z Royal Navy lub floty handlowej, którzy poślubili żony za granicą, ale z pewnością leży w zasięgu arystokraty, którego dziedzic musi być bezsprzecznie prawowity.

Will wydał z siebie niewyraźny dźwięk.

Alex westchnął, odwrócił się do niego i przemówił bardziej bezpośrednio:

— Nie mogę zmusić cię, żebyś ją poślubił, Balford. Ale jeśli nie widzisz, że Diana Creighton to wspaniała młoda kobieta, która byłaby dla ciebie wyjątkową żoną, to jesteś znacznie większym głupcem, niż sądziłem.

— Ależ ja to widzę! — zawołał Will, nie mogąc dłużej milczeć. — Oczywiście, że widzę! Ale za nic w świecie nie chciałbym, żeby była *zobowiązana* mnie przyjąć.

— Ach. — Ton Alexa wyrażał głębokie zrozumienie, a potem dodał: — Ale jeśli w ogóle nie złożysz propozycji, to nie będzie mogła jej przyjąć, prawda? Pozwól, że coś wyjaśnię. Moja żona i ja nigdy nie naciskalibyśmy na Dianę, by przyjęła kogoś, kogo nie chciałaby poślubić całym sercem. Jak bez wątpienia rozumiesz, tego samego nie można powiedzieć o jej rodzicach.

Will skinął głową

— Tak, dała to jasno do zrozumienia, gdy wyjaśniła, że zamierza szukać męża we Florencji.

— Powiedziała...? Oczywiście, że tak. Nie chce, żebyś czuł się zobowiązany do złożenia oferty.

Willowi opadła szczęka na tę suchą uwagę Alexa. *Czy to możliwe?*

Alex obserwował go bystro.

— Nie mamy zamiaru mówić rodzicom Diany o odrzuconej ofercie hrabiego Bardolino. Ani o żadnej innej ofercie, którą Diana mogłaby otrzymać, chyba że i dopóki nie zdecyduje się przyjąć któregoś z zalotników.

Will stał oniemiały, próbując przemyśleć konsekwencje tego, co właśnie powiedział mu Alex. Markiz obserwował go jeszcze przez chwilę, zanim położył mocną dłoń na ramieniu Willa.

— Nie do końca rozumiem, dlaczego jeszcze nie zabiegałeś o jej rękę, ale na wypadek, gdybyś czekał na moje wyraźne pozwolenie, to je masz. Chciałbym cię tylko prosić, że jeśli nie zamierzasz składać oferty, to gdy dotrzemy do Florencji, z wdziękiem usuniesz się z naszego towarzystwa.

Szok wywołany tą prośbą, wraz z instynktownym sprzeciwem, zalał Willa. Oczywiście rozumiał, dlaczego Alex o to prosił — samotny książę kręcący się wokół Diany prawdopodobnie odstraszyłby wielu potencjalnych zalotników — ale sama myśl o usunięciu się w cień, by zostawić wolną drogę rojom florenckich absztyfikantów ubiegających się o względy Diany, przyprawiała go o mdłości.

W tamtej chwili wszystko stało się dla Willa jasne. Musi wyznać swoje uczucia, i to jak najszybciej, dając Dianie do zrozumienia, że nie będzie żadnych konsekwencji, jeśli zdecyduje się odrzucić jego oświadczyny. A jeśli go odrzuci, cóż, zrobi, o co prosił Alex, i usunie się w cień. Ze złamanym sercem wątpił, czy i tak byłby w stanie spędzić w jej towarzystwie choćby godzinę dłużej.

— Cóż, skoro moja urocza żona na mnie czeka, idę do łóżka. — Alex zdjął dłoń z jego ramienia. — Nie zamarznij tu na śmierć, kiedy będziesz się zastanawiał.

ROZDZIAŁ SIEDEMNASTY

WILL SPAŁ ŹLE, ALE nie dlatego, że wciąż bił się z myślami, ani z powodu jakichkolwiek niedostatków w wygodzie zajazdowych łóżek. Nie, pół nocy spędził bezsennie, wpatrując się przez maleńkie okno w jasne gwiazdy i planując, w jaki dokładnie sposób mógłby zapewnić sobie całkowitą prywatność z Dianą, aby przedstawić swoje racje, oraz ćwicząc w myślach, co dokładnie powie, gdy mu się to uda.

Były wczesne godziny poranne, kiedy w końcu zasnął. Kiedy jednak człowiek Alexa wszedł, aby go obudzić na czas planowanego wyjazdu, wstał pokrzepiony, podekscytowany nadchodzącym dniem. Jedno postanowił z całą pewnością: oświadczy się Dianie, zanim następnego dnia dotrą do Florencji.

Oczywiście, przy śniadaniu zdał sobie sprawę, że pierwszą rzeczą, którą będzie musiał zrobić, będzie przezwyciężenie ogromnego skrępowania, wywołanego jego lekkomyślną kradzieżą pocałunku poprzedniej nocy. Diana nawet na niego nie patrzyła, kuląc się w kącie i trzymając się Clarissy jak rzep psiego ogona. Lepiej nie naciskać, zdecydował Will, gdy jego radosne poranne powitanie spotkało się jedynie z wymamrotaną odpowiedzią i spuszczonym wzrokiem. Znajdzie okazję później w ciągu dnia, by porozmawiać z nią na osobności.

Droga przez góry nadal była stroma i kamienista, chociaż Will uważał, że drogi są dość dobrze utrzymane. Choć resztę dystansu do Florencji mogli pokonać w ciągu jednego dnia, poinformowano ich, że w pobliżu znajduje się ciekawy widok, zwany Monte di Fò, prawdziwy wulkan, do którego można było podejść. Choć znajdował się zaledwie milę od drogi, nie było tam ścieżki dostępnej nawet dla koni, a dotarcie na miejsce wymagało nie lada wspinaczki przez skały. Karczmarz z Pietramali wysłał z nimi swojego nastoletniego siostrzeńca jako przewodnika, a chłopiec skakał i przeskakiwał po skałach ze zręcznością kozicy górskiej.

Will bacznie obserwował Dianę, prawie mając nadzieję, że zdecyduje, iż potrzebuje jego pomocy, ale wydawało się, że ona i Clarissa czują się całkiem komfortowo, pomagając sobie nawzajem na kamienistej ścieżce, aż w końcu dotarły na szczyt wzgórza i spojrzały w ziejącą czeluść u góry.

— Och — powiedziała Diana rozczarowanym tonem. — Spodziewałam się zobaczyć płonącą, pomarańczową lawę... Mój Boże! Widziałeś to?

Will rzeczywiście widział — buchający z otworu płomienny gaz, który wystrzelił tak blisko, że czuli jego gorąco. Instynktownie rzucił się do przodu, chcąc odciągnąć Dianę, ale ona już się cofnęła, pociągając za sobą Clarissę.

— Fuj, śmierdzi jak zgniłe jaja! — zawołała Clarissa, szybko się wycofując. Obie siostry roześmiały się, oddalając się na bezpieczniejszą (i mniej cuchnącą) odległość.

Uspokojony, że Diana nie stoi już tak blisko otworu, Will uległ własnej ciekawości i podszedł nieco bliżej. Miejscowy chłopak stał niemal na krawędzi czeluści i zdawał się uważać, że nic mu nie grozi, więc Will również podszedł, by popatrzeć. Przynajmniej do chwili, gdy przypadkiem spojrzał na Dianę i zobaczył, że wpatruje się w niego z tym samym wyrazem twarzy, który widział u stóp wieży w Bolonii, gdy błagała go, by nie wspinał się po zniszczonych schodach.

Boi się o mnie, pomyślał Will, a potem, z olśniewającą jasnością, zdał sobie sprawę: *boi się, bo jej na mnie zależy*.

Bez chwili wahania odsunął się od otworu, posyłając Dianie uspokajający uśmiech. Jej odpowiedź była uśmiechem ulgi, po czym pospiesznie odwróciła wzrok, znowu unikając jego spojrzenia.

Zależy jej na mnie. Rozkoszował się tą myślą przez całą drogę powrotną do gościńca. Może nie była to rozpaczliwa miłość, jaką on czuł do niej, ale był przekonany, że mogą zbudować małżeństwo oparte na przyjaźni i wzajemnym szacunku, i to znacznie lepsze, niż większość arystokracji kiedykolwiek będzie miała.

Pogoda pogarszała się w miarę podróży, a gdy dotarli do zajazdu w Le Maschere, gdzie planowali przenocować, padał ulewny deszcz. Przemoczony i poirytowany Will zsiadł ze swojego mokrego i zmęczonego konia i z radością oddał go stajennemu, po czym ruszył do środka, mając nadzieję, że gorące kąpiele należą do wygód, jakie zajazd może zaoferować.

Gorąca kąpiel rzeczywiście została szybko przygotowana, a po niej podano doskonałą kolację: zupę cebulową z roztopionym serem, pasztet z królika, duszone oliwki i pyszne danie z makaronu z pikantnym sosem z fasoli i pomidorów, a wszystko to podane z jeszcze większą ilością wyśmienitego włoskiego wina. Głodny po całodziennym wysiłku Will jadł łapczywie, opróżniając talerz i z radością przyjmując dokładki.

Diana siedziała na drugim końcu stołu, a pokój oświetlało tylko kilka świec, więc dopiero gdy w końcu odłożył sztućce, zauważył, że ledwo dotknęła jedzenia na swoim talerzu, jedynie przesuwając je widelcem.

— Diano — odezwał się — czy dobrze się czujesz? — Zazwyczaj jadała dość obficie, z przyjemnością próbując lokalnych przysmaków.

Kiedy podniosła na niego wzrok, zauważył, że jej oczy są szkliste. Była blada, a jej dłoń drżała, gdy uniosła ją do czoła.

— Ja... nie bardzo... — powiedziała, a potem jej oczy zamknęły się trzepocząc i bezwładnie osunęła się z krzesła, lądując bezładną kupką na podłodze.

Po raz kolejny Will był zbyt wolny, by ją złapać, choć gdy zerwał się z krzesła i rzucił się do jej boku, przyrzekł sobie, że już nigdy jej nie zawiedzie. Biorąc ją w ramiona, przycisnął dłoń do jej czoła, z przerażeniem stwierdzając, że płonie z gorączki.

Dłoń Marianne znalazła się tuż obok jego, a oczy markizy spotkały się z jego we wspólnym zrozumieniu. — Zanieś ją do jej pokoju — poleciła Marianne, a Will skinął głową, podnosząc się na nogi i trzymając Dianę blisko piersi.

Alex podszedł, wykonując gest, jakby chciał sam wziąć Dianę, a ramiona Willa zacisnęły się. — Ja ją poniosę — powiedział, starając się utrzymać głos w ryzach. — Proszę — dodał.

Alex bez słowa cofnął się, by otworzyć mu drzwi, wyprzedzając go na schodach i otwierając kolejne, by wpuścić Willa do komnaty Diany. Marianne wezwała swoją pokojówkę, a Jean już tam była, odchylając pościel, by mógł położyć Dianę, po czym stanowczo go wyprosiła.

— Dowiedz się, czy jest tu jakiś lekarz — powiedziała Marianne, mijając go, a potem drzwi zamknęły mu się przed nosem i został sam na zewnątrz.

Alex pocieszał zrozpaczoną Clarissę w salonie, w którym jedli; Will zerknął na nich na chwilę, zanim poszedł szukać karczmarza.

— Lekarz? — Mężczyzna potrząsnął głową, wyglądając na niemal rozbawionego. — Nie w Le Maschere. We Florencji.

— Jak to daleko? — Will był w pełni gotów wsiąść na konia i sprowadzić lekarza.

— Dziesięć mil, ale niełatwo będzie panu znaleźć lekarza z miasta, który zechce przyjechać aż tutaj. Ale są zakonnice w klasztorze Bosco ai Frati; to zaledwie dwie mile stąd. Przyjdą, ale rano.

— Jeśli wyślemy po nie powóz, przyjadą dziś wieczorem? Lady Diana jest bardzo chora.

Karczmarz wzruszył ramionami. — Być może. Za datek na ich zakon.

Will nie zastanawiał się ani chwili, sięgnął do surduta i wyciągnął sakiewkę. Otworzył ją i wysypał całą zawartość na ladę; spora kupa złota i trochę srebra zadzwoniły, gdy monety uderzyły o siebie. — Czy to wystarczy?

Oczy karczmarza zrobiły się okrągłe jak spodki. — Myślę, że to wystarczy, milordzie — powiedział lekko zdławionym tonem.

— Dobrze. — Will zgarnął pieniądze z powrotem do sakiewki i wcisnął ją mężczyźnie w dłoń. — Zabieram pana ze sobą, żeby ich pan przekonał. Chodźmy.

Woźnica nie był zachwycony, że wyrwano go z wygodnego pokoju nad stajniami, w którym zdążył się już rozgościć, ale obietnica dodatkowej zapłaty w końcu postawiła go na nogi i zaczął zrzędliwie pokrzykiwać na stajennych, którzy zaprzęgali konie. Konie wyglądały, jeśli już, na jeszcze mniej zadowolone niż woźnica z powrotu na deszcz, połączony teraz z ciemnością. Karczmarz dostarczył jednak kilka dodatkowych lamp do powozu i wkrótce pędzili przez noc w kierunku klasztoru, a Will szeptał ciche modlitwy, aby jego „datek" wystarczył, by przekonać zakonnice do przybycia.

Niepotrzebnie się martwił. Najwyraźniej jego zatroskany wyraz twarzy i wydukane prośby wystarczyły, ponieważ matka przełożona nawet nie zajrzała do sakiewki, którą jej podał, tylko odwróciła się, by dać znak dwóm akolitkom, które bez słowa pobiegły w głąb korytarza.

W ciągu pół godziny byli znowu w drodze do zajazdu, tym razem z dwiema zakonnicami siedzącymi na przednim siedzeniu, z dużym koszem z przyborami medycznymi umieszczonym na podłodze między ich stopami.

Nie było szans, aby Will został wpuszczony do pokoju Diany, ale równie niemożliwe było, by mógł zasnąć, dopóki nie dowie się czegoś o jej stanie. Poprosił o butelkę wina i usiadł samotnie w szynkowni, popijając wino i nie mogąc skupić się na książce, którą trzymał na kolanach.

Jakiś czas po północy usłyszał ruch na górze, otwieranie i zamykanie drzwi, po czym wszystko znowu ucichło. Kilka minut później po schodach zeszły kroki i do szynkowni weszła Marianne.

— Alex mówił, że chyba jeszcze nie śpisz. — Patrząc na butelkę wina przed nim, wzięła z lady kolejny kubek, nalała sobie i pociągnęła zdrowy łyk. — Już przed przybyciem sióstr byłam prawie pewna, że Diana cierpi na grypę, ale jestem wdzięczna, że je sprowadziłeś. To wykwalifikowane pielęgniarki i dobrze się nią zaopiekują.

— Nie powinienem był trzymać jej na zimnie zeszłej nocy — martwił się Will, ale Marianne potrząsnęła głową, siadając przy stole naprzeciwko niego.

— Och, jestem pewna, że nie zaraziła się wczorajszej nocy. Pokojówka, która sprzątała pokoje w hotelu w Bolonii, okropnie kaszlała i kichała w dniu naszego wyjazdu, a Diana uparła się, żeby dać jej kilka monet; ośmielę się twierdzić, że zaraziła się wtedy, a dopiero teraz pojawiają się objawy. Ani przez chwilę niech się pan nie obwinia, Balford.

Jej ton był tak rzeczowy, że Will nie mógł jej nie uwierzyć. — Tak szybko zachorowała — powiedział. — Rano, gdy zatrzymaliśmy się, by obejrzeć wulkan, wydawała się w porządku.

— Taka już jest grypa. — Marianne napiła się jeszcze wina. — Spała przez większą część popołudnia w powozie.

— Jak bardzo jest chora? — Will nie mógł wypowiedzieć pytania, które naprawdę chciał zadać; gdyby wypowiedział te słowa na głos, stałyby się bardziej realne. Mimo to czuł, jak słowa zawisają między nimi w powietrzu. *Czy ona umrze?*

— Nie będę owijać w bawełnę ani dawać panu złudnej nadziei — powiedziała Marianne, patrząc mu prosto w oczy. — Jest bardzo chora i oboje wiemy, że na grypę można umrzeć. Chociaż ten zajazd jest wystarczająco wygodny, nie jest to miejsce do pielęgnowania chorej, więc jutro rano urządzimy ją jak najwygodniej w powozie i ruszymy dalej.

— Do Florencji jest jeszcze dziesięć mil, dziesięć mil górskimi drogami, co zajmie całe godziny!

— Zostałam rzetelnie poinformowana, że droga stąd jest doskonała. Będziemy tam w niecałe trzy godziny, a Alex pojedzie przed nami, aby personel przygotował pokój dla chorej na nasz przyjazd.

Will niewiele mógł na to odpowiedzieć; Marianne najwyraźniej podjęła decyzję, a on nie miał na nią wpływu. Natychmiast postanowił, że rano będzie eskortował panie, i powiedział o tym, za co Marianne mu podziękowała.

— W takim razie najlepiej będzie, jak pan trochę odpocznie — powiedziała, dopijając resztkę wina i odstawiając kubek. — Wyruszymy tak wcześnie, jak tylko się da.

Will skinął głową, wiedząc, że ma rację. Powinien iść do łóżka i spróbować zasnąć.

Wiedział też, że i tak nie zrobi nic innego, jak tylko będzie wpatrywał się w sufit aż do rana.

ROZDZIAŁ OSIEMNASTY

Nie wyjechali tak wcześnie, jak by sobie tego życzyła Marianne, ale kilka godzin po świcie zawołała Willa na górę, by zniósł Dianę do powozu. Otulona kocem, wyglądała blado, lecz na jej policzkach płonęły szkarłatne rumieńce gorączki, a oczy miała matowe.

— Co za kłopot — powiedziała, gdy Will brał ją na ręce. — Jestem pewna, że za dzień czy dwa wszystko będzie dobrze.

— Ja również mam taką nadzieję. — Wydawała mu się mała i lekka, gdy ostrożnie znosił ją po schodach do czekającego powozu. Jej głowa opadła mu na ramię, jakby walczyła ze snem, a powieki same jej się zamykały.

Wdrapanie się z nią do powozu było niezręczne, ale w środku czekała już pokojówka Jean, która pomogła usadowić Dianę na przednim siedzeniu, na którym ułożono stos poduszek i jaśków, by było jej wygodnie.

Zarówno Marianne, jak i Clarissa wyglądały, jakby spały niewiele, ale obie zdobyły się na uśmiech dla Willa, gdy pomagał im wsiąść do powozu. Dwie zakonnice z klasztoru stały z boku, obserwując; Will poświęcił chwilę, by do nich podejść i wylewnie podziękować im za pomoc, zanim dosiadł konia i ruszył za powozem, który wytoczył się z podwórza gospody.

Will z wielką ulgą odkrył, że informacje Marianne o drodze do Florencji były prawdziwe: niedługo po wyjeździe z Le Maschere górska droga zmieniła się w znacznie łagodniejszą, wijącą się wśród niskich wzgórz, po czym otworzyła się na piękną dolinę Arno. Wokół rozciągały się żyzne pola, gaje oliwne i winnice, a wszędzie widać było wspaniałe pałace i wille.

Nie wjechali do samej Florencji, lecz okrążyli ją od północy, by dotrzeć do Villa Ginori, gdzie mieszkała ciotka Alexa. Położona na gęsto zalesionym zboczu, była niepozornym, długim, trzykondygnacyjnym budynkiem, który okazał się znacznie większy, niż wyglądał z frontu, gdy odkryli, że został zbudowany na planie kwadratu, a zatem był cztery razy większy, niż się na pierwszy rzut oka wydawało.

Ciotka Alexa Elizabeth, Contessa Ginori, czekała na nich wraz z matką Alexa, Lady Glenkellie, i prawdziwą armią służby. Will nie miał okazji, by zaproponować wniesienie Diany do środka; została porwana, zanim jeszcze zsiadł z konia, i pozostało mu jedynie podążyć za resztą do wnętrza. Powitał go cichy, siwowłosy mężczyzna w bardzo ładnym garniturze, który okazał się być Contem Ginori, właścicielem domu.

— Lord Glenkellie pojechał z jednym z moich służących po lekarza — wyjaśnił conte, wprowadzając Willa do pięknie umeblowanej biblioteki. — Przeznaczyliśmy północne skrzydło domu do użytku pańskiego towarzystwa. To paskudna grypa, która szaleje tej jesieni; mam nadzieję, że młoda dama szybko wyzdrowieje.

— Dziękuję — odparł Will, kiwając głową, gdy conte uniósł w jego stronę kieliszek i karafkę z pytającym wyrazem twarzy. Nie było jeszcze południa, ale mimo to przyjął kieliszek brandy i wypił go jednym haustem, rozkoszując się pieczeniem w gardle. — Ja... Lady Diana jest mi bardzo droga. Cokolwiek można zrobić...

Conte skinął głową, a na jego twarzy pojawił się wyraz zrozumienia. — Rozumiem. Proszę być pewnym, że otrzyma całą opiekę i uwagę, jaką tylko możemy zapewnić.

— Dziękuję. — Ku swemu wstydowi, Will poczuł, że do oczu napływają mu łzy. — Dziękuję panu bardzo.

— Wygląda pan na wyczerpanego. — Życzliwa dłoń spoczęła na jego ramieniu. — Poproszę służącego, by zaprowadził pana do pokoju... i pokazał, gdzie jest pokój Lady Diany. Proszę się nie martwić o towarzystwo; może pan jadać posiłki w swoim pokoju, dopóki jej stan się nie poprawi.

Życzliwość i zrozumienie starszego mężczyzny ścisnęły Willowi gardło. Niezdolny do mówienia bez uciekania się do bardzo niemęskiego pokazu emocji, po prostu skinął głową i wydał z siebie pomruk, ale był prawie pewien, że conte wiedział, co miał na myśli. Z kolejnym łagodnym uśmiechem, Ginori podszedł do drzwi i przywołał czekającego na zewnątrz lokaja.

Diana nigdy w życiu nie czuła się tak chora. Podczas podróży do gospody w Le Maschere czuła się zmęczona i miała lekkie mdłości, ale dopiero gdy usiedli do kolacji, a ona nie miała apetytu nawet na pysznie wyglądające potrawy podane przed nimi, zdała sobie sprawę, że może być naprawdę niedysponowana. Zamierzała wcześnie udać się na spoczynek, ale pokój zakręcił się niepokojąco, gdy spróbowała wstać, a następne, co pamiętała, to niewyraźna świadomość, że Will kładzie ją na łóżku i mówi coś o szukaniu pomocy.

Świat rozpłynął się w gorącej mgle dyskomfortu. Jej skóra była napięta i rozpalona, głowa bolała, a gardło piekło. Zaczęła kaszleć i nie mogła przestać.

Niewyraźnie świadoma krzątających się wokół Marianne, Clarissy i Jean, które rozbierały ją i wkładały w koszulę nocną, świadoma Clarissy płaczącej, gdy przykładała chłodne okłady do jej czoła, Diana pomyślała, że śni, gdy pojawiły się dwie zakonnice ubrane w ciemne habity i białe kornetty. Jedna z nich zaglądała jej w oczy, podczas gdy druga mówiła po włosku o wiele za szybko, by mogła cokolwiek zrozumieć, ale jakoś przekazała swoje intencje Jean, która zabrała się do przygotowywania herbaty.

Herbata była słodka, gęsta od miodu, o smaku cytryny i imbiru, choć nawet to nie mogło zamaskować ukrytej goryczy kory wierzby. Zakonnice pomogły Dianie usiąść i kazały jej wszystko wypić. Zanim opróżniła filiżankę, nie mogła utrzymać otwartych oczu, a one pozwoliły jej się położyć i zasnąć.

Gdy nadszedł ranek, czuła się nawet trochę lepiej, zwłaszcza po tym, jak zakonnice podały jej kolejną filiżankę swojej leczniczej herbaty. Marianne wyjaśniła, że planują udać się do Villa Ginori, gdzie będą mogli wezwać do Diany lekarza i zapewnić jej większy komfort; nie była w stanie się sprzeciwić, nawet gdyby chciała.

Will wyglądał na bladego i zaniepokojonego, gdy wszedł, by znieść ją na dół. Nagle uświadomiła sobie, że wciąż ma na sobie koszulę nocną, chociaż miała też szlafrok i była ciasno owinięta kocem; jej bose stopy wystawały na dole i czuła się dziwnie bezbronna, gdy trzymał ją blisko piersi. Była prawie pewna, że nie zdawał sobie sprawy, że dotknął jej twarzy czułym gestem, gdy sadzał ją na siedzeniu w powozie, ale pielęgnowała ten dotyk w sercu przez długi czas, rozmyślając o nim nawet w głębi gorączki, która szalała przez następne kilka dni. Trzymała się kurczowo nadziei, że może jednak mu na niej zależy.

Jazda powozem do Villa Ginori była okropna; każdy wstrząs na drodze potęgował bóle w jej ciele i ból głowy, ale nie trwało to zbyt długo i wkrótce leżała w błogo wygodnym puchowym łożu w jasnym, przestronnym pokoju, a służba krzątała się wokół niej. Marianne namawiała ją do wypicia jeszcze trochę herbaty zakonnic, a ona posłusznie ją przełknęła, chociaż bolące gardło utrudniało połykanie.

Clarissa powiedziała jej później, że spała prawie całe pięć dni, choć Diana niewiele z tego pamiętała. Pewnego dnia jednak obudziła się i znalazła w nieznanym miejscu. Clarissa spała zwinięta w kłębek na składanym łóżku obok niej, a pokojówka siedziała na krześle przy oknie i szyła.

Gardło wciąż ją drapało i bolało, ale głowę miała jasną. Rozglądając się, Diana objęła wzrokiem pokój, żółte brokatowe zasłony podwiązane przy oknach skrzydłowych, z widokiem na zielone wzgórze za nimi. Gaje oliwne, pomyślała, szarozielone pod ponurym, zachmurzonym niebem.

W pokoju było ciepło, w kominku trzaskał ogień. Diana zastanawiała się, która jest godzina; nie było widać słońca, ale nawet nie wiedziała, w którą stronę wychodziły jej okna. Spróbowała odchrząknąć; pokojówka podskoczyła i upuściła robótkę, podbiegając do łóżka i wybuchając potokiem włoskich słów, nieco zbyt szybkim, by Diana mogła je w tej chwili przetworzyć.

Gaworzenie pokojówki obudziło jednak Clarissę, która natychmiast zerwała się na nogi i krzyknęła z ulgą, widząc Dianę przytomną, po czym rzuciła się, by ją mocno uściskać.

Diana z przerażeniem dowiedziała się, że Marianne zachorowała około dwa dni po niej i położyła się do łóżka; chociaż na szczęście nie była tak chora jak Diana, wciąż odpoczywała pod ścisłym nadzorem Alexa.

— A Balford codziennie stał pod twoimi drzwiami, błagając o wieści o twoim stanie — powiedziała chytrze Clarissa, obserwując wyraz twarzy Diany, gdy ta powoli popijała filiżankę rosołu. — Był zupełnie nieprzytomny z niepokoju.

Diana rozważyła i odrzuciła wiele odpowiedzi na uszczypliwą uwagę siostry, zanim zdecydowała się oszczędzać siły. W końcu Clarissa właściwie nie zadała jej pytania.

— Opuścił willę tylko raz, odkąd przyjechaliśmy, jak sądzę — kontynuowała Clarissa, wciąż uważnie ją obserwując. — Pojechał do Florencji, żeby znaleźć bank i zrealizować czek bankierski.

Diana nie rozumiała, dlaczego ta informacja miałaby być w jakimkolwiek stopniu interesująca, i wzruszyła ramionami.

— Okazało się, że w Le Maschere wydał każdy grosz, jaki miał przy sobie. Przekazał darowiznę na rzecz klasztoru, w którym znalazł zakonnice, które przyszły się tobą opiekować. Były oszołomione. To była suma, jaką normalnie otrzymują w ciągu pół roku.

To sprawiło, że Dianie rozszerzyły się oczy i zastanawiała się, czy może zrzucić winę za zdradziecki rumieniec wpełzający jej na policzki na powrót gorączki. Ukryła jak najwięcej twarzy, biorąc kolejny łyk rosołu.

Pokojówka zerwała się, by otworzyć drzwi, do których ktoś zapukał. Trzymała je uchylone, aby ten, kto był na zewnątrz, nie mógł zajrzeć do pokoju.

Clarissa również szybko się zerwała, chwyciła szal przerzucony przez oparcie krzesła i owinęła go wokół ramion Diany. Wygładziła włosy Diany, ale Diana widziała po niezadowolonym wyrazie ust siostry, że niewiele da się z nimi zrobić; jeśli leżała w łóżku przez pięć dni, w jej naturalnie prostych włosach nie pozostałby najmniejszy ślad loków.

— Zostaw, Clarry. I nie waż mi się szczypać w policzki! — syknęła.

— Jesteś blada jak twoja pościel! Och, no dobrze. — Clarissa uśmiechnęła się do niej złośliwie. — Jestem całkiem pewna, że jemu to nie będzie przeszkadzać.

— Chyba go nie wpuścisz! — Diana zakryła usta dłonią, by stłumić cichy pisk, gdy Clarissa podeszła do pokojówki przy drzwiach, zamieniła z nią kilka słów, po czym otworzyła je na oścież i wpuściła Willa do pokoju.

Zrobił trzy szybkie kroki w stronę łóżka, po czym opanował się i zatrzymał jak wryty. Jego dłonie zacisnęły się w pięści, palce drżały, a górna część ciała pochylała się do przodu, jakby desperacko chciał podejść do niej. By wziąć ją w ramiona? Diana powiedziała sobie, że fantazjuje.

— Balford — powiedziała, świadoma wpatrzonej w nią pokojówki stojącej przy drzwiach. — Rozumiem, że to tobie zawdzięczam sprowadzenie dobrych sióstr, które opiekowały się mną tej pierwszej nocy.

Potrząsnął głową. — To nic takiego. Ja... cieszę się, że widzę cię przytomną i wyglądającą o wiele lepiej. Nieźle nas nastraszyłaś.

— To było zupełnie niezamierzone — próbowała powiedzieć, ale w połowie zdania dopadł ją kaszel.

Clarissa z niepokojem rzuciła się z powrotem do niej, ale Diana ją odgoniła.

— Musisz odpoczywać — powiedział Will, gdy próbowała odzyskać oddech, by znowu coś powiedzieć. — Przepraszam za najście, moja troska... cóż. Przepraszam. Niewątpliwie zobaczę się z tobą, gdy staniesz na nogi. — Ukłonił się, bardzo poprawnie, i wycofał się, zanim zdążyła wymyślić cokolwiek, co mogłoby go zatrzymać.

Oczywiście, i tak nic nie mogłaby powiedzieć, uświadomiła sobie Diana, gdy już wyszedł, a ona leżała z powrotem na poduszkach, czując się niewytłumaczalnie zmęczona nawet po tak krótkim siedzeniu. To, że Clarissa wpuściła go do jej pokoju nawet na tę krótką chwilę, wykraczało daleko poza granice przyzwoitości, o czym Will musiał wiedzieć. Gdyby Clarissa komuś powiedziała – albo gdyby pokojówka rozpuściła plotki! – Will mógłby poczuć się zobowiązany do oświadczyn, aby uniknąć nieodwracalnego zszargania reputacji Diany. Była pewna, że by to zrobił, poznawszy w miarę rozwoju ich przyjaźni, jak głęboko był honorowy.

Diana była na tyle szczera, by przyznać, nawet jeśli tylko przed samą sobą, że nie byłaby zbyt zrozpaczona, gdyby Will poczuł się zobowiązany do oświadczyn. Wolałaby jednak nieskończenie bardziej, pomyślała, wtulając się z powrotem w ciepłe łóżko i zamykając ciężkie powieki, żeby oświadczył się jej, bo tego chciał. Bo jego uczucia do niej były na tyle intensywne, że nie mógłby rozważać poślubienia nikogo innego.

Innymi słowy, bo kochał ją tak, jak ona jego.

ROZDZIAŁ DZIEWIĘTNASTY

Chociaż Diana czuła się znacznie lepiej od pierwszego dnia po przebudzeniu, wkrótce odkryła, że nie jest tak silna, jak sądziła. Clarissa nie chciała nawet słyszeć o tym, by wstała z łóżka wcześniej niż następnego dnia, a nawet wtedy stanowczo odmówiła, by pokojówka przyniosła Dianie suknię.

— Będę bardzo zaskoczona, jeśli sama dojdziesz do tamtego krzesła przy oknie — powiedziała Clarissa, wskazując palcem.

Do wskazanego krzesła nie było nawet dziesięciu kroków, więc Diana prychnęła, spuszczając nogi z łóżka i stawiając pierwszy krok.

Była dopiero w połowie drogi, gdy jej nogi stały się dziwnie słabe i w alarmujący sposób się pod nią ugięły. Na szczęście Clarissa była na to gotowa i objęła ją ramieniem w talii, by podtrzymać ją, gdy chwiejnym krokiem dotarła do krzesła i opadła na nie.

— Proszę, nie mów, że mnie ostrzegałaś — rzekła Diana, gdy tylko udało jej się zaczerpnąć tchu, by wydusić z siebie te słowa.

— Dobrze. — Clarissa uśmiechnęła się z wyższością, otulając kolana Diany grubym kocem. — Przyznaję, contessa Ginori mnie ostrzegła. Mówiła, że przez kilka najbliższych dni będziesz jeszcze bardzo słaba i zmęczona.

— Rzadko kiedy czułam się tak okropnie — przyznała Diana. Oparła głowę o wyściełane oparcie krzesła. — Przynajmniej nie mam wrażenia, że lada chwila zasnę. Co za piękny widok! Miałaś okazję pozwiedzać, Clarry? Proszę, powiedz, że nie siedziałaś przy moim łóżku przez cały ten czas?

— Oczywiście, że nie — odparła Clarissa. — Regularnie sypiałam we własnym łóżku, w pokoju obok. — Zaśmiała się, widząc, jak Diana marszczy brwi. — I tak nie chciałabym zwiedzać bez ciebie, Di. Wkrótce poczujesz się lepiej i pójdziemy razem. Z Balfordem, który pali się do tego, by nas oprowadzać, skoro wuj Alex jest zajęty ciocią Marianne. — Pochyliła się i rzekła poufnie: — Myślę, że ciocia Marianne może być przy nadziei. Słyszałam, jak lekarz rozmawiał z wujem Alexem i dał jej zupełnie inne zalecenia niż tobie.

— Myślałam, że mówiłaś, że nie jest jej tak źle jak mnie?

— Bo nie jest, ale wuj Alex i tak jest zdeterminowany, by otulić ją wełną! — Clarissa uśmiechnęła się szeroko. — Pozwolimy im, żeby powiedzieli nam w swoim czasie, hm?

Dianę szybko dopadła nuda; najwyraźniej nie była na siłach, by się ubrać i zejść na dół, ale zamknięcie w pokoju działało jej na nerwy. Nawet gdy Clarissa przyniosła jej przybory do rysowania i zachęcała, by naszkicowała piękny widok z okna, nie potrafiła na długo skupić uwagi.

W końcu, podczas jednej ze swoich codziennych wizyt w willi, lekarz orzekł, że w pełni wyzdrowiała, i Dianie pozwolono włożyć suknię i zejść na dół. Tam wreszcie poznała ich gospodarza, sympatycznego mężczyznę o wyglądzie dziadka, który poklepał ją po dłoni i powiedział, żeby się tym ani przez chwilę nie przejmowała, gdy przeprosiła za kłopot, jakim było zwalenie mu się na głowę w ciężkiej chorobie.

Lady Ginori i owdowiała lady Glenkellie powitały ją z otwartymi ramionami, oświadczając, że planowały już najróżniejsze rozrywki dla Diany i Clarissy, aby mogły poznać „wszystkich ich uroczych młodych przyjaciół!", i są zachwycone, że wreszcie mogą przystąpić do działania.

Protesty byłyby całkowicie bezcelowe, więc Diana uśmiechnęła się, podziękowała im pięknie i powiedziała, że ma nadzieję, iż na razie nie planują niczego zbyt forsownego, ponieważ wydaje jej się, że może męczyć się szybciej, niż by sobie tego życzyła.

Drzwi do salonu, w którym starsze damy sprawowały rządy, otworzyły się, by wpuścić wysoką postać poruszającą się nieco zbyt pośpiesznie, by zachować grację; Will wszedł do pokoju i zamarł, gdy wszystkie spojrzenia zwróciły się ku niemu. Zatrzymał się, wyraźnie się zbierając w sobie, a następnie ukłonił.

— Wybaczcie, że tak wpadłem, moje panie. Doszła mnie plotka, że lady Diana wstała już z łóżka, i musiałem sam się przekonać.

— Jakie to urocze — mruknęła lady Glenkellie i obie starsze damy odwróciły się, by spojrzeć na Dianę, która po raz kolejny musiała walczyć z rumieńcem.

— Jak Wasza Wysokość widzi, znów jestem w pełni sobą. Dziękuję za pańską troskę.

— W istocie. — Will stał przez chwilę nieruchomo, najwyraźniej niezdecydowany, po czym podszedł i przysunął sobie krzesło obok niej. — Cóż, bardzo się cieszę. Brakowało mi pani towarzystwa. I pani również, oczywiście, lady Clarissso — dodał, co było oczywistym dopowiedzeniem, które sprawiło, że Clarissa zachichotała za wachlarzem.

— Czy widział pan już wiele z Florencji? — zapytała Diana promiennie, próbując skierować rozmowę na bardziej niewinne tory i uprzedzić domysły, które malowały się na twarzach starszych pań. — Najbardziej pragnę zobaczyć Galerię Akademii oraz posąg Dawida Michała Anioła; nawet artyści, którzy wykonali jego szkice, mówią, że nie są w stanie oddać jego piękna piórem i atramentem.

— Jak dotąd ograniczyłem moje eksploracje do spacerów po Villa Ginori. — Will skłonił się lekko w stronę contessy. — Chociaż conte dał mi całą listę miejsc do zwiedzenia i postawił do naszej dyspozycji powóz z woźnicą. Gdy tylko poczuje się pani na siłach, aby wyjść, odwiedzimy Gallerię i będzie pani mogła do woli podziwiać Dawida.

— Być może na początek wystarczyłaby mniej ambitna wycieczka — zasugerowała lady Ginori. — Dlaczego nie odprowadzi pan lady Diany na krótki spacer po ogrodach, Balford? Ty zostań tutaj, panienko — zwróciła się do Clarissy. — Mam do ciebie kilka pytań, o to, co dokładnie myśleli twoi rodzice, pozwalając dziewczynie w twoim wieku jeździć po Europie! Gdybyś była moją córką, wciąż siedziałabyś w pokoju szkolnym!

Diana miała wrażenie, że lady Ginori nie wierzy w ani jedno słowo, które skierowała do Clarissy, która uśmiechnęła się do starszej kobiety bez zażenowania. Rzeczywiście, wydawało się oczywiste, że stwarzają jej okazję do bycia sam na sam z Willem. Zawahała się, lecz on nie, natychmiast podnosząc się na nogi.

— Czy mam posłać pokojówkę po pani płaszcz i kapelusz, lady Diano?

Ponieważ nie miała najmniejszego pojęcia, gdzie mogą być przechowywane jej płaszcz i kapelusz, skinęła głową i wyszła za nim do holu, gdzie wkrótce znaleziono te przedmioty, razem z peleryną i cylindrem Willa.

— Musi mi pani powiedzieć, gdy tylko zacznie pani odczuwać zmęczenie — rzekł Will, gdy opuścili willę, schodząc po czterech szerokich stopniach na wysypaną żwirem ścieżkę.

— Powiem — odparła Diana, nie wspominając, że już jest zmęczona. Uznała, że może przejść niewielki dystans, a Will zdawał się iść powoli. Opierając się na jego ramieniu, wciągnęła chłodne, rześkie, jesienne powietrze i uśmiechnęła się, zwracając twarz ku słońcu.

Była zbyt blada, pomyślał Will, i znacznie schudła; jej suknia wydawała się luźna. Piegi, których nabawiła się podczas gorącego włoskiego lata, wyraźnie odznaczały się na jej białej twarzy, ale jej brązowe oczy przynajmniej lśniły jasno, a uśmiech na twarzy napawał go ulgą. Był chory z niepokoju o nią; choroba Diany, która zbiegła się w czasie z uświadomieniem sobie własnych uczuć, dobitnie pokazała mu, jak bardzo ją kocha.

Will spędził ostatni tydzień, ćwicząc kilka różnych wersji namiętnych przemówień, w których wyznawał Dianie miłość i błagał, by za niego wyszła, ale gdy szli razem przez ogrody Villa Ginori, za nic w świecie nie mógł sobie przypomnieć ani jednego słowa z żadnego z nich.

Zamiast tego zaczął prawić banalne komunały o pogodzie i ogrodach. Diana potakiwała, mówiąc niewiele, aż wyszli spomiędzy wysokich żywopłotów na małą polanę. Fontanna pośrodku wydawała cichy plusk wody.

— Och, jak uroczo — szepnęła Diana, a widząc ławkę, Will zapytał, czy może zechciałaby usiąść na kilka minut.

— Z chęcią, dziękuję. Nie dlatego, że jestem zmęczona — dodała, jak pomyślał, nieco zbyt pośpiesznie. — Ale to bardzo ładne miejsce. Spójrz na fontannę; jak myślisz, którą boginię ma przedstawiać?

— Z łukiem i strzałą? — Woda wylewała się z czubka strzały, a także tryskała delikatnymi strumieniami u stóp bogini z białego marmuru. — To może być tylko twoja imienniczka, Diana, oczywiście.

Zarumieniła się lekko. — To mogłaby być grecka bogini, Artemida.

— We Włoszech? — Uniósł brwi. — Nie odmawiaj damie jej należnego miejsca.

Diana roześmiała się, odwróciła wzrok i znów spojrzała na posąg. — To naprawdę piękna rzeźba. Godna muzeum lub galerii. Prawie szkoda, że stoi tutaj, w prywatnym ogrodzie; zastanawiam się, ile osób ją kiedykolwiek widziało? Spójrz też na jej łuk i strzały; myślisz, że to brąz?

— Rzeczywiście — zgodził się, myśląc, że metal jest dobrze wypolerowany, mimo że woda nieustannie po nim spływa. Podejrzewał, że co najmniej jeden z ogrodników miał za zadanie dokładnie czyścić i polerować posąg przynajmniej raz w tygodniu.

— Wydaje się, że na każdym kroku we Włoszech można docenić jakieś nowe, cudowne dzieło sztuki. A to wtedy, gdy sama sceneria nie zapiera tchu w piersi. — Machnęła ręką, obejmując wzgórze wznoszące się za ogrodami i Apeniny majaczące szaro w oddali. — Muszę tu przynieść mój szkicownik — mruknęła, prawie pod nosem, a Will zastanawiał się, czy w ogóle pamiętała o jego obecności.

— Wszystko zależy od tego, jak na to spojrzysz — powiedział, a Diana odwróciła się do niego z pomarszczonym czołem.

— Co masz na myśli?

— Ktoś inny mógłby spojrzeć i pomyśleć, że to coś zwyczajnego, kolejna fontanna w ogrodzie, ale ty poświęcasz czas, by spojrzeć dłużej, i twoje oczy odnajdują coś wyjątkowego.

— Dokładnie! — Rozpromieniła się.

— Właściwie przypomina mi to ciebie.

Znów zmarszczyła na niego brwi, wyraźnie zdziwiona.

— Chyba znowu jestem nietaktowny — powiedział Will, wiedząc, że tak jest, skoro każde słowo jego przećwiczonych, pięknych przemówień całkowicie uleciało mu z głowy i improwizował na bieżąco. — Ale jak często mówiłaś mi, że uważasz się za zwyczajną, że nie ma w tobie nic wyjątkowego?

— Cóż, ale taka jestem — odparła Diana z cichym śmiechem. — Wcale nie jesteś nietaktowny, jedynie spostrzegawczy.

Potrząsnął głową. — Absolutnie się nie zgadzam. W ciągu tych ostatnich kilku miesięcy w twoim towarzystwie zdałem sobie sprawę, że jesteś zdecydowanie najbardziej niezwykłą damą, jaką znam.

Wyglądała na zaskoczoną, po czym zarumieniła się i spuściła wzrok. — Jak miło z twojej strony, że tak mówisz. Bardzo cenię naszą przyjaźń, Willu; naprawdę, nigdy bym sobie nie wyobraziła, gdy zobaczyłam cię w Wenecji i byłam tak przerażona, że cię rozpoznałam, jak bardzo się do siebie zbliżymy.

— Nigdy wcześniej nie miałem przyjaciółki — przyznał Will — ale ja również cenię naszą przyjaźń.

— Szkoda, że nie będziemy mogli kontynuować tak jak dotychczas po powrocie do Anglii. — Posłała mu smutny uśmiech. — Będziemy o wiele bardziej ograniczeni; ty przez wymagania twojej rangi, a ja przez wszystko, czego oczekuje się od niezamężnej panny, która jeszcze nie znalazła dobrej partii. Jeśli zrobię coś więcej niż uznanie cię za znajomego, zostanę uznana za zuchwałą lub skrytykowana za to, że cię ścigam, mierząc o wiele wyżej, niż córka hrabiego powinna się odważyć.

— Myślałem, że nie planujesz wracać do Anglii? — powiedział Will, chwilowo rozproszony jej przemową. — Myślałem, że planujesz znaleźć męża tutaj, we Florencji?

Diana odwróciła wzrok, ponownie patrząc na posąg bogini. — Diana łowczyni — powiedziała cicho. — Być może ona mogłaby wyruszyć na polowanie i znaleźć sobie męża, ale nie sądzę, żebym potrafiła. Może powinnam po prostu wrócić do Anglii i pozwolić rodzicom wybrać. Kochają mnie, jestem tego pewna; wybiorą starannie i wezmą pod uwagę moje życzenia.

— Nie rób tego — powiedział z przerażeniem.

— Nie wracać do domu? — Uśmiechnęła się z tęsknotą. — Przecież nie mogę zostać we Włoszech na zawsze, narzucając się dalekim krewnym, aż w końcu nadużyję ich gościnności.

— Nie to miałem na myśli. — Sięgnął po jej dłoń w rękawiczce i splótł ich palce. — Chodź ze mną.

Spojrzała na niego z ciekawością, unosząc delikatnie brwi.
— Dokąd? Masz plany podróży w dalsze strony?

— Nie, byłem z dala wystarczająco długo — przyznał Will.
— Czekały na mnie listy, gdy przybyłem do Florencji, od
mojej macochy, z których jasno wynika, że muszę wracać
do domu, i to wkrótce. Właściwie, w porcie już teraz stoi
okręt Royal Navy, dowodzony przez mojego kuzyna, który
namawia mnie, bym znalazł się na pokładzie, gdy będzie
odpływał pod koniec tygodnia.

— Och. — Spuściła wzrok. — A czy znalazłyby się również
miejsca dla naszej grupy?

— Jestem pewien, że tak, ale mówię tylko o tobie, Diano.
— Delikatnie ścisnął jej palce. — Strasznie to gmatwam,
ale prawda jest taka, że... nie mogę znieść myśli o pozostawieniu cię za sobą. Możemy wziąć ślub w ambasadzie, zanim
wyjedziemy, a po przyjeździe do Londynu zorganizować
przyjęcie...

Urwał, ponieważ opadła jej szczęka i wpatrywała się w
niego z czymś, co było ewidentnie całkowitym zaskocze-
niem. Zanim zdążyła się odezwać, odnalazł głos i wreszcie
udało mu się powiedzieć, co myślał, wyznać prawdę, którą
trzymał w sobie od tygodni.

— Nie chcę wracać do domu bez ciebie. Nie wyobrażam
sobie życia bez ciebie, Diano; powiedz, że za mnie
wyjdziesz.

ROZDZIAŁ DWUDZIESTY

Diana nie mogła wydusić z siebie ani słowa. Sparaliżował ją szok, gdy wpatrywała się w Willa, który delikatnie tulił jej dłoń w swoich i z powagą czekał na jej odpowiedź.

— Widzę, że jeszcze gorzej niż sądziłem okazywałem ci moje uczucia — odezwał się w końcu, a jego usta wykrzywił gorzki uśmiech. — Bo z twojej reakcji jasno wynika, że ani trochę nie spodziewałaś się moich oświadczyn.

— Nawet nie śmiałam o tym marzyć — zdołała w końcu wyszeptać, kręcąc głową.

— Chyba zakochałem się w tobie, jeszcze zanim opuściliśmy Wenecję — przyznał Will.

Diana podniosła drżącą dłoń do ust, a w jej oczach poczęły zbierać się łzy. — Och, *Willu* — wydyszała, a on jęknął głośno, pochylił się, odsunął jej dłoń od ust i ją pocałował.

Minęła błoga wieczność, a może tylko minuta lub dwie, zanim Will uniósł głowę i spojrzał na nią. Diana uczepiła się go, z wciąż zamkniętymi oczami, nie chcąc go puścić w obawie, że ten cudowny sen dobiegnie końca.

— Zgodziłaś się? — spytał cichym, lekko ochrypłym głosem.

Roześmiała się, w końcu otwierając oczy. — Jeszcze nie, ale myślałam, że ten pocałunek sprawił, iż stało się to kwestią sporną? Tak, jeśli jednak musisz to usłyszeć. Będziemy jednak musieli prosić o pozwolenie mojego wuja...

— Już je mam — przyznał Will.

Diana poczuła, jak jej brwi unoszą się wysoko. — Poprosiłeś go?

— Właściwie to nie, ale wydaje mi się, że wszyscy poza tobą dość dobrze rozumieli, co do ciebie czuję. Na długo zanim sam to pojąłem. Lord Glenkellie dał mi jasno do zrozumienia kilka dni temu, że nie będzie miał nic przeciwko, jeśli poproszę o twoją rękę, a ty zdecydujesz się przyjąć oświadczyny. — Ujął czule jej policzek w swoją wielką dłoń. — Powiedział mi też, że wybór będzie należał do ciebie; że ani on, ani lady Glenkellie nie zamierzają wywierać na tobie żadnej presji, byś mnie przyjęła. A nawet, jeśli odrzucisz moje zaloty, nie pozwolą, by ktokolwiek spoza naszego towarzystwa dowiedział się, że taka propozycja padła.

Diana zamrugała, powstrzymując łzy, uświadamiając sobie, jak wielką wiarę Alex i Marianne pokładali w jej osądzie. — Myślę, że i oni mieli dość trafne pojęcie o tym, co ja czuję do ciebie — przyznała — chociaż próbowałam to tłumić. Chciałam dalej cię nie lubić; byłoby o wiele łatwiej, gdybyś naprawdę był tym bezmyślnym, aroganckim draniem, za jakiego cię początkowo uważałam!

— Byłem bezmyślny i arogancki — przyznał — przynajmniej dopóki nie pokazałaś mi, że błądziłem.

Potrząsnęła głową, wsuwając dłoń pod jego ramię i pociągając go delikatnie w stronę domu. — Byłeś w żałobie po ojcu i próbowałeś uniknąć sytuacji, na którą nie byłeś gotowy, a ja byłam dosłownym ucieleśnieniem twoich obaw. Już dawno wybaczyłam ci twoje zachowanie.

— Jesteś zbyt dobra. — Uniósł jej dłoń i ucałował opuszki jej rękawiczki. Pełne miłości ciepło w jego oczach sprawiło, że zadrżała lekko, a dowód jego uczucia był dla niej szokiem, gdyż tak długo skrywała własne emocje.

— Co teraz? — zapytała, gdy wchodzili po schodach, by ponownie wejść do willi.

— Komu powinniśmy powiedzieć najpierw, masz na myśli? Śmiem twierdzić, że starsze panie obserwowały z okien salonu każdą minutę naszej interakcji.

Diana zarumieniła się na samą myśl, że ktoś mógł widzieć ich pocałunek, a jej kroki zwolniły. Chwilę później pobliskie drzwi otworzyły się z hukiem, a za nimi rozległ się szybki tupot stóp. Clarissa wybiegła zza rogu w nader niedżentelmeńskim tempie, rzuciła się na Dianę i uścisnęła ją.

— Wiedziałam, wiedziałam, że się oświadczy! Długo ci to zajęło — rzuciła Willowi wymowne spojrzenie, po czym znów mocno przytuliła Dianę. — Cieszysz się?

— „Szczęśliwa” to o wiele za łagodne słowo na to, co czuję — zachichotała Diana, przyjmując entuzjastyczny uścisk

Clarissy. — Jestem przeszczęśliwa, wniebowzięta, w siódmym niebie.

— Musimy pójść na górę i powiedzieć cioci Marianne — Clarissa chwyciła ją za rękę i pociągnęła. — Pośpiesz się! Nie, czekaj, nie spiesz się, nie chcesz się zbyt szybko zmęczyć. Balford, może wniesiesz ją na górę?

— Oczywiście — odparł dobrodusznie i z łatwością uniósł Dianę z ziemi. — A skoro mamy zostać szwagrami, myślę, że powinnaś zacząć nazywać mnie Willem.

— W takim razie musisz mówić mi Clarry. — Clarissa uśmiechnęła się do niego promiennie, po czym zaczęła wchodzić po schodach przed nimi. — Pobiegnę sprawdzić, czy ciocia Marianne przyjmuje!

— Mnie nie będzie przyjmować, więc zamienię ciche słowo z twoim wujem — zauważył Will cicho, idąc za Clarissą na górę. — Nawiasem mówiąc, to on sprawdzał, jak moglibyśmy legalnie wziąć tu ślub. Chociaż przyznaję, że od czasu przybycia do Florencji poświęciłem czas na odnalezienie nazwiska kapelana przy ambasadzie brytyjskiej i napisanie do niego. Wczoraj otrzymałem odpowiedź, że z przyjemnością udzieli ślubu obywatelom angielskim i wystawi nam świadectwo, które zabierzemy do Doctors' Commons po powrocie do Londynu.

— Naprawdę to wszystko przemyślałeś — powiedziała Diana z podziwem.

— Diana, próbowałem znaleźć sposób, by ci się oświadczyć, jeszcze zanim dotarliśmy do Bardolino. Patrzenie, jak

Mario próbuje cię zdobyć, było istną torturą, zwłaszcza gdy myślałem, że jego zaloty mogą ci się podobać!

— Och, nie. — Zaśmiała się cicho i oparła głowę na jego ramieniu. — Nie mogłabym go przyjąć... nie, gdy moje serce należało już do ciebie.

— Gdybyśmy nie byli w połowie schodów, pocałowałbym cię za to jeszcze raz — zauważył, co wywołało u niej chichot.

Dotarli do drzwi apartamentu Glenkellych, które stały otworem; tuż za progiem, z założonymi rękami i uśmiechem na twarzy, stał Alex.

— Długo ci to zajęło — powiedział do Willa, który jęknął, delikatnie stawiając Dianę na nogi.

— Tylko nie ty! Przecież nie mogłem wtargnąć do niej, gdy leżała chora w łóżku, i się oświadczyć!

— Daj mu spokój, wuju Alexie — zganiła go Diana. — W końcu przeszedł do rzeczy, nawet jeśli właśnie przyznał mi się, że minęły prawie dwa miesiące, odkąd podjął tę decyzję.

Will ze śmiechem uniósł ręce. — Przyznaję się; jestem powolny i powinienem był was wszystkich posłuchać wcześniej!

— Dopóki to przyznajesz — odparła Diana zawadiacko, po czym ścisnęła jego ramię i na gest Alexa przemknęła przez drugie drzwi do sypialni.

Diana z radością zauważyła, że Marianne wstała z łóżka i siedziała na krześle przy kominku z kocem na kolanach. Jej rude włosy były splecione w luźny warkocz zwisający przez ramię; była trochę blada, ale jej uśmiech na widok Diany był promienny. Wyciągnęła do niej rękę, mówiąc lekko ochrypłym głosem:

— Moja droga... przyznaję, że Alex widział ciebie i Willa z okna, więc mam już pewne pojęcie, dlaczego tu jesteś.

— O nie. — Siadając na podnóżku przy krześle Marianne, Diana zakryła zarumienioną twarz dłońmi. — Czy *wszyscy* nas widzieli?

— Podejrzewam, że wysłano was do tej konkretnej części ogrodów nie bez powodu.

Diana wydała żałosny pisk w dłonie, co rozbawiło Marianne, która lekko pogłaskała ją po włosach. — To byłby problem tylko wtedy, gdybyś nie chciała poślubić Balforda, moja droga...

— Ale ja chcę! — zawołała natychmiast Diana, podnosząc twarz, by spojrzeć na ciotkę. — Kocham go rozpaczliwie.

— Obserwowanie, jak zakochujecie się w sobie nawzajem, było główną atrakcją tej podróży. — Marianne czule dotknęła policzka Diany. — Jest wszystkim, czego mogłabym dla ciebie pragnąć, i myślę, że uczyni cię bardzo szczęśliwą.

Diana poczuła, jak po jej policzkach spływają łzy. Wyjęła chusteczkę z kieszeni i otarła je. — Jest dobrym człowiekiem — wyszeptała. — Myliłam się co do niego na początku.

— Każdemu mogą zdarzyć się nieporozumienia, zwłaszcza po pierwszym spotkaniu, które potoczyło się tak katastrofalnie jak wasze. To świadectwo waszych charakterów, że byliście gotowi słuchać i rozumieć się nawzajem, gdy znów znaleźliście się w swoim towarzystwie; łatwo byłoby trzymać się urazów jak rozkapryszone dzieci, ale wy tego nie zrobiliście. Jestem bardzo dumna z tego, jak się zachowałaś, Diano. Będziesz wspaniałą księżną.

— To jest jedyna rzecz, z którą jeszcze się nie pogodziłam — przyznała Diana. — Ta część z byciem księżną.

Marianne, dawniej hrabina, a teraz markiza, uśmiechnęła się do niej. — W ogóle mnie to nie martwi. Z tego, co zaobserwowałam na temat bycia księżną, wynika, że po prostu robisz, co ci się podoba, a nikt i tak nie ośmiela się cię krytykować.

— To będzie miłe, jeśli to prawda! — Diana zastanowiła się nad tym. Jedyne księżne, jakie poznała, to, zdała sobie sprawę, macocha Willa — i to bardzo przelotnie, na tym katastrofalnym balu, gdzie zemdlała u stóp Willa — a tutaj we Włoszech, trzy pokolenia księżnych Franchetti, z których tylko Valentina miała żyjącego księcia. I tak, pomyślała Diana, wszystkie te księżne robiły dokładnie to, co im się podobało, nie przejmując się najwyraźniej tym, co ktokolwiek wokół nich mógłby myśleć o ich działaniach. Nawet Valentina, która była bardzo świeżą księżną, była całkowicie obojętna na opinie innych.

— Z pewnością nie sądzę, by ktokolwiek odważył się powiedzieć o mnie coś krytycznego, odkąd zostałam markizą — zauważyła Marianne. — Chociaż może to mieć coś wspólnego z tym, że Alex groźnie spogląda na każdego, kto by się odważył!

— Albo może przez plotki, że naprawdę dokonałaś boskiej zemsty na moim ojcu, sprawiając, że zaatakował go łabędź po tym, jak był wobec ciebie niegrzeczny — powiedziała Diana z kamienną twarzą, a Marianne przez chwilę wyglądała na zszokowaną, po czym wybuchnęła śmiechem.

— Ludzie naprawdę tak mówią, prawda? O, mój Boże!

Diana postanowiła nie wspominać, że słyszała tę plotkę powtarzaną w salonach co najmniej trzykrotnie, zanim jej rodzina opuściła Londyn. Zamiast tego zachichotała razem z Marianne... i zastanowiła się, jak ranga nadaje przywileje, które sprytna kobieta może wykorzystać na swoją korzyść.

Śmiech Marianne przerwał w końcu napad kaszlu, który ustał po kilku łykach wody. — Powinnaś iść na dół — powiedziała do Diany, gdy znów mogła mówić. — Inaczej możesz odkryć, że moja teściowa i lady Ginori zaaranżowały twój ślub według własnego upodobania i nie będziesz miała nic do powiedzenia.

— Właściwie mi to nie przeszkadza — przyznała Diana, ku swojemu zdumieniu odkrywając, że to prawda. Jak większość młodych kobiet, zawsze miała mgliste marzenia o wielkim ślubie, pięknej sukni i podziwiającym tłumie, ale teraz, gdy pan młody był już wybrany, zdała sobie sprawę, że cała reszta nie ma znaczenia. Tak, chciałaby mieć ładną nową suknię i Clarissę u boku, ale gdyby było to konieczne, poślubiłaby Willa ubrana w łachmany, na nabrzeżu przed statkiem, który zabrałby ich z powrotem do Anglii.

— Cieszę się, że to słyszę — powiedziała Marianne z bystrym spojrzeniem. — Z mojego doświadczenia wynika, że młode kobiety, które zatracają się w szczegółach ślubu, zwykle nie przemyślały zbytnio samego małżeństwa, które trwa znacznie dłużej.

— Dużo myślałam o tym, jak by to było być żoną Willa — przyznała Diana.

— Naprawdę? — Marianne uniosła brwi. — Cóż, pewnego dnia, całkiem niedługo, odbędziemy rozmowę o życiu małżeńskim.

Diana lekko się zarumieniła, rozumiejąc, że ciotka mówiła o łożu małżeńskim. — Byłabym wdzięczna — powiedziała. — Moja matka niewiele mi powiedziała. Tylko na co uważać, by unikać rozpustników!

— Przydatna wiedza, ale nie wszystko, co musisz wiedzieć. — Marianne ponownie pogłaskała ją po policzku. — Nie masz się czym martwić, moja droga. Will cię kocha i jestem pewna, że będzie cię traktował z pełnym miłości szacunkiem, na jaki zasługujesz.

ROZDZIAŁ DWUDZIESTY PIERWSZY

Kiedy Diana zeszła na dół, zastała lady Ginori i starszą lady Glenkellie pochłonięte planowaniem wesela, w czym pomagała im Clarissa. Will siedział obok, wyglądając na nieco oszołomionego, lecz nie niezadowolonego. Zerwał się na nogi, gdy tylko Diana weszła do pokoju, i podszedł do niej z takim wyrazem radości na jej widok, że zrobiło jej się ciepło na sercu.

— Jesteś. Ciotka cieszy się naszym szczęściem?

— Jest wniebowzięta. — Przyjmując jego wyciągnięte dłonie, ścisnęła je lekko, wpatrując się w jego przystojną twarz. Jakąż ulgę przyniosła jej możliwość okazywania uczuć, bez konieczności ukrywania ich za fasadą czysto przyjacielskich relacji.

Majordomus wszedł, by oznajmić gościa, którym okazał się kapitan Fordham z okrętu Jego Królewskiej Mości *Swiftsure*. Diana wkrótce odkryła, że był on kuzynem Willa, gdy ten przedstawił ją jako swoją narzeczoną, na co Fordham przez chwilę wyglądał na zszokowanego, po czym ukłonił się z szacunkiem nad jej dłonią.

Jakiś czas później, gdy kapitan Fordham rozmawiał z Willem, Diana zauważyła, że zerkał na nią ukradkiem z brwiami zmarszczonymi w widocznym zakłopotaniu. Miała okropne przeczucie, że wypytywał Willa, co dokładnie sprawiło, iż Diana była odpowiednią kandydatką na przyszłą księżną Balford. Z wyrazu twarzy kapitana jasno wynikało, że z pewnością nie był pod wrażeniem jej urody.

Euforia, którą odczuwała po oświadczynach, zaczęła słabnąć, zastąpiona przez niejasne uczucie paniki. Kapitan Fordham był zaledwie pierwszym z wytwornych krewnych Willa, którzy będą patrzeć na nią w ten zakłopotany sposób, zastanawiając się, co dokładnie Will w niej widział i dlaczego wybrał właśnie ją, skoro mógł poślubić dosłownie każdą damę, jaką tylko zapragnął.

Dianę przeszył dreszcz i potarła ramiona. W ciągu kilku chwil Will znalazł się u jej boku, chwycił szal z oparcia szezlonga i otulił nim jej ramiona. — Nie możesz znów się przeziębić — mruknął cicho. — Ten dzień był dla ciebie wielkim przeżyciem, biorąc pod uwagę, że dopiero co wstałaś z łóżka. Za wiele od ciebie wymagałem.

Clarissa podeszła do niej z zaniepokojoną miną i Diana pozwoliła się przekonać, by pójść na górę i odpocząć przed kolacją. Była jednak zdecydowana wrócić do towarzystwa na posiłek i nalegała, by Clarissa pomogła jej włożyć ładną suknię i upiąć włosy.

Gdy tylko weszła do salonu, Will natychmiast znalazł się przy niej z szerokim uśmiechem. Zauważyła, że trzymał coś w dłoniach — ładnie inkrustowane drewniane puzderko.

— To dla ciebie — powiedział. — Prezent zaręczynowy, choć przyznaję, że kupiłem go w Wenecji z myślą o tobie... Może to pomoże ci uwierzyć, że przez cały ten czas byłaś w moim sercu.

Przyjmując od niego puzderko, otworzyła je i zaniemówiła na widok tego, co spoczywało wewnątrz pośród drobno pociętych pasków papieru: szklany delfin w kolorze morskim i srebrnym. Był to dokładny odpowiednik koloru kolczyków, które właśnie miała na sobie, i mógł pochodzić jedynie z huty szkła na Murano, którą odwiedzili tego dnia, gdy stali na moście nad kanałem, a on zaproponował wspólną podróż.

— Och, Willu — wyszeptała z podziwem. — Naprawdę darzyłeś mnie uczuciem... od tamtej pory?

— Dłużej. — Musnął delikatnie palcem jej policzek, a jego opuszek ledwo dotknął kolczyka. — Gdyby twoja ciotka ich dla ciebie nie kupiła, ja bym to zrobił i wymyślił jakiś sposób, by ci je dać.

— Więc zamiast tego kupiłeś mi to? — Spojrzała na niego z ciekawością. — Co byś z tym zrobił, gdybym poślubiła Mario?

— Pewnie roztrzaskałbym to w ataku szału — odparł z cierpkim uśmiechem.

Instynktownie Diana przycisnęła puzderko bliżej siebie. — Cóż, bardzo się cieszę, że tego nie zrobiłeś!

— Co tam masz, Diano? — mruknął Alex, podchodząc i nachylając się, by spojrzeć jej przez ramię. — Ależ to bardzo ładne! — Błysk w jego oku świadczył, że nie umknęło mu, iż delikatna rzeźba idealnie pasowała do jej kolczyków. — Długo to ze sobą nosiłeś, Balford.

Will wyglądał na zmieszanego, ale spojrzał Alexowi prosto w oczy. — Jakaś część mnie wiedziała, nawet w Wenecji — powiedział — że moje serce nieuchronnie należało do niej.

— Gdybyś tylko napisał do jej łaskawości księżnej, by ją o tym poinformować — wtrącił sucho kapitan Fordham, podchodząc do nich. — Była zajęta rozbudzaniem apetytów śmietanki towarzyskiej, opowiadając wszystkim, że podczas nadchodzącego sezonu wybierzesz sobie żonę. Każda dama z córką debiutantką planuje twoje usidlenie. Będą wściekłe, gdy wrócisz do Anglii już żonaty.

Will tylko wzruszył ramionami, okazując całkowitą obojętność. Diana skrzywiła się na myśl o prawdopodobnym przyjęciu w Londynie; wszystkie te rozczarowane matki stworzą bardzo nieprzyjazny komitet powitalny.

Kapitan Fordham wydawał się zainteresowany poznaniem jej, a raczej wypytaniem o jej rodzinne pochodzenie. Miała nadzieję, że dobrze sobie poradziła, ale bycie córką hrabiego z pewnością nie było niczym, czego należałoby się wstydzić, nawet jeśli jej ojciec dopiero niedawno odziedziczył tytuł po śmierci wuja.

— Nie poznałem nowego hrabiego — zauważył Fordham. — Czy pani ojciec był wychowywany na dziedzica, skoro poprzedni hrabia nie miał syna?

— Nie, poprzedni hrabia do samej śmierci wciąż miał nadzieję spłodzić syna. — Diana rzuciła przepraszające spojrzenie Alexowi, który uśmiechnął się do niej zachęcająco. — Mój ojciec kształcił się w Cambridge i studiował prawo, a następnie praktykował jako adwokat w Durham. Nie spodziewał się tytułu.

— Rozumiem. — Fordham zacisnął usta. Niemal słyszała jego myśli: *Córka adwokata wychowana na księżną?*

— Ale wie pan, jak to jest — powiedziała Diana, uśmiechając się pytająco. — Tylko bezpośredni dziedzic może sobie pozwolić na luksus życia bez konieczności wytyczania własnej ścieżki. *Panie kapitanie.*

Oczy Fordhama rozszerzyły się, po czym skłonił się jej lekko, uznając celność riposty. Kątem oka Diana dostrzegła dumny uśmiech Willa. Doceniła również to, że nie interweniował, pozwalając jej samej poradzić sobie z dociekliwością Fordhama. Fakt, że jej się to udało, znacznie podniósł jej pewność siebie.

Kapitan został na kolację, a potem usiadł obok Diany w salonie. Pomyślała, że tego wieczoru był znacznie milszy, rozluźniając się nieco, by porozmawiać o swoim statku, gdy o niego zapytała.

— A kiedy musi pan płynąć do Anglii? — zapytała.

— Nie później niż pod koniec tygodnia. — Spojrzał na nią poważnie. — Wierzę, że mój kuzyn ma nadzieję, że przynajmniej wy dwoje będziecie na pokładzie, jeśli uda mu się znaleźć kapelana, który udzieli wam ślubu przed tym terminem.

— Och, tę kwestię już rozwiązaliśmy — przerwała im lady Ginori. — Ambasador jest naszym dobrym przyjacielem. Ginori wysłał mu już liścik z prośbą o usługi kapelana. Poinformowano nas, że piątkowy poranek będzie całkowicie odpowiedni, abyśmy wszyscy udali się do kaplicy i byli świadkami zaślubin drogiego Balforda i Diany. Oczywiście, jeśli nie masz nic przeciwko, moja droga — dodała, zwracając się do Diany, wyraźnie jako refleksję po fakcie.

— Jestem wdzięczna za pani pomoc i wpływy w tej sprawie, milady, a piątkowy poranek bardzo mi odpowiada — odparła Diana zgodnie z prawdą.

Lady Ginori uśmiechnęła się do niej promiennie. — Jestem *distraite*, że nie mamy czasu na zorganizowanie ci wyprawy, ale lady Glenkellie i ja odwiedzimy jeden czy dwa składy jedwabiu i znajdziemy dla ciebie kilka bel materiału, które zabierzesz ze sobą do Anglii, abyś mogła uszyć sobie nowe stroje po przyjeździe. Nie, nie, nie chcę słyszeć żadnych sprzeciwów — uniosła dłoń, gdy Diana zaczęła protestować. — Nie mam wątpliwości, że Balford z radością będzie cię rozpieszczał, ale musisz mieć przynajmniej kilka rzeczy, którym nikt inny w Londynie nie będzie w stanie dorównać!

Diana nie miała innego wyjścia, jak tylko przyjąć dar z wdzięcznością, jednocześnie oswajając się z myślą o terminie swojego ślubu: już za trzy dni. A potem ona i Will wejdą na pokład *Swiftsure*, by wrócić do Anglii. Uświadamiając sobie, że nawet nie wie, czy Marianne i Alex planują wrócić razem z nimi, przeprosiła i przeszła na drugą stronę pokoju, by usiąść obok ciotki.

Marianne, która rozmawiała z hrabią, wyciągnęła rękę, by chwycić dłoń Diany i ścisnęła jej palce. Uprzejmy starszy pan, widząc, że Diana najwyraźniej pragnęła o coś zapytać ciotkę, po chwili zakończył rozmowę i odszedł, zostawiając je same.

— Wygląda na to, że ślub odbędzie się w piątek — zwierzyła się Diana.

— Doprawdy? A cieszysz się z tego? To bardzo szybko — powiedziała łagodnie Marianne.

— Tak. — Co do tego nie miała najmniejszych wątpliwości. — Ale powrót do Anglii tak szybko... to mnie trochę denerwuje. I zastanawiałam się... czy będziecie nam towarzyszyć?

Marianne zanuciła coś cicho, spoglądając na drugi koniec pokoju, gdzie Clarissa siedziała przy pianoforte, grając delikatną melodię dla umilenia czasu towarzystwu. — Alex i ja rozmawialiśmy o tym, ale... nie. Nie w tym momencie. Wydaje mi się, że jestem w odmiennym stanie — ściszyła głos do szeptu — i czuję się okropnie. Zapewniono mnie, że to powinno minąć za kilka tygodni, ale myśl o morskiej podróży w obecnej chwili jest nie do zniesienia. Zostaniemy we Florencji jeszcze przez kilka tygodni, wybierzemy się z wizytą do Rzymu i może pomyślimy o powrocie do Anglii na wiosnę.

— A Clarissa? — spytała Diana, ale już znała odpowiedź. Marianne pozostawi wybór Clarissie, a Diana nie mogła sobie wyobrazić, by jej siostra zdecydowała się na powrót do Anglii wcześniej, niż to konieczne. Wolność, jakiej zażywały we Włoszech, była zbyt wielka, by chcieć z niej zrezygnować dla czegokolwiek innego niż miłość, jaką Diana odnalazła u boku Willa.

Następnego ranka turkot kopyt i kół za oknem zwiastował podstawienie powozu, a po kilku minutach Clarissa wpadła do pokoju Diany z szerokim uśmiechem na twarzy.

— Pospiesz się i ubieraj! Will mówi, że skoro niedługo wyjeżdżasz, nie ma czasu do stracenia!

— Czasu do stracenia? — zapytała Diana, sięgając po najbliższą suknię wiszącą w szafie.

— Na zwiedzanie Florencji, oczywiście. Dzisiaj odwiedzimy Galerię Uffizi!

Oczywiście, że Will zabrałby ją do Uffizi. Wiedział, jak bardzo nie mogła się doczekać zobaczenia legendarnej kolekcji dzieł sztuki, która się tam znajdowała. Spojrzała w jego twarz, gdy podawał jej rękę, by pomóc jej wsiąść do powozu, i uśmiechnęła się, a jego pełen miłości uśmiech w odpowiedzi dał jej do zrozumienia, że doskonale wiedział, o czym myślała.

Z Clarissą jako przyzwoitką spędzili we trójkę cudowny dzień, przechadzając się po wspaniałej kolekcji Uffizi. Will zapłacił nawet kustoszowi, by pozwolił im wejść do Korytarza Vasariego, gdzie mogli podziwiać liczne dzieła sztuki rzadko pokazywane publiczności, a także przejść nad

Ponte Vecchio do Palazzo Pitti. Zmęczeni i głodni zeszli na dół i poszli szukać czegoś do jedzenia, co znaleźli w uroczej trattorii niedaleko mostu.

Zajadając się ravioli nadziewanymi szpinakiem i miękkim serem polanymi sosem maślanym oraz pysznym chlebem opiekanym z grillowanymi pomidorami, bazylią i oliwą z oliwek, Diana pomyślała, że nigdy nie delektowała się posiłkiem bardziej, śmiejąc się i rozmawiając z Willem i Clarissą, czując się w ich towarzystwie absolutnie swobodnie. Już żałowała nadchodzącego rozstania z siostrą, ale wiedząc, jak bardzo Clarissa cieszyła się z pozwolenia na pozostanie we Włoszech, nie chciała dać po sobie poznać, jak bardzo będzie za nią tęsknić.

Wrócili przez Ponte Vecchio, by spotkać się z powozem, zatrzymując się, by zajrzeć do maleńkich sklepików złotniczych, pełnych olśniewającej biżuterii. Will zatrzymał się przy jednej z witryn, patrząc na wystawę pierścionków, po czym sięgnął po dłoń Diany.

— Chciałabyś pierścionek? Na znak mojego uczucia. Cała szkatułka z klejnotami Balfordów będzie oczywiście twoja, gdy dotrzemy do domu, ale... to jest ode *mnie*.

Osobisty dar, a nie tylko rodowy klejnot, który wiązał się z tytułem księżnej i wszystkimi obowiązkami, jakie się z nim wiązały — zrozumiała Diana. Uśmiechając się do niego, powiedziała szczerze: — Bardzo bym chciała.

Złotnik był oczywiście zachwycony, mogąc im pomóc. Próbował skierować uwagę Diany na niektóre z bardziej krzykliwych ozdób, ale po przejrzeniu jego wyboru, wskazała ona na prostszy pierścionek z bogatym, niebieskim szafirem w szlifie kaboszonowym w sercu, otoczonym płatkami kwiatów z maleńkich diamentów.

— Doskonały wybór — powiedział złotnik, słabo ukrywając rozczarowanie, ale ożywił się, gdy Will wskazał na stos ciężkich, złotych bransolet i powiedział, że weźmie dwie. Diana była zaskoczona, gdy w powozie wyjął bransolety i podał je Clarissie.

— Nie będę już z tobą, by się tobą opiekować — powiedział — i chociaż jestem pewien, że lord Glenkellie będzie to robił doskonale, jak czyni to od miesięcy, będziesz moją drogą siostrą i chciałbym, abyś nosiła namacalne przypomnienie o tym — a także była pewna, że będziesz miała przy sobie coś wartościowego, gdybyś tego potrzebowała.

Diana nie mogłaby go kochać bardziej, gdy Clarissa przełknęła ślinę i wsunęła bransolety na nadgarstki, podziwiając ich delikatny blask, zanim rzuciła się przez powóz, by uścisnąć Willa.

— Dziękuję ci za to — wyszeptała Diana do Willa, gdy Clarissa usiadła z powrotem na swoim miejscu.

Will ścisnął jej dłoń i musnął lekko wargami jej włosy. — Wiem, jak bardzo będziesz za nią tęsknić — powiedział cicho — i żałuję, że cię od niej zabieram. To najmniej, co mogę zrobić, by choć trochę cię uspokoić, że zawsze będzie miała przy sobie środki, gdyby kiedykolwiek ich potrzebowała.

— Kocham cię *bardzo* mocno — powiedziała Diana zaciekle, nie dbając o to, że Clarissa mogła ich usłyszeć, a w oczach Willa zapłonął jasny ogień.

— W takim razie będę jej kupował więcej biżuterii każdego dnia aż do naszego wyjazdu — powiedział w lekko żartobliwym tonie, choć jego wyraz twarzy był daleki od żartu.

Diana pomyślała, że naprawdę musi odbyć tę rozmowę z ciotką na temat nocy poślubnej. I to wkrótce.

ROZDZIAŁ DWUDZIESTY DRUGI

Cztery tygodnie później

Gdyby skłonna była wierzyć, że zła pogoda na początku jest złą wróżbą, pomyślała Diana, mogłaby teraz żądać, by statek zawrócił i zabrał ich z powrotem do Włoch.

Ledwie bowiem rozległ się krzyk obserwatora z bociniego gniazda na *Swiftsure*, że dostrzeżono ląd, zwiastujący koniec ich podróży powrotnej do Anglii, niebiosa się otworzyły i lunął rzęsisty deszcz. Nie przestał padać przez kolejne dwa dni i noce, gdy płynęli w górę Kanału, zmierzając do oczekującego ich miejsca postoju w Portsmouth.

Podróż nie należała do niewygodnych. Chociaż *Swiftsure* był okrętem wojennym, a nie jednostką przystosowaną do wygód pasażerów, wcześniej służył jako okręt flagowy floty i posiadał kwatery przeznaczone dla admirała. Kapitan Fordham z przyjemnością oddał je do dyspozycji jej i Willa. Cztery tygodnie w ciasnym pomieszczeniu z nowym mężem tylko utwierdziły Dianę w przekonaniu, że jest wyjątkową szczęściarą.

— Cumujemy właśnie przy nabrzeżu — powiedział Will ze swojego miejsca na siedzisku przy oknie, skąd z wielkim zapałem obserwował, jak statek wpływa do portu i do wyznaczonego doku. — Mój kuzyn powiedział, że pośle człowieka prosto do hotelu George, by załatwił nam pokoje, więc gdy tylko ten wróci, będziemy mogli zejść na ląd.

— Miło będzie stanąć na ziemi, która nie chwieje się pod stopami — przyznała Diana, odkładając na stół książkę, którą czytała.

— I móc rysować bez nagłego szarpnięcia, które sprawia, że ołówek przelatuje przez całą kartkę? — drażnił się z nią łagodnie Will.

— Wiesz, że to prawda! Nic dziwnego, że niemal wszystkie pejzaże morskie zdają się być malowane z perspektywy kogoś stojącego na lądzie! — zaśmiała się Diana, ale naprawdę brakowało jej rysowania, a Will o tym wiedział. Sięgnął teraz po nią, jego palce delikatnie objęły jej nadgarstek i pociągnął ją, by usiadła obok niego.

Statek już wydawał się dziwny; kołysanie, które tak długo było stałym elementem, ustało. Wzbiła się w niej fala nerwów. Teraz, gdy wrócili do Anglii, jej nowe życie jako księżnej Balford miało się naprawdę zacząć. A przynajmniej za kilka dni, gdy dotrą do Balford Priory, rodowej siedziby księstwa w Devonshire. Ponieważ do Bożego Narodzenia pozostały zaledwie cztery tygodnie, Will sądził, że jego macocha przeniosła się już do Priory na święta, i gdyby pojechali do Londynu, mogliby się z nią minąć —

lub i tak musieliby niemal natychmiast wyruszyć w dalszą drogę. Dlatego mieli zatrzymać się na dzień lub dwa w hotelu George, dopóki Will nie zdoła zorganizować dla nich odpowiedniego transportu.

Na nabrzeżu na zewnątrz panował ożywiony ruch, mężczyźni maszerowali w tę i z powrotem. W zasięgu wzroku pojawił się powóz i zatrzymał się tak blisko drewnianego mola, jak to było możliwe.

— To pewnie po nas. — Pochylając się, Will pocałował ją w skroń. — Widzisz, niosą do niego twoje kufry. Jesteś gotowa?

Książka, którą czytała, należała do kapitana Fordhama, a w kajucie nie zostało nic więcej, co należałoby do któregokolwiek z nich, więc skinęła głową.

Sam kapitan spotkał ich, gdy Will prowadził Dianę na pokład, i z uśmiechem podał jej parasol. Był niezwykle miły przez całą podróż, ale chociaż Diana czuła, że nawiązała się między nimi nić przyjaźni, podejrzewała, że wciąż żywi on pewne zastrzeżenia co do niej jako księżnej.

— Wszystko jest dla was załatwione w George — powiedział Fordham. — Rano jadę do Londynu, żeby złożyć raport w Admiralicji; wstąpię do waszej kamienicy, sprawdzę, czy księżna jeszcze tam jest, i jeśli tak, poinformuję ją, że zmierzacie do Priory.

— A dołączysz do nas w Priory na Boże Narodzenie? — zapytał Will, przyjmując parasol od kuzyna i troskliwie trzymając go nad Dianą, by osłonić ją przed deszczem.

— To zależy wyłącznie od moich panów i władców z Admiralicji, jak dobrze wiesz, ale będę miał nadzieję, że do was dołączę. — Fordham skłonił się z szacunkiem Dianie. — Wasza Wysokość, to był zaszczyt odwieźć panią do domu.

Tłumiąc instynktowną chęć dygnięcia, Diana zamiast tego królewsko skinęła głową, mówiąc sobie w duchu, że czas zacząć ćwiczyć postawę księżnej. — To była przyjemność płynąć z panem i załogą *Swiftsure*, Fordham, i przyłączam się do nadziei Willa, że wkrótce zobaczymy się w Priory.

Skłonił się ponownie, po czym odprowadził ich ze statku do czekającego powozu. Chwilę później oddalali się od zgiełku i wrzawy doków, choć jechali tylko kilka minut, nim znów się zatrzymali przed okazałym, bielonym budynkiem.

Will ponownie użył parasola, by eskortować Dianę do środka, gdzie najwyraźniej ich oczekiwano, gdyż hotelarz i jego żona czekali, by bardzo uniżenie ich powitać i zaprowadzić na górę do najlepszego apartamentu gościnnego, gdzie dla każdego z nich przygotowano osobny pokój. Fordham najwyraźniej poprosił również o służbę do ich dyspozycji, za co Diana była wdzięczna. Zdecydowanie brakowało jej usług pokojówki przez ostatnie tygodnie.

Czekała na nią gorąca kąpiel o zapachu lawendy, w której zanurzyła się z bardzo nieksiążęcym jękiem ulgi. Pokojówka pomogła jej umyć włosy, a następnie owinęła je w ręcznik do suszenia, podczas gdy Diana rozkoszowała się gorącą wodą z zamkniętymi oczami.

— Czy jest jakaś suknia, którą Wasza Wysokość chciałaby wyprasować na dzisiejszy wieczór? — zapytała nieśmiało pokojówka, podnosząc wieko kufra Diany.

— Wszystkie wymagają prania — przyznała Diana. — Żółta jedwabna jest chyba najczystsza. Na statku było za zimno, żeby ją nosić, ale nie sądzę, żebyśmy dziś wieczorem wychodzili na zewnątrz.

— Och nie, Wasza Wysokość, kucharz już przygotowuje wspaniałą kolację dla Waszej Wysokości i Jaśnie Pana. Najlepszą, jaką George może zaoferować. Na dole czeka na państwa prywatna jadalnia; jest w niej bardzo ciepło, z porządnym ogniem w kominku.

— W takim razie żółta jedwabna będzie w porządku. Obawiam się jednak, że jest okropnie pognieciona, znajdziesz ją na samym dnie.

— Ależ to piękny jedwab, Wasza Wysokość. — Dziewczyna znalazła suknię, uniosła ją i delikatnie nią potrząsnęła. — Zaniosę ją na dół do Elsie, a ona ją wyprasuje, podczas gdy Wasza Wysokość dokończy kąpiel.

— Dziękuję — powiedziała Diana, ale pokojówka już wybiegła.

Mogłabym się przyzwyczaić do tak oddanej służby, pomyślała Diana, zamykając oczy i wdychając pachnącą parę z kąpieli. Uśmiechnęła się do siebie ironicznie, gdy dotarło do niej, że po przybyciu do Balford Priory prawdopodobnie zostanie przytłoczona uwagą służby. Bez wątpienia jej teściowa uznałaby jedną pokojówkę za rażąco niewystarczającą dla orszaku księżnej i prawdopodobnie załamałaby ręce z przerażenia, odkrywszy, że Diana podróżowała z Włoch do domu nawet bez niej. W istocie była jedyną kobietą na pokładzie *Swiftsure*.

Gdy woda zaczęła stygnąć, pokojówka wróciła z jej pięknie wyprasowaną suknią. Powiesiwszy ją, pomogła Dianie wyjść z wanny, owinęła ją szlafrokiem i usadziła przy buchającym ogniu, by rozczesać jej mokre włosy.

Suchą, czystą i ubraną w świeżą suknię Dianę nagle ogarnęło zmęczenie i spojrzała tęsknie na wygodnie wyglądające łóżko z baldachimem. Pukanie do drzwi zwiastowało jednak nadejście Willa, który przyszedł zabrać ją na kolację, a burczenie w jej brzuchu przekonało ją, by zjadła, zanim pozwoli sobie zapaść w sen.

— Wyglądasz wspaniale — zawołał Will, gdy tylko pokojówka wpuściła go do pokoju. — Nie miałaś na sobie tej sukni od... Bardolino, zdaje się.

— Jesteś bardzo spostrzegawczy — zauważyła. — Była zbyt elegancka, by nosić ją w podróży, a w Florencji było już na nią za chłodno.

— Jest ci w niej pięknie. — Lekko dotknął loka jej włosów, kołyszącego się przy szyi, gdy odwróciła głowę, by na niego spojrzeć. — Ślicznie ci w żółtym. Jak promień słońca. Czuję się, jakbyśmy znów byli we Włoszech.

Nie powiedziała, że chciałaby, aby tak było; wiedziała już, jak bardzo żałuje, że musieli wyjechać i wrócić do Anglii. Zamiast tego uśmiechnęła się i wsunęła dłoń pod jego ramię. — Zobaczmy więc, czy George jest w stanie zaoferować kolację na tyle wyśmienitą, byśmy cieszyli się z powrotu do Anglii.

Gdy schodzili na dół, po schodach unosiły się pyszne zapachy, a Diana niemal poszła za swoim nosem do publicznej jadalni, ale hotelarz przechwycił ich i z wieloma ukłonami poprowadził do prywatnej sali jadalnej, małej, lecz bardzo elegancko umeblowanej, z kolejnym buchającym kominkiem, który odpędzał zimowy chłód.

Stół mógł pomieścić co najmniej dziesięć osób, a nakrycia na jego przeciwnych końcach sprawiły, że Diana spojrzała na niego z powątpiewaniem. Czyżby miała siedzieć całe dwanaście stóp od Willa i krzyczeć do niego, żeby porozmawiać? Will, patrząc na nakrycia, wybuchnął śmiechem i podszedł do stołu.

— Niedorzeczność. Niektórzy ludzie tracą zdrowy rozsądek, gdy słyszą „książę" lub „księżna". — Zgarnął noże i widelce i przeniósł je na drugi koniec, aby Diana mogła usiąść obok niego.

Z ulgą usiadła i pozwoliła mu wsunąć swoje krzesło. Chwilę później drzwi znów się otworzyły i wszedł hotelarz, a za nim dwóch lokajów i pokojówka, każdy niosący tacę z przykryciem. Diana zauważyła chwilowe wahanie, gdy zobaczyli przeniesione nakrycia, ale wszyscy szybko się opanowali i zaczęli rozkładać rozmaite dania przygotowane na ich kolację.

Ryba w śmietanowym sosie, ragout z grzybów, pasztet z cielęciny i szynki, pieczona wołowina, kotlety jagnięce w miętowym sosie, ziemniaki duchesse, marchewka i groszek na maśle, pieczone jabłka nadziewane rodzynkami i cukrem, tarty z kremem budyniowym i kruszonka wiśniowa z gęstą, żółtą śmietaną do polania zostały rozstawione, a Diana stłumiła chęć śmiechu.

— Czy to wszystko jest tylko dla nas? — mruknęła do Willa, gdy służba wyszła.

— Teoretycznie tak, ale nie martw się. — Will obdarzył ją ironicznym uśmiechem. — Nic się nie zmarnuje. Jestem pewien, że personel będzie miał późną kolację, gdy już weźmiemy z tych dań to, co chcemy.

Dianie wciąż wydawało się to absurdalnie ekstrawaganckie, ale była głodna i wszystko wyglądało przepysznie. Spróbowała ryby — soczystej, świeżej flądry — i kiwnęła głową, gdy Will uniósł butelkę wina postawioną dla nich, proponując jej kieliszek.

Dla Willa było oczywiste, że jego żona — a jakże cudownie było móc myśleć tak o Dianie! — z trudem powstrzymuje senność. Prawie przysnęła, nabierając łyżeczką kruszonki wiśniowej, a on więcej niż raz sięgnął, by upewnić się, że nie przewróci kieliszka z winem podczas posiłku.

— Jestem taka zmęczona — wymamrotała, ukrywając potężne ziewnięcie za dłonią, gdy wstawali od stołu. — Proszę, powiedz, że nie musimy jutro zrywać się o świcie.

Will planował dokładnie to, jako że hotelarz poinformował go wcześniej, że odpowiedni powóz, konie i woźnica zostały dla niego zapewnione. Jednak z pobłażliwym uśmiechem zmienił swoje plany. — Oczywiście, że nie, ukochana. Śpij tak długo, jak tylko zechcesz. Dopilnuję, by nikt ci nie przeszkadzał, dopóki nie zadzwonisz po pokojówkę.

— Będziesz... spał w swoim pokoju? — Jej wielkie, ciemne oczy spojrzały na niego, wydawała się niepewna i zrozumiał dlaczego. Na statku oczywiście nie było wolnych pokoi, spali razem każdej nocy. Diana pewnie zastanawiała się, czy planuje narzucić bardziej formalne zasady — i osobne sypialnie — teraz, gdy wrócili na angielską ziemię.

— Tylko jeśli sobie tego życzysz, ukochana — odpowiedział jej szczerze. — Chodźmy na górę i przygotujmy się do snu. Ja na przykład nie mogę się doczekać, by zanurzyć twarz w tych niebiańsko wyglądających pierzastych poduszkach!

Zaśmiała się, wyraźnie zadowolona, i ścisnęła go za ramię. Gdy jednak zbliżali się do schodów, z publicznej jadalni po drugiej stronie korytarza dobiegł ich głos.

— A toś ty, Balford?

ROZDZIAŁ DWUDZIESTY TRZECI

WILL PRZYSTANĄŁ, ODWRACAJĄC GŁOWĘ. — Amberle?

— To *naprawdę* ty! — Mężczyzna, który do nich podszedł, był niemal tak wysoki jak Will, jasnowłosy i o rumianej cerze. Wyglądał na rówieśnika Willa i wydawał się Dianie mgliście znajomy, chociaż nie potrafiła sobie przypomnieć, przy jakiej dokładnie okazji go wcześniej spotkała. — Słyszałem, że zwiałeś do Włoch, żeby uniknąć zakucia w małżeńskie kajdany... o. — Widząc Dianę pod ramię z Willem, urwał.

— Diano — powiedział szybko Will — pozwól, że przedstawię ci lorda Amberle. Chodziliśmy razem do szkoły. Amberle, moja żona, jej wysokość księżna Balford.

Wiedząc już dobrze, że Will zawsze starannie dobiera słowa, Diana zauważyła, iż nie powiedział, że on i Amberle byli przyjaciółmi. Posłała mu uprzejmy uśmiech i lekko skinęła głową, mając nadzieję, że właściwie oceniła stopień uznania, jaki księżna powinna okazać baronetowi.

— Wasza wysokość — rzekł Amberle po chwili jawnie osłupiałego milczenia. Skłonił się jej przyzwoicie. — Moje gratulacje z okazji zaślubin.

— Dziękuję. — Zdając sobie sprawę, że niegrzecznie byłoby po prostu odejść, ale czując się zbyt zmęczona na prowadzenie konwersacji, Diana lekko ścisnęła ramię Willa. — Pójdę już na górę przygotować się do snu. Może napijesz się kieliszka wina i porozmawiasz chwilę ze swoim znajomym?

Will wyglądał, jakby rozważał odmowę i pójście z nią na górę, ale wtrącił się Amberle.

— Och, doskonały pomysł! Hotelarz właśnie przyniósł butelkę bardzo dobrego porto. Chodź, potowarzysz mi chwilę, Balford, i opowiedz, co porabiałeś. Jutro jadę na Guernsey i obawiam się, że przez dłuższy czas będę pozbawiony cywilizowanego towarzystwa.

— Jeden kieliszek wina — zgodził się Will, patrząc na nią. Uśmiechnęła się, by pokazać mu, że naprawdę nie ma nic przeciwko. — Zaraz przyjdę — obiecał jej, a ona skinęła głową.

— To był zaszczyt panią poznać, wasza wysokość — powiedział Amberle z ukłonem, a ona, obdarzając go również uśmiechem, przytaknęła.

— Bez wątpienia będziemy mieli w przyszłości okazję, by lepiej się poznać, milordzie. Z niecierpliwością na to czekam.

Odwróciwszy się od nich, ruszyła w górę schodów, zakrywając przy tym dłonią ziewnięcie. Była naprawdę niesamowicie zmęczona i marzyła o tym, by zapaść się w pościel i pogrążyć w głębokim, błogim śnie. Jej kroki były powolne, gdy wspinała się po schodach, i uznała, że to pewnie jej wina, że poruszała się tak wolno, gdyż lord Amberle najwidoczniej uznał, że musiała już zniknąć z zasięgu jego słuchu, kiedy powiedział:

— Wielkie nieba, Balford, ożeniłeś się z Mdlejącym Kwiatuszkiem? Co się stało, znowu ci zemdlała? — Wydał z siebie głośny, ryczący śmiech. — Myślałem, że uciekłeś do Włoch, żeby uniknąć zakucia w kajdany z którąś z jej pokroju! Goniła cię aż tam?

Stopy Diany jakby przymarzły do podłogi. Stała na szczycie schodów, kurczowo trzymając się poręczy i z zapartym tchem czekając na odpowiedź Willa. Gdzieś w tyle głowy kołatało jej się stare porzekadło, że podsłuchujący nigdy nic dobrego o sobie nie usłyszy, ale musiała wiedzieć, co powie Will.

Brzęknęły kieliszki, drzwi się zamknęły i Diana mogłaby krzyczeć z frustracji, gdy rozległ się niski pomruk głosu Willa, a słowa stały się niezrozumiałe zza zamkniętych drzwi.

Ciężko byłoby jej teraz zejść z powrotem na dół i podsłuchiwać pod drzwiami albo wparować do pokoju i nazwać Amberle'a nieokrzesanym prostakiem, choć wielka naszła ją na to ochota. Mdlejący Kwiatuszek, doprawdy! Czując lekkie mdłości i już wcale nie będąc śpiąca, Diana odwróciła się od schodów i ruszyła do swojej sypialni, zastanawiając się, czy Will właśnie w tej chwili nie śmieje się z tego głupiego przezwiska razem z drugim mężczyzną.

— Będę ci wdzięczny, jeśli będziesz trzymał język za zębami i okazywał szacunek, mówiąc o mojej żonie, Amberle. — Will był pewien, że jego mina przypomina burzową chmurę, ale Amberle był wyraźnie podchmielony i nieświadomy niczego mówił dalej.

— Och, bez urazy, jest bardzo ładna, naprawdę, gratuluję. I całkiem bogata. Mogłeś trafić o wiele gorzej. Po prostu nie spodziewałem się, że wrócisz z Włoch zakuty w kajdany, skoro wyjechałeś, by właśnie tego uniknąć! Prawdę mówiąc, dlatego właśnie uciekam na Guernsey, żeby się ukryć i trochę odetchnąć. Moja matka znowu na mnie poluje; chce, żebym ożenił się z jakąś dziewką o końskiej twarzy i z ogromnym posagiem, by podratować rodzinną fortunę. — Amberle wzdrygnął się teatralnie. — Nie wyobrażam sobie nic gorszego.

Will stał, wpatrując się w pijanego prostaka przed sobą i zastanawiając się, jak kiedykolwiek mogło go cokolwiek łączyć z Amberle'em. Chociaż nie nazwałby go swoim bliskim przyjacielem, zawsze dobrze się dogadywali i brali udział w licznych psotach i tarapatach w czasach szkolnych. Will, jak się zdawało, dorósł przez te lata, ale Amberle najwyraźniej nie.

— Cóż, życzę ci powodzenia w unikaniu stanu małżeńskiego — powiedział w końcu, myśląc, że młoda dama, którą matka Amberle'a chciała mu wyswatać, miała wielkie szczęście. — Jeśli o mnie chodzi, stwierdzam, że bardzo mi on odpowiada.

— Byle tylko nie zemdlała na myśl o łożu małżeńskim, co! — Amberle znowu rechotał.

Will jednym haustem dokończył kieliszek wina, który podał mu milczący kelner, i odstawił go na stół, po czym ponownie wstał. — Przez wzgląd na naszą długą znajomość, lordzie Amberle, udam, że nie wygłosił pan tej uwagi — rzekł lodowato — ale jak już powiedziałem, ma się pan odnosić z szacunkiem, mówiąc o mojej księżnej.

Amberle otworzył usta, prawdopodobnie by wygłosić kolejną prostacką uwagę, ale Will uniósł dłoń, by go powstrzymać.

— W przeciwnym razie osobiście dopilnuję, by pańska matka bezzwłocznie dowiedziała się, którą z pańskich licznych posiadłości postanowił pan odwiedzić. Jestem pewien, że ona – i pańska przyszła narzeczona – z radością dołączyłyby do pana na Guernsey.

Wyraz przerażenia na twarzy Amberle'a był ewidentnie nieudawany i Will poczuł pewną dziką satysfakcję, gdy odwrócił się na pięcie i wyszedł pospiesznie, mając nadzieję, że Diana wciąż nie będzie spała, gdy dotrze do ich pokoi. Był zły, że musiał spędzić te kilka minut na uprzejmościach wobec Amberle'a. Jeśli bycie księciem miało jakąś zaletę, to z pewnością taką, że mógł ignorować ludzi, jeśli miał na to ochotę, a oni nic nie mogli na to poradzić.

Absolutnie nie miał zamiaru spędzać ani chwili dłużej, niż to konieczne, na rozmowie z niedojrzałym prostakiem, skoro mógł ten czas spędzić z Dianą.

W pokoju było ciemno i cicho, gdy wślizgnął się do środka, oświetlony jedynie słabym światłem z kominka, wygaszonego na noc i osłoniętego metalowym parawanem. Diana leżała bez ruchu niczym kłoda pod kołdrą.

Z westchnieniem Will odprawił służącego, który czekał za drzwiami, zaryglował je i zaczął się rozbierać najciszej, jak potrafił. Wsuwając się do łóżka obok niej, instynktownie sięgnął, by objąć ją w talii i przyciągnąć do siebie. Była to pozycja do snu, którą musieli przyjąć w wąskim łóżku na statku i do której bardzo szybko i z radością się przyzwyczaił.

Zaskoczyło go, że była sztywna jak deska, i wzdrygnęła się na jego dotyk.

— Diano, wszystko w porządku? — Podpierając się na łokciu, Will sięgnął do jej twarzy i z przerażeniem stwierdził, że jest mokra. — Diano! Dlaczego płaczesz?

Wtuliła twarz w jego ramię, najwyraźniej niezdolna wydusić z siebie słowa. Przytulił ją mocno i kołysał delikatnie, szepcząc jej do włosów uspokajające słowa i czując, jak drżą jej ramiona, chociaż jej szloch był cichy.

— Co się stało? — zapytał, gdy w końcu się uspokoiła. — Co cię tak zasmuciło?

— Słyszałam, co powiedział — wymamrotała w jego ramię. — Zanim zamknęły się drzwi.

Will nie pamiętał dokładnie pierwszych słów Amberle'a, ale niemal każde, które wypadło z ust tego głupca, było skrajnie obraźliwe. Warknął pod nosem.

— Słyszałaś, jak mu powiedziałem, żeby trzymał język za zębami, bo inaczej mu go wyrwę?

Jej głowa uniosła się gwałtownie. — Nie zrobiłeś tego!

— Może nie zagroziłem mu przemocą aż tak dosłownie — przyznał Will — ale dałem mu jasno do zrozumienia, że nie będę tolerował żadnego braku szacunku.

— Nie rozumiem, jak mógłbyś to powstrzymać. Dla niektórych zawsze będę... Md-Mdlejącym Kwiatuszkiem...

— Będziesz Boską Księżną, jeśli ja będę miał w tej kwestii cokolwiek do powiedzenia.

Zaśmiała się, tak jak zamierzał, nawet jeśli dźwięk był nieco drżący. Jej ramiona oplotły go, a ona przywarła do niego mocno.

— Amberle to wstrętny prostak i był pijany — powiedział jej Will — a i tak nie odważył się powiedzieć ci takich rzeczy prosto w twarz. W twoim tytule tkwi siła, której jeszcze nie poznałaś. Wierz mi, kiedy mówię, że Mdlejący Kwiatuszek zostanie całkowicie zapomniany w desperackiej walce o zaproszenie na jakiekolwiek wydarzenie towarzyskie, które postanowisz zorganizować.

— Naprawdę tak myślisz?

— Biorąc pod uwagę skandaliczne zachowanie, które przez lata uchodziło na sucho mojej macosze, wiem to na pewno

— rzekł cierpko Will. — Już dawno temu postanowiła, że nie będzie się przejmować ani trochę tym, co ktokolwiek o niej myśli, mówi i robi dokładnie to, co chce, nie zważając na nikogo – i jest fetowana jako jedna z największych oryginałek elity.

— Będę się jej uważnie przyglądać, ale nie wiem, czy kiedykolwiek będę w stanie być tak beztroska — powiedziała Diana z nutą tęsknoty w głosie.

— To, że tak bardzo przejmujesz się uczuciami innych, jest częścią tego, co tak bardzo w tobie kocham — mruknął, obsypując jej policzki i nos delikatnymi pocałunkami. Poczuł, jak uśmiecha się przy jego policzku, a część sztywności opuszcza jej ciało, gdy miękła w jego ramionach.

— Obawiam się, że będę kiepską księżną — wyznała cichym szeptem przy jego skórze.

— Będziesz wspaniała — powiedział jej z pełnym przekonaniem. — Moja Boska Księżna, doprawdy.

Zaśmiała się znowu, tym razem szczerze, zanim jej usta odnalazły jego, i przez resztę nocy nie rozmawiali już o tym więcej.

ROZDZIAŁ DWUDZIESTY CZWARTY

Dwa dni po tym, jak *Swiftsure* wpłynął do Portsmouth, wynajęty powóz, który załatwił dla nich Will, przetoczył się między dwiema bliźniaczymi, szarymi, kamiennymi kordegardami, które znaczyły wjazd na tereny Opactwa Balford.

Diana drzemała z głową opartą o jego ramię. Spędzili noc w Salisbury, ponieważ opuścili Portsmouth dopiero w południe poprzedniego dnia, a potem wstali wcześnie i podróżowali cały dzień, by dotrzeć do Opactwa przed zmrokiem, co w ten krótki zimowy dzień nie do końca im się udało. Zatrzymali się pięć mil wcześniej, by zapalić lampy powozu, i teraz toczyli się długim podjazdem do Opactwa, otoczeni jedynie niewielką plamą światła, ponieważ gwiazdy i księżyc były całkowicie zasłonięte przez chmury.

— Jesteśmy już prawie na miejscu — Will szturchnął Dianę delikatnie, gdy dostrzegł pierwsze światła w oknach Opactwa. Dom był podejrzanie jasno oświetlony, a on westchnął w duchu, podejrzewając, że jego macocha prawdopodobnie gości u siebie cały tłum. Naprawdę miał nadzieję, że jeszcze nie przyjechała i będzie miał okazję pokazać Dianie jej nowy dom bez badawczych spojrzeń śledzących każdy jej ruch.

Diana ocknęła się, przecierając zaspane oczy. — Och, jak ciemno — mruknęła, pochylając się do przodu, gdy wskazał jej coś za oknem. — Czy to Opactwo, Willu? Mój Boże, tyle okien!

— I światła w każdym z nich — wymamrotał — co każe mi sądzić, że moja macocha prawdopodobnie urządziła spore przyjęcie.

— Och. — Przełknęła ślinę, ale uśmiechnęła się odważnie, gdy wziął jej dłoń w swoją i ją uścisnął.

— Odwagi, moja Boska Księżno.

Roześmiała się cicho. — Zamierzasz się tego trzymać? Czy ja powinnam cię nazywać moim Czarującym Księciem?

— Jeśli sobie życzysz. Jestem jednak zdeterminowany, byś nigdy nie była określana żadnym innym przezwiskiem.

— Tak bardzo cię kocham — powiedziała, a jej oczy zalśniły szczęściem. Will pochylił się, by ukraść jej pocałunek, zanim powóz wreszcie zatrzymał się u podnóża schodów.

Gdy Diana wysiadała z powozu, z dłonią bezpiecznie spoczywającą w dłoni Willa, wyczuła jego napięcie.

Oczywiście, pomyślała. W końcu wyjechał do Włoch, żeby uniknąć konieczności wejścia w buty ojca i przejęcia całej odpowiedzialności za bycie księciem Balford. Jego powrót był zarówno nieunikniony, jak i konieczny, ale najwyraźniej wciąż go to dotykało... i równie najwyraźniej robił wszystko, co w jego mocy, by stłumić to uczucie dla niej, wiedząc, jak bardzo jest zdenerwowana.

Ogarnęła ją fala miłości. Przytuliła się mocniej do jego boku i ścisnęła jego ramię, gdy wchodzili po szerokich kamiennych schodach prowadzących do głównych drzwi Opactwa. Wiedziała, że dwór był wielokrotnie odnawiany i rozbudowywany przez lata, odkąd przodek Willa otrzymał go od Henryka VIII, ale frontowe drzwi wciąż pochodziły z pierwotnego budynku – wielkie, dębowe, nabijane i okute żelazem. Otworzyły się ze złowieszczym skrzypieniem, scena jakby żywcem wyjęta z gotyckiej powieści, pomyślała z rozbawieniem.

— Wasza Łaskawość! — powiedział zszokowany głos, gdy w holu ukazała się postać starszego mężczyzny, na co najmniej sześćdziesiąt lat, jak oceniła Diana. — Nie mieliśmy żadnych wieści... Witamy w domu!

— Jenkins. — Na twarzy Willa pojawił się uśmiech. — Kamerdyner — szepnął Dianie do ucha, wprowadzając ją do środka.

Jenkins wpatrywał się w nią z wytrzeszczonymi oczami. — Wasza Książęca Mość? — zapytał pytająco.

— Masz całkowitą rację, Jenkinsie. Jej Książęca Mość... księżna Balford. — Will uśmiechnął się szeroko, wyraźnie zachwycony szokiem starego sługi.

Jenkins jednak szybko odzyskał rezon, kłaniając się głęboko Dianie, zanim jeszcze zamknął drzwi.

— Miło mi pana poznać, Jenkinsie, i w końcu być w Opactwie — odpowiedziała na jego serdeczne powitanie.

— Czy mogę wziąć pani kapelusik i płaszcz, Wasza Książęca Mość? — poprosił, a ona skinęła głową, pociągając za wstążkę pod brodą, by zdjąć kapelusz.

— Kto to, Jenkinsie? — zawołał kobiecy głos. — Nie spodziewamy się dziś nikogo więcej, a właśnie mamy siadać do kolacji. Czy to coś, czym muszę się zająć?

— Tylko jeśli chcesz powitać w domu mnie i moją nową żonę, Julianne — odparł Will.

Zapadła chwila zszokowanej ciszy, po czym jego macocha, jak Diana przypuszczała, teraz już księżna wdowa, ukazała się w zasięgu wzroku, wychodząc z drzwi po jednej stronie ogromnego, wyłożonego marmurem holu.

— William? — powiedziała Julianne z rozdziawionymi ustami. — I twoja... *żona*?

Diana dobrze pamiętała księżną z pechowego balu, na którym po raz pierwszy spotkała Willa – i zemdlała u jego stóp – ale wydawało się, że Julianne w ogóle jej nie pamięta, bo księżna wpatrywała się w nią bez najmniejszego śladu rozpoznania.

— Spotkałyśmy się już, moja pani, ale być może pani nie pamięta — powiedziała, wykonując płytki dyg.

— Diana jest córką hrabiego Creighton — podpowiedział Will.

Oczy Julianne rozszerzyły się. — Ta... ach, *faktycznie* panią pamiętam. Kiedy... gdzie...

— Czy powiedziałaś, że to Balford wrócił? — zawołał podekscytowany głos za plecami Julianne i do holu wyszła jakaś dama, a za nią następna, potem dwóch dżentelmenów i bardzo ładna dziewczyna w wieku około szesnastu lat, którą Diana podejrzewała o bycie przyrodnią siostrą Willa, Reginą. Miała jego ciemne włosy i głęboko niebieskie oczy, a ten sam dołeczek błysnął na jej brodzie, gdy uśmiechnęła się z zachwytem.

Dwie bardzo elegancko ubrane młode damy dołączyły do rosnącego tłumu, obie natychmiast zaczęły się puszyć i przysuwać bliżej Willa, posyłając mu ponętne uśmiechy. Diana wzdrygnęła się w duchu na widok kontrastu między sobą, zmęczoną i brudną po podróży, a ich świeżym blaskiem, ale Will nie odsunął się od niej ani na krok.

— Myślę, że może wszyscy powinniśmy wrócić do salonu — powiedział — abym mógł zwrócić się do wszystkich, a potem może ty i Regina będziecie nam towarzyszyć do gabinetu... i może Rebecca też mogłaby zejść, żeby nas powitać w domu?

Julianne wydawała się być w szoku; skinęła tylko głową i odwróciła się, by pójść za Willem, który poprowadził Dianę do bardzo okazałego salonu. Rozejrzała się, próbując wszystko ogarnąć; pokój był wyłożony boazerią z pięknego złotego dębu, na ścianach wisiały eleganckie pejzaże w złoconych ramach, gustowne meble obite były niebiesko-złotą tkaniną pasującą do ciężkich zasłon zaciągniętych przed ciemnością na zewnątrz. Światło biło z co najmniej tuzina kandelabrów, co aż nadto ułatwiało dostrzeżenie chciwych wyrazów twarzy wszystkich zwróconych w ich stronę.

W pokoju było około dwudziestu osób, jak oceniła Diana, wszyscy ubrani zgodnie z najnowszym krzykiem mody i każdy z nich wpatrywał się w nią, najwyraźniej zastanawiając się, kim jest i dlaczego trzyma Willa pod ramię. Niemal czuła na sobie presję tych wszystkich spojrzeń, ciężar ich oceny, gdy lustrowali jej strój i osobę.

— Droga rodzino i przyjaciele — zaczął Will, gdy Regina zamknęła drzwi — zanim was wszystkich powitam i powiem, jak bardzo cieszę się, że wróciłem do domu, pozwólcie, że przedstawię wam moją żonę, Dianę, księżną Balford.

Te słowa były jak kamień rzucony w spokojną toń; najpierw absolutna cisza, a potem na zewnątrz zaczęły rozchodzić się gniewne szepty. Jedna z eleganckich młodych dam wydała z siebie dramatyczny, cichy jęk i osunęła się na bok, mdlejąc. Na szczęście siedziała na kanapie obok dość postawnej starszej damy, więc miała miękkie lądowanie na jej kolanach.

Spojrzenie Willa przesunęło się w bok, na Dianę. Uśmiechnął się złośliwie.

Walcząc z nagłym i skrajnie niestosownym śmiechem, lekko uszczypnęła go w nadgarstek.

Regina jako pierwsza do nich podeszła, wyciągając się, by pocałować Willa w policzek, i chwytając dłonie Diany z przyjaznym uśmiechem. — Tak bardzo się cieszę, drogi bracie. Gratulacje. I witaj w naszej rodzinie, Wasza Książęca Mość.

— Proszę, mów mi Diana — powiedziała szybko, wdzięczna za ciepłe powitanie Reginy. — Mam już trzy siostry, ale cieszę się, że zyskam jeszcze dwie w tobie i Rebecce. Will tak wiele mi o was opowiadał.

— Niestety, nam nie powiedział o tobie ani słowa, mimo że regularnie wysyłał listy, gdy był poza domem — powiedziała Regina, rzucając Willowi karcące spojrzenie. — Poznaliście się we Włoszech?

— Spotkaliśmy się po raz pierwszy w Londynie, ale tak naprawdę wpadliśmy na siebie ponownie w Wenecji, gdy oboje byliśmy gośćmi waszych kuzynów, Franchettich — odpowiedział Will.

— *Pani* zna Franchettich? — wykrzyknęła Julianne do Diany. — Jak?

— Księżna Marietta jest kuzynką męża mojej ciotki — powiedziała Diana, a potem, zdając sobie sprawę, że wszyscy słuchają z uwagą, postanowiła wspomnieć o tytule Alexa. — Markiza Glenkellie.

— W istocie, powiązania rodzinne. Ponadto nowa księżna, Valentina, i Diana szczególnie się zaprzyjaźniły — wtrącił Will, najwyraźniej postanawiając również wykorzystać włoskie koneksje książęce. — Prawdę mówiąc, Valentina miała nadzieję wyswatać Dianę ze swoim bratem, conte di

Bardolino, ale obawiam się, że pokrzyżowałem jej plany, samemu zdobywając względy Diany.

Nie do końca tak to wyglądało, ale Diana nie miała nic przeciwko temu, że Will nieco zmienił historię. Jeśli wieści dotarłyby do uszu jej matki, z pewnością bardziej by ją ucieszyła wersja, w której Diana wybrała księcia zamiast hrabiego, niż prawda, że odrzuciła hrabiego, nie mając najmniejszego pojęcia o uczuciach Willa.

— Cóż. — Julianne spojrzała to na Willa, to na Dianę, a w końcu przybrała dość wymuszony uśmiech i odwróciła się. — Skoro już wszyscy widzieliście, że mój pasierb jest rzeczywiście cały i zdrów – i znów w domu, ze swoją nową narzeczoną – obawiam się, że muszę was prosić o wybaczenie, ale musimy odbyć małe spotkanie *en famille*. Kolacja zaraz będzie podana, a ja dołączę do państwa później. Lady Susan, może pani zechce zastąpić mnie u szczytu stołu?

Nie dała drugiej damie szansy ani na przyjęcie, ani na odrzucenie propozycji, zgarniając Willa, Dianę i Reginę i raźno wyprowadzając ich z pokoju, zanim ktokolwiek inny zdążył się odezwać.

Will przejął inicjatywę, prowadząc Dianę wzdłuż holu i bocznym korytarzem, aż weszli do gabinetu, ciepło oświetlonego i znowu luksusowo umeblowanego. Przy kominku stała dziewczyna w wieku około trzynastu lat; ona również miała ciemne włosy i niebieskie oczy Willa, które rozjaśniły się, gdy ich zobaczyła.

— Will! — Niemal rzuciła się do przodu, ale jej entuzjazm został ostudzony przez ostre spojrzenie Julianne. Will jednak roześmiał się i wyciągnął ręce, by ją uścisnąć.

— Jakże urosłaś, Rebecco! Przysięgam, że musisz być już wzrostu Reginy!

— Jest — powiedziała Regina sucho — i pewnie wkrótce mnie przerośnie, jestem pewna. — Jej uśmiech był jednak czuły i Diana wywnioskowała, że siostry darzą się dużą sympatią.

Oczywiście, przedstawienie musiało zostać powtórzone dla dobra Rebecci.

— Ożeniłeś się? — wykrzyknęła Rebecca. — Ale dlaczego? Mówiłeś, że nie ożenisz się, dopóki nie zobaczysz, że Reggie i ja jesteśmy bezpiecznie wydane za mąż!

Will wzdrygnął się, zerkając na Dianę. — Cóż. Taki był plan. Ale chyba nie wziąłem pod uwagę, że zakocham się bez pamięci, rozumiesz.

— Och! — Regina i Rebecca chwyciły się za serca i spojrzały rozmarzonym wzrokiem; Diana zauważyła, że Julianne wyglądała na znacznie bardziej cyniczną.

— Obawiam się, że zrobiłam na Willu okropne pierwsze wrażenie — powiedziała, postanawiając chwycić byka za rogi — mdlejąc na niego podczas naszego pierwszego spotkania w Londynie, więc mieliśmy pewną historię do przezwyciężenia, gdy spotkaliśmy się ponownie w Wenecji.

— Cieszę się, że mogę powiedzieć, iż nie zajęło mi długo rozpoznanie wszystkich twoich najwspanialszych cech, chociaż byłem okropnie powolny w przyznawaniu się do własnych uczuć — wyznał Will, a jego palce zacisnęły się na jej dłoni.

— Musisz być zmęczona — powiedziała w końcu Julianne — i pewnie głodna. Skoro omija nas kolacja, pozwolę sobie zamówić tace do naszych pokoi... och. — Zamilkła. — Willu... ja wciąż zajmuję komnatę pani domu...

— I musi pani nadal ją zajmować — powiedziała Diana szybko. Rozmawiali już o tym z Willem podczas niekończących się dni na statku. — Will mówił mi, że obok jego apartamentu znajduje się przeuroczy zestaw pokoi; będą dla mnie idealne.

Will właściwie chciał powiedzieć Julianne, żeby się nie martwiła, ponieważ Diana po prostu zamieszka w jego, jak się okazało, dość pałacowym apartamencie, ale Diana nie chciała szokować swojej nowej teściowej.

— Szmaragdowy Apartament? — Julianne zacisnęła usta. — Obecnie zajmują go lord i lady Altmere.

— W takim razie Diana będzie musiała dzielić pokój ze mną, dopóki nie wyjadą — powiedział Will stanowczo, obejmując Dianę w talii. — Właśnie opuściliśmy znacznie ciaśniejsze kwatery na statku, Julianne; w moim apartamencie będzie nam całkiem wygodnie.

Julianne wyglądała na zbulwersowaną, ale rzuciła szybkie spojrzenia na Reginę i Rebeccę i powiedziała tylko: — Możemy to omówić później.

Will otworzył usta, być może by powiedzieć coś nietaktownego, ale Diana odezwała się pierwsza, szybko.

— Przyznaję, że to był długi dzień i bardzo bym chciała wziąć kąpiel i zjeść gorący posiłek. Nie mogę się doczekać, aż lepiej was wszystkich poznam, ale mamy na to mnóstwo czasu, prawda? — Uśmiechnęła się tak przyjaźnie, jak tylko potrafiła. Regina i Rebecca odwzajemniły uśmiech; Julianne prychnęła nieco wyniośle, ale skinęła głową.

— Panie zbierają się w Salonie Egipskim po śniadaniu w swoich pokojach — zauważyła. — Może zechce pani do nas dołączyć.

— Jakże miło z pani strony, będę zachwycona — powiedziała Diana.

— Nie potrzebujesz jej zaproszenia do niczego tutaj — mruknął Will cicho do jej ucha, gdy kilka minut później wspinali się razem po schodach. — To teraz twój dom.

— Willu, jesteś nietaktowny — upomniała go łagodnie. — Daj jej czas. Jak długo była tu panią domu? Tak, naciskała, żebyś wziął sobie żonę, ale spodziewała się nie tylko pomóc ci w wyborze tej żony, ale też mieć określony czas na wprowadzenie jej do domu i wyszkolenie jej na swoją następczynię. Z pewnością nie spodziewała się, że po prostu zjawisz się pewnego dnia i powiesz jej, że jej usługi jako gospodyni nie są już potrzebne.

— Nie zrobiłem tego! — bronił się Will, ale zatrzymał się i speszył, gdy Diana rzuciła mu cyniczne spojrzenie. — Byłem tego trochę za blisko, prawda? Tak się cieszę, że mam ciebie, Diano, by sprowadzić mnie na ziemię, gdy zaczynam zachowywać się jak arogancki książę.

Roześmiała się i ścisnęła jego ramię. — Dopóki będziesz mnie słuchał. Potrzebuję życzliwości twojej macochy; wiesz, nie mam bladego pojęcia, jak być księżną.

— Jesteś wspaniałą księżną — powiedział Will lojalnie.

— Jestem zmęczoną, umorusaną i bardzo głodną księżną, więc jeśli nie chcesz, żebym stała się opryskliwą księżną, zaczniesz się znowu ruszać i zaprowadzisz mnie do swoich komnat. W przeciwnym razie spróbuję pójść sama i bez wątpienia okropnie się zgubię w tym ogromnym miejscu. — Już przewidywała katastrofę w długich korytarzach, które wszystkie wydawały się wyglądać tak samo. Opactwo Balford było znacznie większe niż Creighton Hall, w którym udało jej się zgubić niezliczoną ilość razy w pierwszych miesiącach po przeprowadzce jej rodziny.

— Chodźmy więc. — Will poprowadził ją do apartamentu w, jak sądziła Diana, wieży stanowiącej narożnik zachodniego krańca frontowej elewacji domu. Sypialnia miała ciekawy kształt, jak ćwierć koła z jedną długą, zakrzywioną ścianą tworzącą dwa boki, w której osadzono wysokie, wąskie okna z witrażami. Było zbyt ciemno, by zobaczyć widok na zewnątrz, ale nie mogła się doczekać, by go ujrzeć rano.

Czekała na nich prawdziwa armia służby; pokojówka szybko rozpalała ogień, więcej pokojówek i lokajów krzątało się z kuframi i pudłami na kapelusze, a starszy mężczyzna, którego Diana uznała za lokaja Willa, ścielił łóżko.

— Wasza Łaskawość. — Lokaj ukłonił się z uśmiechem na twarzy. — Pozwolę sobie powiedzieć, jak wielką przyjemnością jest wreszcie widzieć pana w domu.

— Możesz, Taylorze. — Will uśmiechnął się, a na jego twarzy przemknął wyraz winy. — I czy mogę złożyć moje przeprosiny za wymknięcie się w środku nocy i zostawienie cię? Nie mam wątpliwości, że to ty znalazłeś moją notatkę i musiałeś przekazać wieści księżnej.

— To była rozmowa, o której wolałbym zapomnieć, Wasza Łaskawość — powiedział Taylor z bolesnym grymasem.

— Diano, pozwól, że przedstawię Taylora, który nie zasługuje na to, żeby mnie znosić, ale i tak to robi, bo płacę mu wyjątkowo dobrze — powiedział Will z czułym uśmiechem. — Taylorze... moja żona, lady Diana, nowa księżna.

— Wasza Książęca Mość. — Taylor wykonał elegancki, krótki ukłon w jej stronę. — W imieniu całej służby w Opactwie, mam nadzieję, że pozwoli mi pani złożyć nasze najszczersze gratulacje i życzenia wszelkiej pomyślności na przyszłość. — Zamilkł, po czym zapytał delikatnie: — Czy przywiozła pani ze sobą pokojówkę, Wasza Książęca Mość?

— Nie — przyznała Diana — obawiam się, że nie. Towarzyszyłam ciotce i wujowi we Włoszech i dzieliłam usługi pokojówki mojej ciotki, rozumie pan...

— Nie musisz niczego tłumaczyć, ukochana. — Will lekko ścisnął jej dłoń. — Skonsultuj się z ochmistrzynią i poproś ją, by przydzieliła kilka pokojówek do osobistej służby Jej Książęcej Mości, proszę, Taylorze. Możesz zechcieć zamieścić ogłoszenie o poszukiwaniu osobistej pokojówki lub poszukać rekomendacji... A może była jakaś pokojówka z domu twojego ojca...?

Diana potrząsnęła głową, ale wtedy coś przyszło jej do głowy. — Lord i lady Havers otwierali akademię szkoleniową dla służby domowej i wykwalifikowanych rzemieślników. Mogłabym napisać do lady Havers i sprawdzić, czy ma kogoś do polecenia? Wiem, że pokojówka cioci Marianne, Jean, pierwotnie pochodziła z domu Haversów i jest taka wspaniała.

— Niezłomna — zgodził się Will, najwyraźniej przypominając sobie skuteczność Jean i jej oddanie w opiece nad panią i dwiema siostrami Creighton. — Powinnaś więc napisać do lady Havers.

— A w międzyczasie nie mam wątpliwości, że wiele pokojówek chętnie będzie pani służyć, Wasza Książęca Mość — powiedział Taylor, kiwając głową. — Jeśli pan wybaczy, zajmę się państwa kąpielami, a tace powinny już tu być... ach, oto i one.

Rzeczywiście, procesja pokojówek wnosiła tace, a do nosa Diany dotarły pyszne zapachy. Niemal jęknęła, gdy w ustach zaczęła jej się zbierać ślina, i pozwoliła Willowi poprowadzić się do małego stolika przy oknie z dwoma krzesłami. Coraz więcej pokojówek i lokajów przemykało obok z dzbanami i dzbankami parującej wody, najwyraźniej idąc napełnić wannę, i nawet gdy wzięła pierwszy kęs doskonale przyrządzonej pieczonej jagnięciny, Diana pomyślała, że dość łatwo będzie się przyzwyczaić do drobnych luksusów, które towarzyszyły jej nowej pozycji.

ROZDZIAŁ DWUDZIESTY PIĄTY

Diana obudziła się sama w chłodnym świetle mroźnego poranka; słabe promienie słońca wpadały przez okna komnat Willa. Jego poduszka obok niej była zimna, co świadczyło o tym, że wyszedł już jakiś czas temu. Wstał wcześnie, by zająć się obowiązkami księstwa — pomyślała i przewróciła się na plecy. Rozejrzała się po pokoju, po raz pierwszy widząc go w pełni w świetle dnia.

Podobała jej się kolorystyka, pomyślała, przesuwając delikatnie palcami po krawędzi okrycia — szlachetnego irlandzkiego lnu adamaszkowego, który prawdopodobnie kosztował tyle, co najdroższa suknia, jaką kiedykolwiek posiadała. Tapeta była jasnoniebieska ze wzorem w przygaszonym złocie, meble z ciemnego dębu angielskiego, lecz nie tak ciężkie, jak wiele podobnych sprzętów. Solidne, z misternie rzeźbionymi zdobieniami, których wykonanie musiało zająć mnóstwo czasu. Deski podłogowe miały ten sam kolor, na tyle, na ile było je widać; prawie całą podłogę pokrywał wyjątkowo piękny dywan w odcieniach błękitu i złota. Aubusson, podejrzewała, i prawdopodobnie wart więcej niż wszystko inne w pokoju razem wzięte.

Drzwi zaskrzypiały i zobaczyła, że panel w tapecie lekko się uchyla. Ukryte drzwi, i czy były to jedyne w pokoju? Wejście do korytarzy dla służby, oczywiście, gdyż przez szparę zajrzała mała twarz, a chwilę później drzwi otworzyły się szerzej, by wpuścić nieśmiało uśmiechniętą pokojówkę.

— Jaśnie pani już nie śpi! Trza było dzwonkiem na mnie zadzwonić, no.

Akcent dziewczyny z West Country był tak silny, że Diana potrzebowała chwili, by ją zrozumieć, lecz dostrzegła sznur od dzwonka wiszący przy łóżku, na który wskazywała dziewczyna, i skinęła głową.

— Dopiero co się obudziłam. Nie martw się.

— Jeśli jaśnie pani jest pewna. To znaczy, wasza wysokość! — Dziewczyna wyglądała na przerażoną własnym przejęzyczeniem. — Co podać na śniadanie, wasza wysokość?

Diana z tęsknotą pomyślała o pysznym cappuccino i ciastkach śniadaniowych, do których tak przywykła we Włoszech, ale od tamtej pory bardzo zmęczyły ją też mdłe posiłki na statku. — Poproszę herbatę — poprosiła — i tosty, i dżem, który robi się lokalnie. Może jeżynowy?

Wkrótce dostarczono jej cztery różne słoiczki dżemu wraz z czymś, co Diana oceniła na prawie połowę bochenka idealnie zrumienionych tostów i bardzo dobrą herbatą. Służba pragnęła jej dogodzić, podejrzewała, a może była przerażona gniewem Julianne, gdyby w jakikolwiek sposób nie udało im się zaimponować nowej księżnej. Zanim skończyła jeść, mała gromadka pokojówek sprawnie pościeliła łóżko, rozpaliła na nowo w kominku, przygotowała dla niej świeże ubranie i stała w gotowości, by spełnić jej najmniejsze zachcianki.

Zdeterminowana, by dobrze zacząć, Diana uśmiechnęła się do wszystkich pokojówek i zapytała: — A teraz, która z was dobrze radzi sobie z włosami? Moje nie były porządnie ułożone od tygodni i chociaż wczoraj je umyłam, obawiam się, że czeka was rozplątywanie smutnych kołtunów!

Zgłosiły się dwie dziewczyny, a Diana podeszła do toaletki w rogu. Rozczesanie wszystkich kołtunów i ładne upięcie włosów zajęło dziewczętom sporo czasu, a jedna z nich okazała się bardzo zręczna w posługiwaniu się lokówką, tworząc śliczne małe loczki przy jej skroniach i policzkach. Diana ledwo poznała samą siebie, gdy spojrzała w lustro. Ubrana w fioletową jedwabną suknię, która była jednym z pożegnalnych prezentów od Valentiny, wyglądała na prawdziwą księżną, pomyślała. Przynajmniej na tyle dobrze, by nie przynieść wstydu Willowi, chociaż wiedziała, że musi natychmiast zacząć zamawiać ubrania do nowej garderoby.

Jedna z pokojówek zaprowadziła ją do Pokoju Egipskiego, gdzie Julianne już przyjmowała kilka innych dam. Regina i Rebecca siedziały z boku pokoju z rękami złożonymi grzecznie na kolanach, najwyraźniej po to, by obserwować i uczyć się, jak powinny zachowywać się damy. Obie wyglądały na wyjątkowo znudzone i Diana natychmiast postanowiła znaleźć sposób, by mogły jak najszybciej uciec.

Julianne przywitała ją serdecznie i przedstawiła damom: lady Altmere, lady Claire Court i lady Susan Macfarlane, która wydawała się szczególną przyjaciółką Julianne. Wszystkie trzy były w wieku Julianne, około czterdziestki według oceny Diany, i wszystkie bardzo przystojne i doskonale ubrane w najmodniejsze stroje. Przyglądały się jej uważnie, a Diana wiedziała, że oceniają w niej wszystko, od słów po ubiór, i wydają o niej osąd.

Pozwoliła im przepytywać się przez około pół godziny, opisując swoje podróże po Włoszech — i upewniając się, że wspomina o swojej ciotce, markizie Glenkellie, tak często, jak tylko zdoła — zanim ostrożnie przekierowała temat na modę nadchodzącego sezonu i przesiadła się do Reginy i Rebeki.

— A jak się miewacie obie tego pięknego poranka? — zapytała.

— Chciałabym, żeby był piękny — mruknęła Rebecca — mogłybyśmy pojechać konno, ale matka powiedziała, że jest zbyt mgliście i szaro.

Nie trzeba było długo naciskać, by odkryć, że jazda konna była jedną z wielkich pasji Rebeki. Diana przyznała, że nie jest wybitną amazonką, ale mimo to bardzo lubi konie.

— Nie mieliśmy koni, dopóki tata nie odziedziczył tytułu hrabiego, ale mama była zdeterminowana, żebyśmy posiadły wszystkie umiejętności młodych dam, w tym zdolność do jazdy. Przyznaję jednak, że bardziej lubię rysować konie niż na nich jeździć.

— Rysuje pani? — To była kolej Reginy, by się ożywić. — I maluje?

— Owszem. A ty? Akwarele czy oleje?

— Och, akwarele — chociaż bardzo chciałabym mieć okazję spróbować olejów.

— Powiedziałam to samo waszemu bratu — zwierzyła się Diana — a on od razu obiecał, że kupi mi wszystkie farby i płótna, jakich tylko zapragnę, i wynajmie instruktora, który nauczy mnie technik. Jestem pewna, że mogłabym go przekonać, że powinnaś skorzystać z tej obfitości, jeśli byś chciała?

Wyraz twarzy Reginy był czystą rozkoszą.

— Wygląda na to, że zdobyła pani moje córki — szepnęła Julianne do Diany, gdy kilka godzin później opuszczały Pokój Egipski, udając się do kolejnego pokoju, którego Diana jeszcze nie widziała, gdzie miał być podany lekki lunch.

— To urocze młode kobiety i przynoszą pani chlubę — odparła Diana.

— Hm. — Julianne spojrzała na nią z namysłem. — Nie jest pani taka, jakiej się spodziewałam — powiedziała prosto z mostu. — Spisałam panią na straty jako pustogłową idiotkę po tym incydencie z omdleniem. Ale Will nigdy by się z panią nie ożenił, gdyby tak było, bez względu na to, jak poważny był kompromis...

— Nie było żadnego kompromisu! — Diana oblała się szkarłatnym rumieńcem.

— A więc to małżeństwo z miłości? — Julianne nie wyglądała na wątpiącą. Tylko na zaskoczoną. — Nie sądziłam, że Will jest typem, który się zakochuje — przyznała. — Z pewnością w Londynie był niezwykle pragmatyczny, gdy przedstawiłam mu listę potencjalnych panien młodych do rozważenia.

Diana naprawdę nie wiedziała, co na to odpowiedzieć. — Może starał się takim wydawać, by panią zadowolić — zasugerowała w końcu — ale dosłownie uciekł z kraju, gdy nie mógł zmusić się do *pragmatycznego* wyboru jednej z pani kandydatek, ożenienia się i wejścia w buty ojca.

— Możliwe, że ma pani w tym rację. — Julianne skinęła głową, rzuciła Dianie kolejne zamyślone spojrzenie, a potem wskazała na szczyt stołu.

Diana zawahała się. — Nie jestem gotowa, by wejść w pani buty — powiedziała, próbując uprzejmie się uśmiechnąć.

— Obawiam się, że powinna była pani o tym pomyśleć, zanim wyszła za Willa i przybyła tu jako księżna — odparła Julianne z suchą ironią. — Jak sobie pościelesz, tak się wyśpisz, Diano. Są tu bardzo wpływowe damy, które obserwują, jak sobie pani radzi. Gdybym miała jakiekolwiek pojęcie, że Will może wrócić z panną młodą, oszczędziłabym pani tego, ale teraz żadna z nas nie ma wyboru. Pani *jest* księżną i musi pani zacząć się tak zachowywać, natychmiast.

To sprawiło, że Dianie ugięły się nogi. Wzięła głęboki oddech, przyciskając dłonie do brzucha, gdzie nagle zamieszkała chmara motyli.

— Jestem tu, żeby pani pomóc.

Zamrugała, zaskoczona, patrząc na Julianne.

— Raczej nie leży w moim najlepszym interesie, by patrzeć, jak pani ponosi porażkę — zauważyła sucho Julianne. — Regina wkrótce będzie miała swój debiut i chcę, żeby wypadł jak najlepiej.

A jeśli Diana okaże się katastrofą jako księżna, szanse Reginy, a później Rebeki, mogłyby zostać poważnie naruszone, поняла. Skinęła głową.

— Będziemy miały czas, żebym mogła pani pomóc. Żeby zapoznała się pani ze wszystkimi rzeczami, które będzie pani musiała wiedzieć. Niestety — Julianne posłała jej krzywy uśmieszek — przybyła pani w bardzo niezręcznym momencie i będzie pani musiała się uśmiechać i radzić sobie jak najlepiej, dopóki to przyjęcie się nie skończy.

Diana wypuściła powietrze. — Nie chcę zawieść Willa. Ani pani. Zrobię co w mojej mocy.

Uśmiech Julianne był zaskakująco ciepły. — Tyle możemy prosić. — Jej palce dotknęły łokcia Diany, delikatnie ją prowadząc. — A teraz, księżno. Proszę zająć swoje miejsce.

Will i kilku innych dżentelmenów dołączyli do nich, gdy tylko damy zajęły swoje miejsca. Will, oczywiście, musiał usiąść na drugim końcu długiego stołu; Diana zerkała na niego ukradkiem, żałując, że nie ma go u jej boku z jego uspokajającą obecnością. Spojrzał prosto na nią, uśmiechnął się, a potem uniósł kieliszek w niemym toaście. Odwzajemniła uśmiech i przez chwilę było tak, jakby reszta pokoju zniknęła i byli tylko we dwoje.

A potem lady Susan Macfarlane, siedząca po jej lewej stronie, pochyliła się i zadała pytanie o jej podróże po

Włoszech, a Diana została gwałtownie przywrócona do rzeczywistości. Odrywając wzrok od Willa, zwróciła swoją uwagę na wpływową damę.

Dam radę.

Lunch minął bez większych wpadek — przynajmniej na tyle, na ile Diana mogła stwierdzić — a potem przygotowała się na powrót do salonu z damami i na kolejne przepytywanie. Jednak Will przechwycił ją tuż za jadalnią, łapiąc ją za rękę, przykładając palec do ust, by nakłonić ją do milczenia, i delikatnie pociągnął.

Uśmiechając się, poszła za nim bez pytania przez dyskretnie umieszczone drzwi w boazerii, które prowadziły do, jak się okazało, części domu dla służby; korytarz był znacznie ciemniejszy i węższy.

— Dokąd idziemy? — wyszeptała Diana, gdy drzwi zamknęły się za nimi.

— Uciekamy. — Will miał spiskowy wyraz twarzy. — Zdawało mi się, że dostrzegłem w twoich oczach wyraźne spojrzenie desperacji. Czy to nie była prośba o ratunek?

— Zdecydowanie była to prośba o ratunek. — Ścisnęła jego dłoń. — Dziękuję ci. Julianne jest bardzo miła, a twoje siostry są urocze, ale czułam się raczej jak dzieło sztuki na sprzedaż w galerii. Krytycznie oglądane, wszyscy dyskutują, czy jest warte swojej ceny.

— Jesteś warta każdej ceny, moja niezrównana, Boska Księżno. — Przyciągnął ją w ramiona, by ją pocałować, a ona rozpłynęła się w jego objęciach.

— Chociaż nie byłabym całkowicie przeciwna ukryciu się w twoim apartamencie — uśmiechnęła się do niego, gdy uniósł głowę — myślę, że miałeś na myśli coś innego?

— Owszem. To piękne popołudnie i chciałbym pokazać ci jedno z moich ulubionych miejsc na całym świecie. — Znów chwycił ją za rękę i poprowadził korytarzem, który kończył się małym przedsionkiem, gdzie na hakach wisiały płaszcze, a buty stały w rzędach na półkach.

Diana znalazła parę pasujących butów i wybrała płaszcz z wieszaka, po czym wymknęli się bocznymi drzwiami, idąc na skróty za wspaniałą rezydencją w kierunku dziedzińca stajennego.

— Do stajni? — zapytała Diana, na wpół zrezygnowana. Wiedziała, że Will jest miłośnikiem koni i kilkakrotnie wspominał o wspaniałej stadninie koni myśliwskich i wyścigowych, którą utrzymywał.

— Nie — odparł, idąc dalej z jej dłonią bezpiecznie zaciśniętą w jego, i minęli stajnie, kierując się ścieżką do lasu, który rósł wokół nich, a gęste drzewa szybko ich pochłonęły.

Wątłe jesienne słońce sączyło się przez baldachim dębów i buków, a opadłe liście, gruby dywan czerwieni i złota, chrzęściły pod ich stopami podczas spaceru. Płowy błysk między gęstymi pniami sprawił, że Diana drgnęła, a potem westchnęła, gdy łania przebiegła przez ścieżkę tuż przed nimi, zanim znów zniknęła.

— Często je tu widuję — powiedział cicho Will. — Jest tu duży jeleń, który od kilku lat zrzuca poroże na polanie tuż przed nami. W zeszłym roku miał dziewięć odnóg. I nie, nie pozwolę, żeby ktoś go zastrzelił. Jest patriarchą stada.

ROZDZIAŁ DWUDZIESTY SZÓSTY

Wkrótce ich oczom ukazała się polana, a na niej niewielki kamienny budynek, wzniesiony z tego samego jasnoszarego kamienia, co Przeorat.

— Chata? — zapytała Diana. — Kto tu mieszka, Will?

— Nikt. To prywatna kryjówka księcia. — Uśmiechnął się szeroko na widok jej miny. — Mój dziadek kazał ją zbudować, a ojciec regularnie z niej korzystał. Byłem jedyną osobą, której wolno było mu tu przeszkadzać.

Diana weszła za nim, gdy otworzył drzwi na oścież, i rozejrzała się, odkrywając, że chata była w rzeczywistości jednym pokojem — z pewnością komfortowo urządzonym, z migoczącym ogniem w kominku, dużą, miękko wyglądającą kanapą, fotelami uszakami, mnóstwem półek z książkami, biurkiem i komodą pod jedną ze ścian, na której stały w rzędzie karafki, a obok nich misa z owocami i kilka przykrytych naczyń.

— Eleganckie małe zacisze — mruknęła, nie mogąc się powstrzymać, by nie zajrzeć pod pokrywki, gdzie znalazła chrupiące bułeczki z masłem i dżemem oraz dwa różne rodzaje ciasta. — Czy zawsze były tu ciastka, kiedy byłeś dzieckiem? — Rzuciła mu rozbawione spojrzenie przez ramię. — Jeśli tak, to rozumiem, dlaczego tak bardzo lubisz to miejsce.

— Były. — Rzucając się na jeden z foteli uszaków, Will uśmiechnął się z rozrzewnieniem. — Chociaż ojciec zawsze nalegał, żebym najpierw zjadł jabłko, a poza tym nie wolno mi było tu przychodzić, dopóki mój nauczyciel nie był zadowolony z pracy, jaką tego dnia włożyłem w lekcje.

— Byłeś pilnym uczniem?

— Wyjątkowo, zważywszy na pokusę, jaką była zgoda na przyjście tutaj!

Diana podeszła do półek z książkami i zaczęła przeglądać tytuły, znajdując eklektyczną mieszankę powieści i literatury faktu. Pomyślała, że książki wciąż odzwierciedlają raczej gust jego ojca niż jego własny, po czym przyszło jej do głowy coś jeszcze.

— Byłeś tu od śmierci ojca? — zapytała cicho.

— Raz. — Wpatrywał się w ogień. — Nie mogłem znieść bycia tu samemu. Było zbyt cicho.

Diana od razu zrozumiała, że właśnie dlatego ją tu przyprowadził. Podeszła do niego, odwróciła się bokiem i usiadła mu na kolanach, zarzucając mu ręce na szyję i uśmiechając się na widok jego zaskoczonej miny. — Dziękuję, że mnie tu przyprowadziłeś — powiedziała szczerze. — Obiecuję, że nie będę się narzucać bez twojego zaproszenia, ale mam nadzieję, że pewnego dnia pójdziesz w ślady swojego ojca i przyprowadzisz tu swoich synów na potajemne ciastka. A może i córki? Właściwie nie widzę powodu, dla którego nie miałbyś ćwiczyć już teraz. Rebecca jest z pewnością na tyle młoda, by cieszyć się przygodą z bratem, może także Regina, a wkrótce obie wyjdą za mąż i wyjadą. Ciesz się ich towarzystwem, póki je masz.

Will wydawał się poruszony tym pomysłem. — Zapytałem kiedyś papę, dlaczego nie zaprasza tu Reginy... Rebecca była chyba za mała. Nigdy mi nie odpowiedział. Wiem, że je kochał, ale były córkami. Chyba tak naprawdę nie uważał, że są warte jego czasu.

Diana uniosła brwi.

— Postaram się być lepszy dla *naszych* córek — powiedział pospiesznie Will — i spróbuję naprawić niektóre z jego błędów wobec moich sióstr, póki jeszcze mieszkają pod moim dachem.

— Dobrze, bo obie są zachwycającymi dziewczynami. Nie pożałujesz czasu, który z nimi spędzisz.

— Tęsknisz za Clarissą? — zapytał Will spostrzegawczo, gdy wtuliła się w jego ramiona, opierając policzek na jego barku.

— Trochę — przyznała Diana. — Przez całe życie nie rozstawałyśmy się na dłużej niż kilka godzin. Jestem przyzwyczajona, że mówię jej o wszystkim.

— Wiesz, że *mnie* możesz mówić o wszystkim, moja miłości.

— Wiem. — Sięgnęła, by ucałować go w policzek. — Ale wciąż przyzwyczajam się do myśli, że to ty masz być teraz moim głównym powiernikiem. A są pewne rzeczy, które po prostu... o których nigdy nie mogłabym rozmawiać z mężczyzną, nawet z tobą, mój najdroższy! Może Regina i ja się zbliżymy. Nawet Julianne. Wcześniej była naprawdę bardzo miła.

— Pozuje na groźną, ale naprawdę ma złote serce. Zawsze traktowała mnie jak własnego syna.

— Och, to oczywiste, że cię uwielbia. Chce dla ciebie jak najlepiej. — Diana skrzywiła się lekko. — Chyba nie jest przekonana, że to ja jestem tym, co dla ciebie najlepsze, ale postanowiła, że spróbuje coś ze mnie ulepić.

— Coś ulepić! — zaprotestował głośno. — Nigdy więcej nie porównuj się do żadnej części świni, moja boska księżno!

Zaśmiała się, nie protestując, gdy dalej upierał się, że jest już doskonała, dokładnie taka, jaka jest. Diana wiedziała, że daleko jej do doskonałości. Ale wiedziała też, że Will w nią wierzy, a to dawało jej pewność, że może pewnego dnia... stanie się księżną, za którą już ją uważał.

Wtuliła się głębiej w jego objęcia, wzdychając z całkowitym zadowoleniem. Nigdy by sobie nie wyobraziła, gdy zemdlała u jego stóp podczas ich pierwszego spotkania, że nie tylko wyjdzie za Willa, ale też będzie z tego powodu bezgranicznie szczęśliwa.

Tak, na ich drodze pojawią się przeszkody. Matka Diany prawdopodobnie narobi mnóstwo zamieszania i być może

wprawi córkę w niemałe zakłopotanie, chełpiąc się trium-
fem Diany w złapaniu księcia. Było też wielu członków
śmietanki towarzyskiej, którzy mogliby patrzeć na nią z
góry, i kilku młodych elegantów, jak lord Amberle, którzy
wciąż chichotaliby i nazywali ją Mdlejącym Kwiatkiem.

Czas miał jednak to do siebie, że takie rzeczy przemi-
jały, a Diana była na tyle mądra, by wiedzieć, że tytuł
księżnej sprawi, iż wszyscy oprócz największych głupców
zadbają, by żadne szepty sprzeciwu nie dotarły do jej uszu
ani do uszu Willa. Zwłaszcza jeśli spełni swój obowiązek
wobec księstwa i urodzi dziedzica... i chociaż było jeszcze
wcześnie, już miała nadzieję w tym kierunku.

Z tajemniczym uśmiechem na ustach potarła policzkiem o
ramię Willa, zamykając oczy.

Przynajmniej dopóki nie powiedział: — A więc, co z tymi
ciastkami...?

Śmiejąc się, wstała i podeszła do komody po talerz. — O ile
obiecasz się podzielić — powiedziała, trzymając go kusząco
tuż poza jego zasięgiem.

— Oczywiście! — Will udał urażonego. — Dam ci nawet
wybrać pierwsza — oświadczył wielkodusznie.

Ciasta każdego rodzaju było więcej, niż którekolwiek z
nich zdołałoby zjeść, więc jego oferta była bezsensowna,
ale Diana i tak się zaśmiała i udała zachwyt, wybierając jeden z przysmaków, po czym podała mu talerz. Patrzyła z czułością, jak Will zajada, wyobrażając go sobie
w przyszłości w tym miejscu z ich dziećmi, podkrada-

jącego im ciastka i psującego obiad. Będzie utrapieniem ich nauczycieli i guwernantek, bo któż mógłby zganić księcia?

— Z czego się chichoczesz? — zapytał Will.

— Po prostu myślę o przyszłości — odparła szczerze Diana.

— Podoba mi się, że najwyraźniej tak cię to bawi. Zaczynasz się przekonywać, że bycie księżną nie będzie takie złe?

— Bycie *jakąś* księżną byłoby okropne, podejrzewam. Bycie *twoją* księżną? Najwspanialsza rzecz na świecie.

I mówiła to szczerze. Po ich katastrofalnym pierwszym spotkaniu nigdy by nie przypuszczała, że niespełna rok później będzie zarówno żoną Willa, jak i głęboko w nim zakochana, ale oto byli, a Will patrzył na nią z sercem na dłoni.

Diana wiedziała, że czekają ich jeszcze próby. Ale ona i Will stawią im czoła razem; on poradzi sobie z jej kłopotliwą rodziną, prawdopodobnie przybierając swoją władczą, książęcą postawę i onieśmielając jej matkę do milczenia, a Diana nauczy się od Julianne wszystkiego, co można wiedzieć o byciu idealną księżną. Kiedy Clarissa wróci do Anglii, Diana będzie już ugruntowaną postacią na szczytach londyńskiego towarzystwa, zdolną pomóc siostrze uniknąć matczynych machinacji i poślubić tego, kogo wybierze, zamiast być zmuszoną do małżeństwa z rozsądku.

— Wyglądasz na zamyśloną, moja miłości. — Zjadłszy ciastka, Will pochylił się, by ją pocałować. — Coś cię trapi?

— Nie, znowu myślę o Clarissie. — Zarzuciła mu ręce na szyję i oddała pocałunek. — Ale jestem pewna, że potrafisz sprawić, bym zapomniała o wszystkim poza tą chatą, ukochany.

— Z pewnością spróbuję, moja najdroższa! — Śmiejąc się, wziął ją na ręce i zaniósł na szezlong. — Moja boska księżno — wyszeptał przy jej szyi, a ona rzeczywiście zapomniała o wszystkim poza chatą, na całkiem długi czas.

KONIEC

Mam nadzieję, że lektura historii Willa i Diany sprawiła ci przyjemność. Jeśli jeszcze tego nie zrobiłaś, możesz przeczytać historię Alexa i Marianne w *Markiz dla Marianne* oraz historię Ellen i hrabiego Havers w *Hrabia dla Ellen*.

Śledź losy Clarissy w *Kapitan dla Clarissy*, czwartej książce z serii **Rumieniące się panny**!

Nota od autorki – zgodność historyczna i mea culpa

Choć Grotte di Catullo w pełni odkopano dopiero w późniejszej części XIX wieku, niż ma to miejsce w tej historii, to biorąc pod uwagę wysokość murów, przynajmniej jakaś ich część musiała być widoczna z drugiego brzegu jeziora Garda, aż z Bardolino — gdzie, obawiam się, Castello Bardolino jest całkowicie moim własnym wymysłem. Mam nadzieję, że wybaczycie mi tę swobodę artystyczną, dzięki której moi bohaterowie mogli zwiedzić rzymskie ruiny, które koniecznie trzeba zobaczyć, jeśli kiedykolwiek odwiedzicie jezioro Garda.

Większość miejsc we Włoszech, które odwiedza Diana, jest dostępna dla zwiedzających do dziś, w tym zachwycający kościół San Giovanni Elemosinario, który jest dokładnie tak ukryty i trudny do znalezienia, jak to opisałam. Jeśli kiedykolwiek będziecie mieli okazję odwiedzić Wenecję, znajdźcie czas, żeby go zobaczyć. Obiecuję, że jest wart wysiłku, by go odnaleźć!

Korytarz Vasariego (który stał się jeszcze słynniejszy dzięki powieści Dana Browna *Inferno*) jest niestety obecnie zamknięty dla zwiedzających, ale oczekuje się, że zostanie ponownie otwarty w niedalekiej przyszłości. I chociaż sklepy złotników wciąż znajdują się na Ponte Vecchio, naprawdę nie polecam robienia tam zakupów — mają szalenie zawyżone ceny!

Mam nadzieję, że czytanie historii Willa i Diany sprawiło wam tyle samo przyjemności, ile mnie dało jej pisanie! Wypatrujcie kolejnych romansów z dawnych czasów, które wkrótce się pojawią, gdy bezceremonialna siostra Diany, Clarissa, odnajdzie swoje szczęśliwe zakończenie w *Kapitan dla Clarissy*.

INNE KSIĄŻKI AUTORKI CATHERINE BILSON

Rumieniące się panny

Hrabia dla Ellen

Markiz dla Marianne

Książę dla Diany

Kapitan dla Clarissy

Panny z Belle Haven

Narzeczona z Belle Haven

Panna Molly i uparty major

Panna Clara i markiz

Pomyłka panny Anny

Panna Eliza przejmuje ster

Kłopoty z panną Charlotte

Zakochana panna Laura

Wścibska panna Louise

St. George i Potwór z Rzeki (tylko dla subskrybentów newslettera)

Poznaj wszystkie publikacje Shenanigans Press, odwiedzając naszą stronę internetową, https://www.shenanigansp ress.com/pl!

Możesz też obserwować nas w mediach społecznościowych – jesteśmy na Facebooku i Instagramie (@ShenanigansPressPolska)

I nie zapomnij zapisać się do naszego newslettera, aby otrzymywać informacje o nowościach, promocjach, konkursach i wiele więcej!

www.ingramcontent.com/pod-product-compliance
Lightning Source LLC
Chambersburg PA
CBHW030615170726
48283CB00002B/614